U0562229

林格伦作品选集·美绘版

亲爱的所有中国孩子：

　　我多么想给你们每一个人都直接写信，表达对你们阅读我的书的喜悦。但是此时此刻，我只能说：祝你们阅读愉快。继续读吧，直到把我的书全部读完。致热烈的问候！

阿斯特丽德·林格伦

LINGELUN
HAIBINWUYADAO
MeiHuiBan

海滨乌鸦岛

〔瑞典〕阿斯特丽德·林格伦 ◆ 著
〔瑞典〕伊隆·维克兰德 ◆ 画
李之义 ◆ 译

中国少年儿童新闻出版总社
中国少年儿童出版社
北京

海滨乌鸦岛

林格伦作品选集【美绘版】

〔瑞典〕阿斯特丽德·林格伦 ◆ 著
〔瑞典〕伊隆·维克兰德 ◆ 画
李之义 ◆ 译

原版书名：*Vi på Saltkråkan*
原出版人：Rabén & Sjögren Bokförlag AB, Stockholm, Sweden；
Ⓒ Saltkrakan AB / Astrid Lindgren 1964
Illustrations Ⓒ Ilon Wikland
All foreign rights are handled by Saltkråkan AB, Sweden, info@saltkrakan.se
For information about Astrid Lindgren's books, see www.astridlindgren.com

图书在版编目（CIP）数据

海滨乌鸦岛 /（瑞典）林格伦（Lindgren,A.）著；李之义译．—北京：中国少年儿童出版社，2012.8（2020.11 重印）
（林格伦作品选集）
ISBN 978-7-5148-0770-7

Ⅰ．①海… Ⅱ．①林…②李… Ⅲ．①儿童文学-长篇小说-瑞典-现代 Ⅳ．① I532.84

中国版本图书馆 CIP 数据核字 (2012) 第 165126 号
著作权合同登记　图字：01-2012-4830

HAI BIN WU YA DAO
（林格伦作品选集）

出版发行：中国少年儿童新闻出版总社
　　　　　中国少年儿童出版社

出　版　人：孙　柱
执行出版人：马兴民

策　　划：缪　惟　高秀华	版权引进：孟令媛	责任校对：赵聪兰
责任编辑：高秀华　唐威丽	装帧设计：缪　惟	责任印务：厉　静
美术编辑：缪　惟		

社　　址：北京市朝阳区建国门外大街丙 12 号　　邮政编码：100022
总 编 室：010-57526070　　　　　　　发 行 部：010-57526568
官方网址：www.ccppg.cn　　　　　　　编 辑 部：010-57526320
印　　刷：中青印刷厂

开本：880mm×1230mm　1/32	印张：11.125
版次：2012 年 8 月第 1 版	印次：2020 年 11 月北京第 14 次印刷
字数：180 千字	印数：97001—107000 册
ISBN 978-7-5148-0770-7	定价：33.00 元

图书出版质量投诉电话 010-57526069，电子邮箱：cbzlts@ccppg.com.cn

序

在当今世界上,有两项文学大奖是全球儿童文学作家的梦想:一项是国际安徒生文学奖,由国际儿童读物联盟(IBBY)设立,两年颁发一次;另一项则是由瑞典王国设立的林格伦文学奖,每年评选一次,奖金500万瑞典克朗,是全球奖金额最高的奖项。

瑞典儿童文学大师阿斯特丽德·林格伦女士(1907—2002),是一位著作等身的国际世纪名人,被誉为"童话外婆"。林格伦童话用讲故事的笔法、通俗的风格和神秘的想象,使作品充满童心童趣和人性的真善美,在儿童文学界独树一帜。1994年,中国少年儿童出版社把引进《林格伦作品集》列入了"地球村"图书工程出版规划,由资深编辑徐寒梅做责任编辑,由新锐画家缪惟做美编,并诚邀中国最著名的瑞典文学翻译家李之义做翻译。在瑞典驻华大使馆的全力支持下,经过5年多的努力,1999年6月9日,首批4册《林格伦作品集》(《长袜子皮皮》《小飞人卡尔松》《狮心兄弟》《米欧,我的米欧》)在瑞典驻华大使馆举行了首发式,时年92岁高龄的林格伦女士还给中国小读者亲切致函。中国图书市场对《林格伦作品集》表现了应有的热情,首版5个月就销售一空。在再版的同时,中国少年儿童出版社又开始了《林格伦作品集》第二批作品(《大侦探小卡莱》《吵闹村的孩子》《疯丫头马迪根》《淘气包埃米尔》)的翻译出版。可是,就在后4册图书即将出版前夕,2002年1月28日,94岁高龄的阿斯特丽德·林格伦女士

林格伦作品选集
LINGELUN ZUOPINXUANJI

在斯德哥尔摩家中,在睡梦中平静去世。2002年5月,中少版《林格伦作品集》第二批4册图书正式出版。至此,中国少年儿童出版社以整整8年的时间,完成了150万字之巨的《林格伦作品集》8册的出版规划,为广大中国少年儿童读者奉献了一套相对完整、系统的世界儿童文学精品巨著,奉献了一个美丽神奇的林格伦童话星空。

由地球作为载体的人类世界是千姿百态、丰富多彩的。可以是物质的,也可以是精神的;可以是科学的,也可以是文学的。少年儿童作为人类的未来和希望,从小就应该用世界文明的一流成果来启蒙,来熏陶,来滋润。让中国的少年儿童从小就拥有一个多彩的"文学地球",与国外的小朋友站在阅读的同一起跑线上,是我们中国少年儿童出版社的神圣职责。在人类进入多媒体时代的今天,中国少年儿童出版社倾力打造了高格调、高品质的皇冠书系,该书系的图书均以"美绘版"形式呈献。皇冠书系"美绘版"图书自上市以来迅速得到了广大青少年读者的认可,取得了良好的社会效益和经济效益。今天,中国少年儿童出版社将《林格伦作品选集》纳入皇冠书系,以"美绘版"形式再次出版林格伦女士最具代表性的作品,它们分别是《长袜子皮皮》《淘气包埃米尔》《小飞人卡尔松》《大侦探小卡莱》《米欧,我的米欧》《狮心兄弟》《吵闹村的孩子》《疯了头马迪根》《绿林女儿罗妮娅》《海滨乌鸦岛》《叮当响的大街》《铁哥们儿擒贼记》《小小流浪汉》《姐妹花》。此次中国少年儿童出版社倾力打造的"美绘版"《林格伦作品选集》,就是要让世界名著以更美的现代化形式走近少年儿童读者,就是要让林格伦的童话星空更加绚丽多彩。

愿《林格伦作品选集》(美绘版)陪伴广大的少年儿童朋友快乐成长,美丽成长。

林格伦和她创造的儿童世界

——李之义——

早在世纪之初著名作家埃伦·凯伊（1849—1926）就曾预言，20世纪将成为儿童世纪。这句话是否应验，这里不去讨论，但是林格伦在1945年步入儿童文坛就标志着世纪儿童已经诞生。这就是皮皮露达·维多利亚·鲁尔加迪娅·克鲁斯蒙达·埃弗拉伊姆·长袜子。起这个名字的人是林格伦的女儿卡琳。1941年女作家七岁的女儿卡琳因肺炎住在医院，她守在床边。女儿每天晚上请妈妈讲故事。有一天她实在不知道讲什么好了，就问女儿："我讲什么呢？"女儿顺口回答："讲长袜子皮皮。"是女儿在这一瞬间想出了这个名字。她没有追问女儿谁是长袜子皮皮，而是按着这个奇怪的名字讲了一个奇怪的小姑娘的故事。最初是给自己的女儿讲，后来邻居的小孩也来听。1944年卡琳十岁了，林格伦把这个故事写出来作为赠给女儿的生日礼物。后来她把稿子寄给伯尼尔出版公司，但是被退了回来。此举构成了这家最大的瑞典出版公司最大的失误。1945年作者对故事做了一些修改，以它参加拉本和舍格伦出版公司举办的儿童书籍比赛，获得一等奖。《长袜子皮皮》一出版立即获得成功，此事绝非偶然。当时关于瑞典儿童的教育问题的辩论正进行得如火如荼——以昔日的权威性教育为一方，以现代自由教育思想为另一方。早在20世纪30年代，人们就开始对童年教育感兴趣，并有新的儿童教育信号出现。很多人提出，对儿童进行严厉、无条件服从的教育会使儿童产生压抑和自卑感。人们揭露和批判当局推行的类似德国纳粹主义和意大利法西斯主义的绝对

权威和盲从的教育思想。

《长袜子皮皮》这部作品讲一位小姑娘，她一个人住在一栋小房子里，生活完全自理，富得像一位财神，壮得像一匹马。她所做的一切几乎都违背成年人的意志，不去学校上学，满嘴的瞎话，与警察开玩笑，戏弄流浪汉。她花钱买一大堆糖果，分发给所有的孩子。她的爸爸有点儿不可思议，是南海一个岛上的国王。这位小姑娘自然成了孩子们的新偶像。关于皮皮的书共有三本，多次再版，成为瑞典有史以来儿童书籍中最大的畅销书。目前该书已出版90多种版本，总发行量达到1.3亿册。对全世界的儿童来说，皮皮是一个令人喜爱、近乎神秘主义的形象，可与福尔摩斯、唐老鸭、米老鼠、小红帽和白雪公主相媲美。

在2004年5月26日阿斯特丽德·林格伦儿童文学奖第二次颁奖大会上，瑞典首相约兰·佩尔松在致辞时这样评论《长袜子皮皮》这部作品：“长袜子皮皮之书的出版带有革命性的意义。林格伦用长袜子皮皮这个人物形象在某种程度上把儿童和儿童文学从传统、迷信权威和道德主义中解放出来，在皮皮身上很少有这类东西。皮皮变成了自由人类的象征。”

在儿童文学领域里，林格伦创造了两种风格：通俗和想象，两种风格以不同的方式体现她的创作特征。通俗的故事有时候接近琐碎，有时候带有喜剧色彩。比如以女作家自己的成长环境和自己的兄弟姐妹为原型的《吵闹村的孩子》《吵架人大街》和《疯丫头马迪根》。富于想象的作品是以《尼尔斯·卡尔松－小精灵》为开端。主人公是个小精灵，住在地板底下，后来成了一位孤单的小男孩的好伙伴，使阴郁、沉重的生活变成多彩的梦幻之国。《南草地》中的故事采用民间故事的创作手法，把昔日人间的残酷、疾病和忧伤变成了想象中的美

梦、善良和温暖。

但是用富于想象的手法创作的作品应首推三部伟大的小说：《米欧，我的米欧》(1954)、《狮心兄弟》(1973)和《绿林女儿罗妮娅》(1981)。第一部作品表面上非常通俗，主人公布·维尔赫尔姆·奥尔松是一位被领养的小男孩。他坐在长凳上，想着自己极不温暖的家庭生活。突然他的梦变成了现实，他搬到了童话世界——玫瑰之国，他的父亲是那里的国王，他变成了米欧王子。他用一把带魔法的宝剑把他父亲的臣民从残暴的骑士卡托的统治下解救出来。作品有着民间故事的所有特征。《狮心兄弟》也描写善与恶的矛盾。主人公是一位胆小的小男孩斯科尔班，但是在危险时刻他克服了自己的恐惧，勇敢地与邪恶进行斗争，并取得了胜利。斯科尔班身体虚弱、胆小怕事，这一点与他和哥哥一起把南极亚拉从暴君滕格尔、恶魔卡特拉手里解放出来的壮举形成鲜明对比。作品中有这样的情节：兄弟俩从悬崖上跳下去，以便从南极亚拉到另一个国家南极里马。他们去了另外一个世界以后变得强壮、勇敢和健康。一部分人把这一描写解释成儿童自杀，但多数人把这段解释成一种故事情节的升华，由一个想象的世界到另一个想象的世界。我还听到有第三种解释，即瑞典是一个福利社会，人们没有物质生活方面的困难，老人和孩子都很怕死。老人可以用基督教的来世梦想和进入天国之类的事求得安慰。孩子们怎么办？他们经常给报社或电视台写信、打电话，问"人为什么要死？"专家们用科学的方法给孩子们讲解生与死的辩证关系、新陈代谢等，说明死并不都是坏事。作家通过自己富于想象的作品不是也可以起到相同的作用，甚至效果更好吗？《绿林女儿罗妮娅》比上边提到的两部作品有更多的现实主义成分，书中所描写的问题有更多的可能性。女孩罗妮娅和男孩毕尔克分属两个世代为仇的绿林家庭。两个人对自己家庭传统进行造

反,一种真挚的友谊在他们之间迅速建立,他们拒绝再过到处抢劫的绿林生活。人们称这部作品为瑞典式的《罗密欧与朱丽叶》。两个孩子在山洞里过着与世隔绝的生活,这也有点儿像《鲁滨孙漂流记》。但作品有着林格伦自己的特征:紧张的情节、通俗的现实主义和幽默风趣。罗妮娅和毕尔克生活在充满可怕和喜剧性生灵的世界里,如人面野鹰和小人熊等。他们的父都是魁梧、健壮、心地善良的绿林首领,但他们不知道除了劫富济贫的绿林生活外,还有其他什么选择。

林格伦的另一部分作品介于通俗与想象两种风格之间。《淘气包埃米尔》(1963)中很多故事相当粗犷和非理性,有着伟大的喜剧风格,但一切都植根于世纪之交的斯莫兰的日常生活。一部分内容有点儿像古代的英雄萨迦,如埃米尔在风雪中把病入膏肓的阿尔弗雷德送到医院,以及请穷苦的人们吃圣诞饭。

当《小飞人卡尔松》(1955)中的卡尔松飞进小弟的中产阶级家庭生活时,起初人们都把他看作是孤单儿童的虚幻中的伙伴。但卡尔松是一个极富有个性的小家伙,有着人类的各种特征——他爱说大话、自私自利、不诚实和爱翻别人的东西,还不停地给小弟制造麻烦。但是小弟和其他读过这本书的孩子都喜欢他——"不胖不瘦、风华正茂"。如果人们偶尔还把他当作虚幻的人物的话,那么在小弟把他介绍给其他家庭成员时,这种感觉马上消失了,他成了一个实实在在的人。

林格伦的作品还包括侦探小说,如《大侦探小卡莱》(1946);专门描写女孩子的作品,如《布丽特-马利亚心情舒畅了》(1944)、《夏士婷和我》(1945)。作品幽默、大方,很少有道德说教。

林格伦1907年出生在瑞典斯莫兰省一个农民家里。20世纪20年代到斯德哥尔摩求学,毕业后做过一两年秘书工作。她有30多部作品,获得过各种荣誉和奖励。1950年获瑞典图书馆协会颁发的

"尼尔斯·豪尔耶松金匾",1957年获瑞典"高级文学标准作家"国家奖,1958年获"安徒生金质奖章",1970年获瑞典《快报》"儿童文学和促进文学事业金船奖",1971年获瑞典文学院"金质大奖章"。此外,她还获得过1959年《纽约先驱论坛报》春季奖和1957年德国青年书籍比赛的特别奖。她在1946年—1970年将近1/4世纪里担任拉本和舍格伦出版公司儿童部主编,对创造这个时期的瑞典儿童文学的黄金时代做出了很大贡献。

2002年,林格伦女士以94岁高龄辞世,瑞典为她举行了国葬,人们称她为民族英雄。在我送的花圈上写着:"你的中文译者向你致最后的敬意!"她走了,却给世界留下了宝贵的文学遗产。她的作品被译成多国文字,发行量达到1.3亿册。把她的书摞起来有175个埃菲尔铁塔那么高,把它们排成行可以绕地球三圈。

瑞典文学院院士阿托尔·隆德克维斯特在1971年瑞典文学院授予她"金质大奖章"的授奖仪式上说:

尊敬的夫人,在目前从事文艺活动的瑞典人中,大概除了英玛尔·伯格曼之外,没有一个人像您那样蜚声世界。

您在这个世界上选择了自己的世界,这个世界是属于儿童的,他们是我们当中的天外来客,而您似乎有着特殊的能力和令人惊异的方法认识他们和了解他们。瑞典文学院表彰您在一个困难的文学领域里所做的贡献,您赋予这个领域一种新的艺术风格,即充分的心理描写、幽默和叙事情趣。

林格伦作品选集

目录

六月的一天 / 1

木匠庄园 / 20

划呀划,划向鱼礁岛 / 40

雾中迷航 / 66

仲夏就这样来临 / 91

每一天都是一次生命 / 111

送给佩勒的一只小动物 / 139

真奇怪,夏天过得这么快 / 171

林格伦作品选集
LINGELUN ZUOPINXUANJI

目录

跟所有中魔法的王子一边站着去 / 197

马琳真的不想找个新郎官吗 / 223

悲喜同行 / 257

不要这样，佩勒，世界不是悲伤岛 / 274

秋尔雯挣了3克朗 / 296

远方海岛上的一栋房子 / 317

关于《海滨乌鸦岛》/ 339

译者后记 / 342

六月的一天

一个夏季的早晨,他们走到斯德哥尔摩海滨码头,看看那只白色的群岛游览小船停在那里没有,船的名字叫"海滨乌鸦1号"。真巧,停在那里的正是他们要乘的那只船,上船就行了。十点整,游船鸣笛起锚,驶离码头。它将沿着通常的航线出海,终点是群岛边缘上的几个小岛。"海滨乌鸦1号"是一只航向固定、马力很大的船,它在这条航线上已经行驶了三十年,每周三次。它驶过狭窄的海峡,穿越曲折的海湾,经过成百的绿色岛屿和成千的灰色礁石,不知疲倦地前行。它走得不快,当它到达最后一个码头——海滨乌鸦码头时,太阳已经快下山了,它不再往远处行驶。码头的名字是按岛的名字起的。岛对面就是外海,只有光秃秃的峭壁和荒凉的小岛,除了北欧飞鸭、海鸥和其他海鸟外,没有人居住在那里。

但是海滨乌鸦岛上有人居住。不过不多,最多的时候也就二十人。这当然是指冬天,夏天的时候会来度假的客人。

去年六月的一天,乘坐"海滨乌鸦1号"来的一家人正是来度假的。他们是一位父亲和他的四个孩子,姓梅尔克松,斯德哥尔摩人。过去他们谁也没来过海滨乌鸦岛,所以此时他们都充满期待,特别是爸爸梅尔克。

"海滨乌鸦岛,"他说,"我喜欢这个名字,所以我要在那儿租个房子。"

马琳,他十九岁的女儿,一边看着他一边摇头。啊,他是一位做事多么轻率的爸爸!都快五十岁了,还像小孩子一样易于冲动,比自己的儿子还孩子气和无忧无虑。他站在那里,就像平安夜时的一个小孩子那样兴奋,渴望所有的人都会为他盲目地在海滨乌鸦岛上租房子度假而欢呼。

"这符合你的脾气。"马琳说,"你从来没看过那个岛,就去那里租度假的房子,完全符合你的脾气,仅仅因为你认为岛的名字好听。"

"我相信所有的人都会这样做。"梅尔克辩解说。不过随后他就沉默了,开始思考这个问题:"或许是作家,或许多少有些发疯的人才做这样的事?仅仅是一个名字……海滨乌鸦岛,哈哈!其他的人可能事先要来看看。"

"一部分人会这样做,对!但不会是你!"

"我现在不是正要去看吗?"梅尔克不安地说,"我现在就去看!"

他的蓝眼睛兴奋地朝四周看了看。他对自己看到的一切都感到亲切：明亮的海水，大大小小的岛屿，由引以为荣的瑞典原生岩构成的灰色群岛，建有古老房子、码头和灯塔的海岸……他真想伸出手去抚摩它们。他没有那样做，而是用手搂住约汉和尼克拉斯的脖子。

"你们知道，这里有多么美吗？你们知道，你们是多么幸运吗？整个夏天你们都可以住在这里！"

约汉和尼克拉斯说，他们知道，佩勒说，他也知道。

"好，不过你们此时为什么不欢呼呀？"梅尔克说，"我能请你们欢呼一下吗？"

"怎么欢呼？"佩勒问。他只有七岁，还不懂什么叫欢呼。

"大声吼！"梅尔克一边说一边顽皮地笑了起来。他自己尝试着小声吼了一下，逗得孩子们咯咯笑起来，笑声充满谢意。

"你吼得像一头母牛。"约汉说。而马琳不满地说："为了有把握，我们能不能等看到你租的房子再吼？"

梅尔克不这么想。

"房子美极了，这是代理人说的。应该相信他说的话。一栋非常适宜夏季住的老房子，他敢保证。"

"啊，我们能马上到就好了！"佩勒说，"我想尽快看到那栋老房子。"

梅尔克看看自己的手表。

"一个小时以后,我的小伙子!那时候我们一定都很饿了,你们猜,那时我们应该做什么?"

"吃饭!"尼克拉斯提议。

"对对。我们坐在院子里,在阳光下吃马琳为我们准备的美餐。你们知道……只要我们坐在青草地上就能感觉到,这就是夏天!"

"真好!"佩勒说,"那时候我马上就会吼起来。"

不过,佩勒随后就决定去干些其他的事情。像爸爸说的那样,还有一个小时才到,在这只船上肯定还有很多事情可做。其实大部分事情他已经做完了,他爬过所有的楼梯,窥视过各种有趣的犄角旮旯。他把头伸进舵手的房间,被从那里赶了出来。他到餐厅待了一会儿,又被人赶了出来。他试图到指挥舱去找船长,结果还是被轰跑了。他曾经站在上边看机器房里的机械连杆和震耳欲聋的机器。他曾经走到舷侧,往船体掀起的咆哮着的泡沫里吐唾沫。他在甲板上喝完了汽水,吃完了蛋糕。他把面包渣儿扔给饥饿的海鸥。他几乎和船上所有的人都讲过话。他曾经检验过从前舱跑到后舱到底能有多快,而每当游船靠岸船工们往岸上御物资和行李时,他都挡他们的道。啊,一个七岁男孩通常在游船上能做的一切他都做过了。此时他朝四周看了看,想寻找新的东西。突然他发现有几个旅客刚才一直没注意。远处的甲板上坐着一位老头儿,身边有一个小

女孩。在女孩旁边的长靠背椅上,放着一个圈着大乌鸦的鸟笼子。一只活蹦乱跳的大乌鸦!这激起了佩勒的兴趣,因为他喜欢所有的动物,喜欢一切有生命、能动的——天上飞的、地上爬的,所有的鸟类、鱼和四条腿动物。他把它们统统称为"可爱的小动物",他把青蛙、黄蜂、蚂蚱、甲虫以及其他的小爬虫都归到里面了。

此时此刻,那里有一只大乌鸦,一只充满生机的大乌鸦!

当佩勒站在鸟笼旁边的时候,小女孩露出了可爱的微笑。

"是你的大乌鸦?"他一边问一边把食指从鸟笼的笆条之间伸进去,看能不能摸一下大乌鸦。他可不能这样做,大乌鸦要啄他,他赶快把手缩了回去。

"小心艄公-卡莱啄你。"姑娘说,"对,是我的大乌鸦,它叫卡莱……没错吧,外公?"

坐在她身边的老头儿点了点头。

"当然!当然是斯蒂娜的大乌鸦。"他向佩勒解释说,"至少她住在海滨乌鸦岛的时候,卡莱是她的。"

"你们住在海滨乌鸦岛?"佩勒高兴地问,"我夏天也住在那儿。我的意思是,爸爸和我们要住在海滨乌鸦岛。"

老头儿饶有兴趣地看着他。

"啊,真的?你们在老木匠的庄园租下房子啦?"

佩勒兴奋地点点头。

"对,我们租了房子。那地方有意思吗?"

老头儿歪着脑袋,眼睛看着前方,好像在想什么,然后有点儿奇怪地咯咯笑起来。

"当然!当然有意思,不过因人而异。"

"为什么?"佩勒问。

老头儿又咯咯笑起来。

"啊,比如有人喜欢房顶漏雨,有人不喜欢。"

"有人不喜欢,"那个小女孩重复了一句,"我就不喜欢。"

佩勒思索了一下。他一定要把这件事讲给爸爸听。但不是现在。现在他要先看看大乌鸦,这是非常要紧的。看得出来,那个斯蒂娜很愿意让他看。有人过来看她的大鸟肯定很有意思,特别是像他这样大的男孩。虽然斯蒂娜仅仅是一个小丫头,最多也就五岁,不过为了这只大乌鸦,佩勒宁愿在这个夏天把她当做自己的伙伴,起码在他找到更好的人选之前。

"过段时间我找一天去看你。"他虔诚地说,"你们住在哪栋房子?"

"一个红色的。"斯蒂娜说。就这么一条线索,再没有别的信息。

"你可以打听瑟德尔曼住在哪儿,"老头儿说,"每个人都知道。"

大乌鸦用沙哑的声音鸣叫着,显得很焦躁。佩勒再一次把

手指伸进笼子里,想摸摸它,大乌鸦追着他啄。

"它很聪明,但愿你能明白。"斯蒂娜说,"外公说,它是世界上最聪明的鸟。"

佩勒觉得她有些夸张。不管是斯蒂娜还是她外公,大概都不知道哪只鸟是世界上最聪明的。

"我奶奶有一只鹦鹉,"佩勒说,"它能说:一边站着去!"

"这有什么难的,"斯蒂娜说,"我奶奶肯定也会说。"

佩勒大笑起来。

"不是我奶奶会说,是鹦鹉,知道吗?"

斯蒂娜不喜欢别人讥笑她,她觉得伤了自尊心。

"你一定要把话说清楚,别人才能明白。"她尖刻地说。然后她扭过头,固执地看着船舷边。她不愿再理这个愚蠢的男孩了。

"再见!"佩勒说完,转身走了,他要去找走散的家人。他在甲板上找到了约汉和尼克拉斯。他一看到他们就知道出了什么怪事。两个人的表情显得那么难看,佩勒不安起来——难道自己做了什么错事了?

"怎么回事?"他不安地问。

"看那边!"尼克拉斯一边说一边用手指指了指。这时候佩勒看到:在不远的地方,马琳靠在船舷上缘,旁边站着一个穿浅蓝色高翻领毛衣的高个子男人。他们又说又笑,穿蓝色高翻

领毛衣的男人看着马琳——他们的马琳,好像他突然找到了他期待已久的一块小金子。

"这下又完了。"尼克拉斯说,"我还以为我们离开斯德哥尔摩会好一些。"

约汉摇了摇头。

"唉,你可以这样想象:你把马琳放在波罗的海中心的一个小岛上,五分钟内就会游过来一个小伙子,非要登上这个岛。"

尼克拉斯瞪着那个穿高翻领毛衣的男人。

"哎呀,我们连自己的姐姐都不能保证让她安宁!我们应该在她身边竖起这样一个牌子——'禁止抛锚'!"

然后他看着约汉和那两位在谈笑的人。当有人来追求马琳的时候,他们的抗议并不是认真的。按照约汉的说法,每一刻钟马琳就会招来一位追求者。虽然不是很认真,但不管怎么说他们的内心还是会有一点儿不安——想想看,如果有一天马琳真的恋爱了,订婚、结婚,那可怎么办呢?

"没有马琳我们怎么行呢?"佩勒经常这样说。这是他们共同的想法和感受,因为马琳是这个家庭的主心骨和顶梁柱。自从佩勒降生和他们的母亲去世以后,她就扮演了梅尔克松家男孩们的妈妈的角色,包括爸爸。在最初几年,她真像是一位稚嫩、充满孩子气却相当不幸的小妈妈,但是她"帮助擤鼻涕、

洗脸、骂人和烤蛋糕"——她总这样描述自己做的各项家务活儿——逐渐掌握了各种本事。

"不过在万不得已的时候马琳会骂人。"佩勒一向这么认为,"大部分时间,她就像一只兔子,温和、善良、可爱。"

过去佩勒不明白,为什么约汉和尼克拉斯讨厌马琳的男朋友。那时候他非常确信马琳永远属于梅尔克松家的人,不管有多少高翻领毛衣的男人围着她转。是马琳无意中让他不再放心的。事情发生在一个晚上,当时佩勒正躺在床上准备睡觉。但是他老睡不成,因为马琳在隔壁的洗澡间正扯开嗓子唱歌。她唱的那首歌佩勒过去从来没听见过,他躺在那里,歌中的几句话像棍子一样打在他身上。

"像刚刚考上大学、结婚和生子……"马琳唱着,丝毫没有意识到她在做什么。

"像刚刚考上大学……"啊,这一点马琳已经做到了。然后……然后当然就是剩下的两件事!佩勒躺在床上直冒汗。现在他明白了,过去怎么没意识到呀?想想看,马琳要结婚并从家里消失,家里除了尼尔松阿姨每天来四个小时、干完活儿就走以外,就剩下他们几个孤零零的。

佩勒想到这一点非常难过,他急忙跑到爸爸身边。

"爸爸,马琳什么时候结婚、生孩子?"他用颤抖的声音问道。

梅尔克惊奇地睁大眼睛,他没听说马琳在这方面有什么计划,他更不明白,佩勒为什么这么关心这件事。

"到底什么时候?"佩勒固执地问。

"哪一天,哪一刻,我们不知道。"梅尔克说,"这不是你考虑的问题,我的小伙子。"

不过从此以后佩勒一直在思考,当然不是每一刻,甚至不是每一天,但是遇到特别的情况,他时不时地就会思考一下,比如刚才。佩勒用眼死盯着马琳和那个穿高翻领毛衣的男人。真幸运,此时他们正在互相告别。那个穿高翻领毛衣的男人明显要在下一个码头下船。

"再见,克里斯特!"马琳高声说。那个穿高翻领毛衣的人也高声回答:"找一天我弄条摩托艇,看能不能找到你。"

"我看你就算了吧!"佩勒有礼貌地小声说。他决定请爸爸竖一块"禁止抛锚"的牌子放到木匠庄园的码头旁边,这件事由佩勒负责。

如果马琳不那么甜美、漂亮,就不太容易被打扰,这一点佩勒知道。那些人不是无缘无故地盯着马琳看,他们都认为浅色的头发和绿色的眼睛好看,像马琳这样。那个穿高翻领毛衣的男人肯定也有同感。

"那是哪儿来的讨厌鬼?"马琳走到他们身边的时候,约汉问道。

马琳笑了。

"根本不是什么讨厌鬼,是我在鲍塞大学生联欢节上认识的,非常和气。"

"一个特别的讨厌鬼。"约汉生硬地说,"他,你要特别小心。写到你的日记上吧!"

马琳不愧是作家的女儿。她也写东西,但仅限于写秘密日记。她把自己的心事和梦想记在里边,也记一些梅尔克松家男孩子们的一些事情,连梅尔克的事她也记。她经常用这样的话威胁他们:

"等着瞧吧,我会让人把我的日记印出来。那时候你们就会被暴露在光天化日之下。"

"哈哈,暴露最彻底的一定是你自己。"约汉肯定地说,"因为你把你的小白脸都仔仔细细写在里边啦!"

"做一个登记表,可别匆匆忙忙地把谁落下。"尼克拉斯建议说,"佩尔十四世·奥洛夫,卡尔十五世·卡尔松,兰那士十七世和沃克十八世。如果你继续记的话,可以变成一个漂亮的君主排列表。"

此时约汉和尼克拉斯都确信,穿高翻领毛衣的那位应该是克里斯特十四世。

"我非常想知道,她在自己的日记中怎么样描写他。"尼克拉斯说。

"留着小平头、自恋的讨厌鬼。"约汉建议说。

"对,你可以想象成这是马琳的看法。"尼克拉斯说。

但是在马琳的日记中,关于克里斯特连一个字也没写。他上岸以后,没有给马琳的记忆留下任何印记。仅仅一刻钟以后,马琳就被眼前的景色惊呆了,完全忘了克里斯特。当船驶进下一个码头的时候,她第一次看见海滨乌鸦岛。关于这次见到海滨乌鸦岛的事,她在日记中写道:

马琳呀马琳,这么长时间你到哪里去了?这个岛一直等着你,安静、平和地守在遥远的群岛上。它有着漂动的小航标、古老的码头和渔船,还有令人陶醉的美景,而你对此一无所知,这难道不可怕吗?当上帝造这个岛时,我不知道他在想什么。"我想兼而有之,"他大概这样想,"我希望它贫瘠,要有粗犷的灰色峭壁。但同时它还要有绿色的树木,橡树和桦树,绿油油的林间草地和五颜六色的花丛,啊!因为我希望,过了亿万年以后六月的一天,当马琳到这里来的时候,整个岛上都布满大片大片的粉色玫瑰和白色的山楂花。"啊,亲爱的约汉和尼克拉斯,当你们偷看这段日记的时候,我不知道你们有何感想,但是你们可能不相信:能这样想象吗?不对,我不是想象,我是高兴,你们明白吗?因为上帝想出这么个主

意，使海滨乌鸦岛成这个样子，而不是其他的样子。然后他又把这个岛像一块宝石那样镶嵌在群岛的最外边。它一直安静地待在那里，不受干扰，保持上帝创造它时的样子，以便我能来这里看到它。

梅尔克说过："你们一定会发现码头上每一个人都会看我们，我们会引起轰动的。"

这种情况并没有真的发生。船靠岸时下起了瓢泼大雨，码头上只站着一个小人儿和一只狗。小人儿是女孩，七岁左右。她一动不动地站在那里，好像是在码头附近长大的。雨浇在她的身上，她却纹丝不动。马琳想，人们一定相信，上帝创造这个岛时同时创造了她，她站在那儿，好像小岛永远的守望者。

马琳在日记中写道：

当我在倾盆大雨中提着大包小包从这个孩子眼前走过时，感到自己从来没有如此渺小。她对一切都能一目了然。我想，这个孩子肯定就是海滨乌鸦岛的化身，如果我们不能被这个孩子接纳，我们就永远不会被这个岛接纳。因此我像人们见到小孩子通常做的那样问她："你叫什么？"

"秋尔雯。"她说。竟有这样的事！一个看起来威风粗壮的女孩竟然叫秋尔雯，真有这样的事吗？

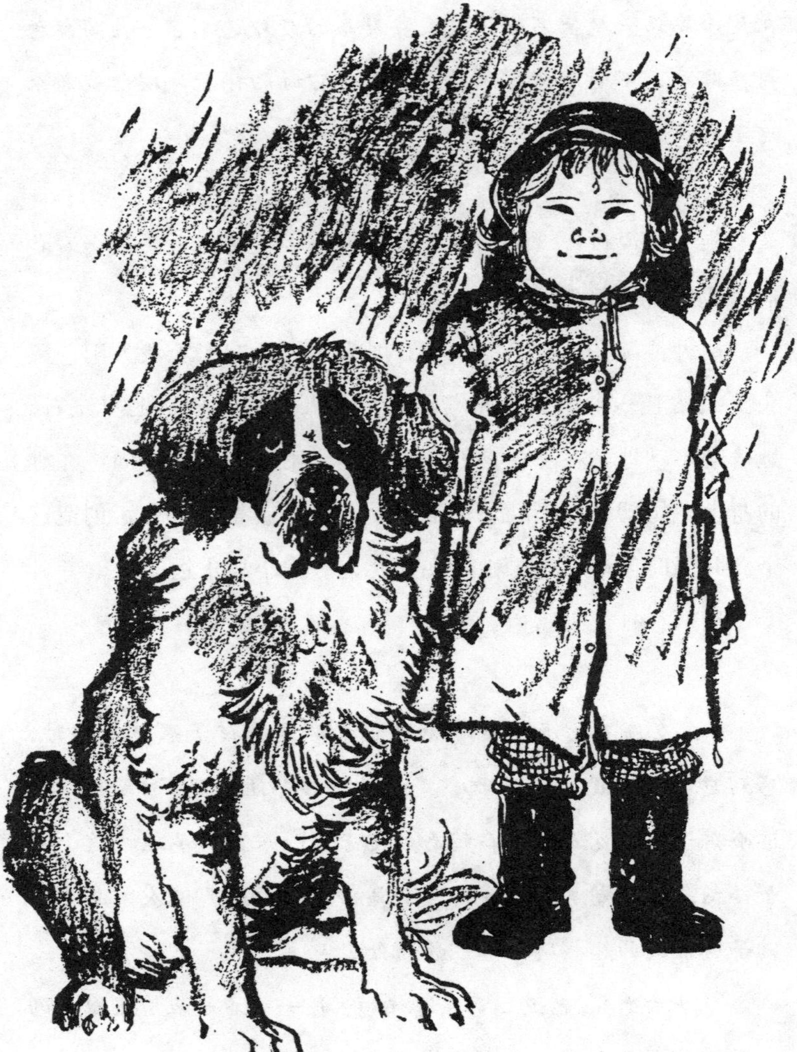

"你的狗?"我问。

这时候她用眼睛盯着我,平静地说:

"你是想知道这狗是不是我的,还是想知道它叫什么?"

"两个都想知道。"我说。

"这狗是我的,它叫水手长。"她说,那口气就像一位皇后屈尊向臣民介绍自己的爱犬。

顺便说一句,那狗真是棒极了!那是一只圣·本哈德犬,是我有生以来看到的体形最大的犬。它像自己的主人一样高贵,比起我们这些从城里来的可怜的小人物,它显得高大无比。正在这时候,一个很和善的人风风火火地走过来——他的样子像是这个岛上的商人,但他又显得很普通,因为他很客气地向我们问候,欢迎我们到海滨乌鸦岛来。不等我们问,他就自报家门说他叫尼塞·格朗克维斯特。随后他就曝出了惊人的事情。

"回家去吧,秋尔雯。"他对那个威风凛凛的孩子说。天啊!你怎么敢想他是这个孩子的父亲!可这是事实,有什么办法呢?

"谁说的?"小家伙严肃地问,"是妈妈说的吗?"

"不是,是我说的。"她的父亲说。

"那我就不回,"小家伙说,"因为现在我在接船。"

商人要接从斯德哥尔摩运来的货物,无暇顾及自己的孩

子,任由她站在雨里。而我们正忙于收拾自己带来的行李。我们当时肯定是一副狼狈相,躲不过她的眼睛。当我们匆忙赶往木匠庄园的时候,我仍然能从背后感受到她的目光。

除了秋尔雯的眼睛以外,还有更多的眼睛。村里沿街所有房子的窗帘后边,都有眼睛注视着我们这群被浇成落汤鸡似的过客——真应验了爸爸说的那句话,我们会引起轰动的。我能看出,此时他开始思索什么。正当我们走在路上大雨如注的时候,佩勒说:

"爸爸,你知道吗?木匠庄园的房子漏雨。"

这时候,爸爸突然在一个雨水坑里停下了脚步。

"谁说的?"爸爸问。

"瑟德尔曼老头儿。"佩勒说。听他的口气就像在谈论一位老朋友。

爸爸装作若无其事的样子。

"是吗,是瑟德尔曼老头儿说的?这只能掐会算的不吉利的大乌鸦,不是他还能是谁呢?瑟德尔曼老头儿当然知道——啊,当时代理人怎么一个字也没提这件事!"

"他真的没提?"我问。他真的没说,那是一栋很宜人的度假庄园,特别是下雨的时候,因为下雨大房子里就会有一个漂亮的小游泳池。

爸爸看了我半天,没有回答。

随后我们继续前行。

"你好,木匠庄园!"爸爸说,"请让我介绍一下梅尔克松一家——梅尔克和他可怜的孩子们。"

这是栋红色的两层房子,当我看到它时,我毫不怀疑房顶会漏雨。不过我还是很喜欢这栋房子,从一开始就喜欢。与我相反,爸爸这时候却害怕了,我看得出来——我知道没有人像他那样情绪反复无常。他静静地站在那里,沮丧地看着他为自己和孩子们租的夏季庄园。

"你还等什么?"我说,"跟你租的没什么不一样。"

爸爸这才鼓起勇气走了进去。

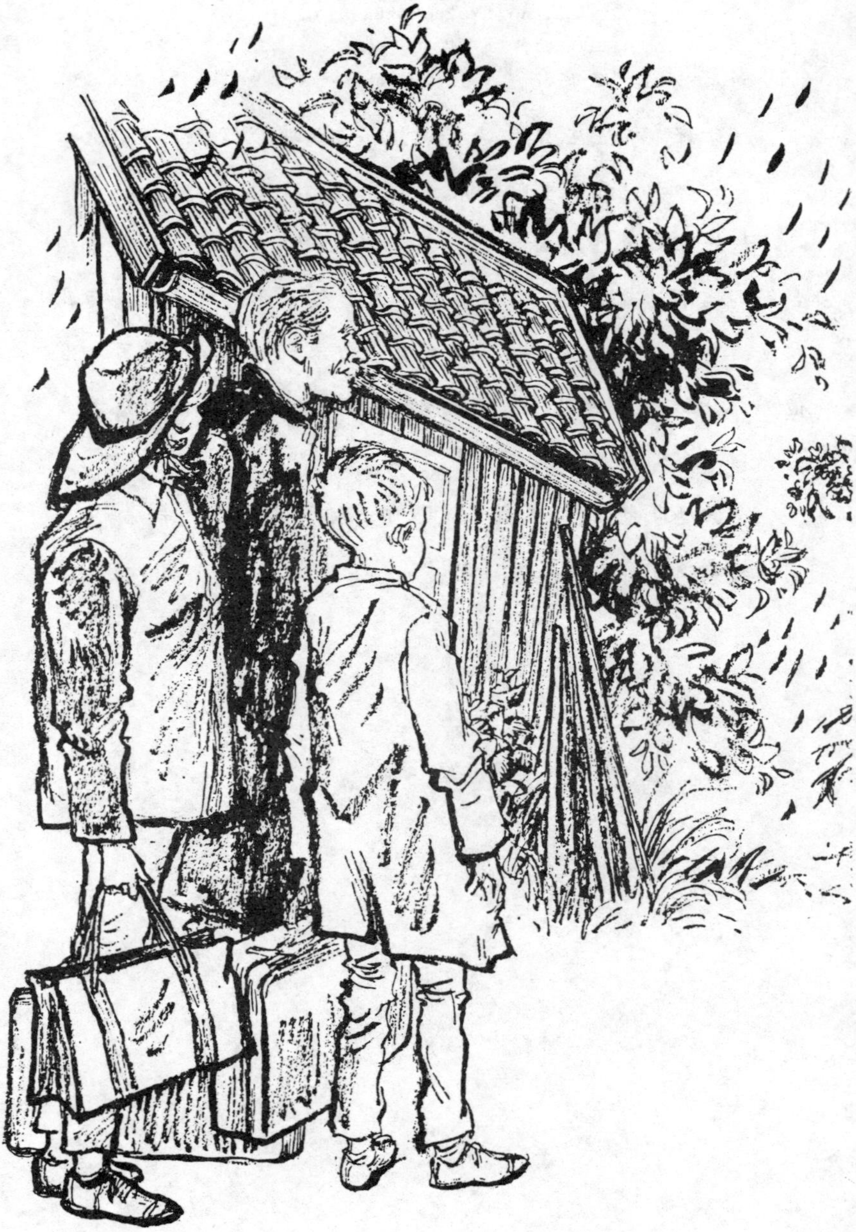

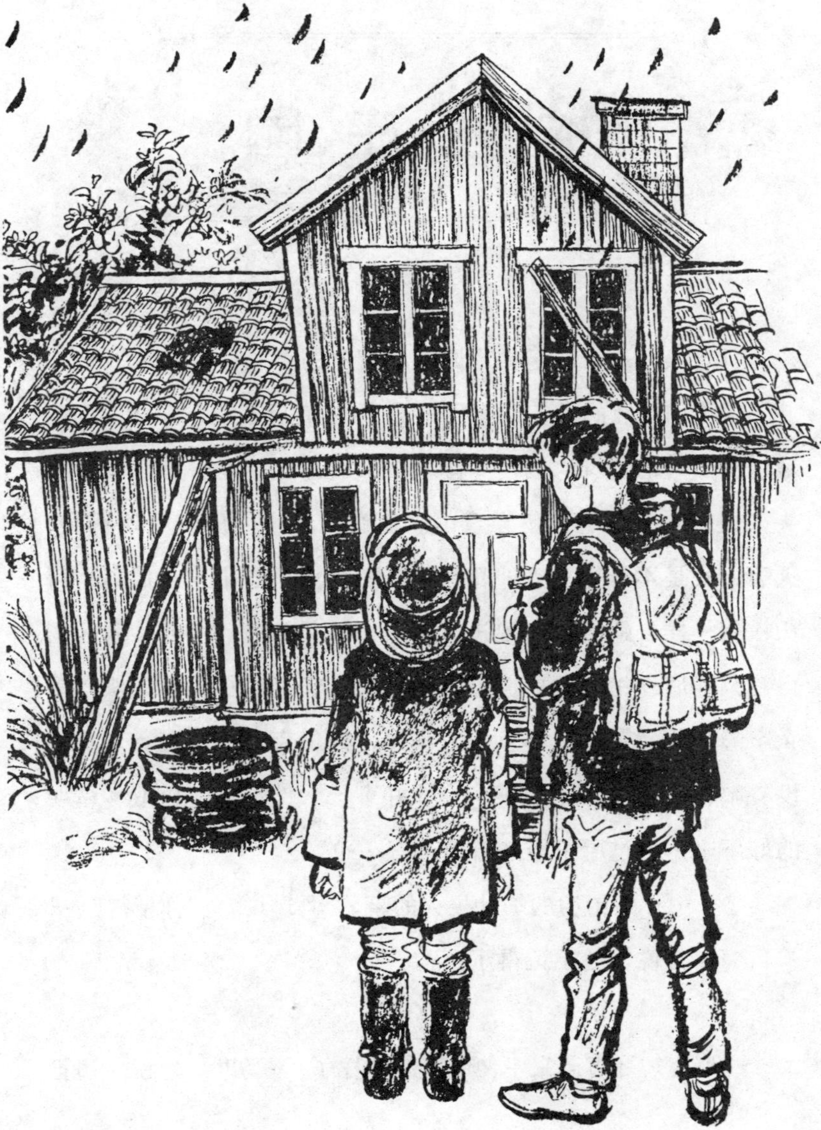

木匠庄园

所有人都不会忘记在木匠庄园度过的第一个晚上。

"你们愿意的话,请问我吧,"梅尔克后来说,"我能准确地讲出当时的情况。满屋子潮气,被褥冰凉。马琳微微皱着眉头,她以为我永远也不会看出。而我内心也像压着一块石头,天啊,我是不是做了一件超级愚蠢的事!不过小伙子们高兴得像松鼠一样,蹦跳着出出进进,我记得很清楚……啊,我还记得一只画眉在室外的桦树上歌唱,细浪轻轻地拍打着码头。多么宁静啊,我突然发起疯来,我想,梅尔克啊梅尔克,这次你没有做什么蠢事,而是做了一件好事,一件伟大、勇敢、精明的好事……不过屋里当然有些潮湿……"

"……你给厨房的炉灶生火的事,"马琳说,"你记得吗?"

梅尔克说,他不记得了。

"那个炉灶看起来不像能做饭的样子。"马琳一边说一边把

背上的背包甩在厨房的地板上。她走进厨房时,第一眼就看见那个炉灶。上面长满了锈,看样子人们最后一次使用它大约在世纪交替之际的 1900 年前后。不过梅尔克对它很有好感。

"好啊,像这类铁炉子好使极了!稍一动手就能把火生起来。让我修一修吧。不过我们先看看其他东西。"

从世纪交替之际起,整个木匠庄园疏于管理。木匠庄园原来住的是一户相当殷实的人家。每到夏天,这里会来一些粗心大意的房客,很多东西原来还好好的,由于过度使用而变得破烂不堪,尽管房子有些破败,大家还是感到非常宜人。

"住在这个破房子里一定会很开心。"佩勒很有信心地说。他迅速抱了一下马琳,随后便去追约汉和尼克拉斯,他们要从上到下,包括阁楼,把能查看的一切都查看一番。

"木匠庄园……"马琳说,"爸爸,你认为是一个什么样的木匠住过这里?"

"一位乐观的年轻木匠,1908 年结婚,带着自己年轻、甜美的妻子搬进这里。他为她打造了她想要的桌椅、衣柜和沙发,把她亲得叭叭直响,他说这里就叫木匠庄园,它就是他们在地球上的家……"

马琳用眼睛瞪着他。

"你知道,那是你瞎编的或者有一部分是你瞎编的吧?"

梅尔克不好意思地笑了。

"啊啊……对……有些是我瞎编的。不过,如果你要是用'杜撰'这个词,我觉得会更好一些。"

"我喜欢用'杜撰'这个词,"马琳说,"不管怎么说……很久以前曾经有人住过这里,喜欢这里的家具,掸去上面的灰尘,把它们擦得干净明亮,星期五还大扫除。顺便问一句,谁拥有这房子的产权?"

梅尔克想了一下。

"某个叫舍贝里夫人的,或者叫舍布鲁姆夫人,或者别的什么名字。一个老人吧。"

"你大概还得给这儿杜撰个木匠夫人吧。"马琳笑着说。

"如今她住在北台里叶。"梅尔克说,"夏天的时候,一个叫马特松的小伙子,帮她把房子出租……大部分时候租给海盗,他们总带着一群手脚闲不住的小孩子。好像是这样。"

他朝四周看了看,这房间可能曾经是木匠家的客厅,如今已经不那么气派。不过梅尔克还是很满意。

"这里,"他说,"这里就当我们的起居室。"

他高兴地抚摩着白色的开口炉子。

"晚上我们就坐在烧着木柴的炉火前边,听外边大海的涛声。"

"同时耳边吹着过堂风。"马琳一边说一边指着一块破碎的窗玻璃。

她的眉梢间仍然挂着一丝忧虑,而已经把海滨乌鸦岛与自己的心连在一起的梅尔克,对一块破碎的窗玻璃这类区区小事毫不担心。

"别着急,我的好姑娘。你无所不能的爸爸明天就安上一块新玻璃,放心好了!"

马琳还是有些着急,因为她了解梅尔克,她怀着不安和怜悯的心情想:

"他很自信,这个可怜的人,他确实很自信,因为他不吸取教训,接二连三犯错误。如果他装上一块新玻璃,这意味着他会打碎其他三块好的。我一定要去问一问尼塞·格朗克维斯特,岛上有谁能帮助我。"

她高声说:

"我想,我们该卷起袖子干活儿啦。怎么样,爸爸,你该把炉火生起来了吧?"

梅尔克被干活儿的热情感染了,激动得直咬牙。

"对对!这差事不能让女人和孩子干。"

"那好。"马琳说,"那女人和孩子就去找水井吧。我希望这里有这类东西。"

她听见男孩子们在楼上咚咚地跑来跑去,她喊他们:"弟弟们,快来呀!我们打水去!"

雨已经停了,起码眼下没有雨。夕阳多次小试锋芒,试图

冲破乌云。那棵古老的白桦树上的画眉热情地为它加油，但还是没有成功。它不遗余力地鸣叫着，直到看见梅尔克松家的孩子们抬着水桶从湿漉漉的草地上走来，它才安静下来。

"真有意思，木匠庄园有自己的风水树。"马琳说着，用手迅速摸了一下桦树粗糙的树干。

"风水树干什么用？"佩勒问。

"赐福。"马琳说。

"用来爬的，你没看出来？"约汉说。

"这大概是我明天早晨要做的第一件事，"尼克拉斯肯定地说，"我不知道爸爸为这棵可以爬的树多交钱没有。"

马琳对此笑了。男孩子们继续在想其他的他们认为梅尔克应该多交钱的东西——码头和停在那里的一只旧划艇。还有那片红色库房，他们一旦有时间会去侦察的。楼上的储藏室他们已经侦察过了，那里堆满了各种有趣的东西。

"这口井里的水也不错呀！"马琳说。

但是约汉和尼克拉斯却不认为应该为水多付钱。

"相反，应该考虑给打水的人一点儿报酬。"约汉一边说一边提起第一桶水。

佩勒欣喜地叫起来。

"看呀，桶底有一只小青蛙！"

马琳发出一声惊叫，佩勒惊奇地看着她。

"你怎么啦？你不喜欢可爱的小青蛙？"

"不喜欢饮用水里的。"马琳说。

但是佩勒高兴地跳起来。

"那好，这只青蛙就可以属于我了吧？"

随后他转身对着约汉。

"你觉得，爸爸为水里的青蛙多付钱了吗？"

"这要看那口井里有多少。"约汉说，"如果里边的数量较大，他付的钱可能会少点儿。"

约汉看着马琳，想知道为青蛙付多少钱她能接受，但是马琳对此事似乎并不关心。

马琳的思想已经开了小差，她在想别的事情。她站在那里，正在想那位快乐的木匠和他的夫人。他们在木匠庄园里生活得是否很幸福？他们是否有孩子爬那棵桦树，有时候还掉进海里？六月的时候，院子里的蔷薇花开得是否像现在这样多？通向海边的小路是否像此时铺满了凋谢的白色苹果花？

随后她突然想起，那位快乐的木匠和他的夫人是梅尔克编出来的。不过她还是权当真有此事。还有一件事让马琳下了决心住在这里。不管水井里有多少只青蛙，不管房子里有多少个破窗子，不管木匠庄园有多么破败，没有什么事情可以阻止她在此时此地开始幸福的生活，因为现在是夏天。她想，六月的夜晚应该就是这样。像现在这样恬静，如同梦境一般，一点儿

声音也没有。码头外边,海鸥飞来飞去,其中一只发出一两声迷路的尖叫。除此之外,就是那让人不可理解的沉静,好像在耳边细语。海上笼罩着一层薄雾,带着一丝忧伤的美。所有的花丛和树木不停地滴着小水珠,空气中弥漫着泥土、海水和青草的芳香及更多雨水将要来临的气息。

"坐在院子里,沐浴阳光,吃饭,感受夏天。"这是梅尔克想象的他们在木匠庄园度过的第一个夜晚的情形。虽然跟现在的情况不一样,但它是夏天,马琳感受到了,所以她的眼里流出了泪水。此外,她还感到饿了,她不知道梅尔克要花多长时间才能把厨房的炉子生好。

梅尔克还没有生好炉子。

"马琳,你在哪儿?"他喊叫着。只要遇到麻烦事,他就会这样喊自己的女儿。但是马琳离得很远,她听不到,他只得硬着头皮自己干。

"上帝与我同在,一会儿我就把这个铁炉子从窗子扔出去!"梅尔克生气地嘟囔着,还被烟熏得咳嗽起来,话都说不出来。他瞪着那个肆无忌惮地向他喷着黑烟的炉子,尽管他没有跟它过意不去,只是想生起火,小心翼翼的。他拿火钩子在里边捅,一股浓烟又向他扑来。他一边跑一边拼命地咳嗽,想把所有的窗子都打开。他刚刚开完窗子,门开了,有一个人走

了进来。正是刚才那个站在码头上威风凛凛的孩子。她的名字很奇怪——科尔雯或者秋尔雯，或者别的什么。梅尔克想，她的样子就像一个鼓鼓的小香肠，圆乎乎的，很可爱。秋尔雯从防雨帽底下伸出一张娃娃脸，他透过浓烟看到，那张异常干净、好看的脸宽大而善良，一双聪明的眼睛洞察一切。她带着自己的那只大狗。那只狗在屋里显得更加高大，好像把整个厨房都填满了。

秋尔雯在门槛前停住了。

"倒烟了。"她说。

"倒烟了？"梅尔克说，"我还没发现。"

然后他又咳嗽起来，眼睛辣得简直要炸了。

"当然，倒烟了。"秋尔雯肯定地说，"你知道什么原因吗？可能烟囱里有一只死猫头鹰，有一次我们家就发生过这样的事。"

随后她把梅尔克打量一番，并开口笑了。

"你的脸很黑，你的样子跟吃人魔鬼一模一样。"

梅尔克仍在咳嗽。

"吃人魔鬼，当然不是！我是一条鳕鱼，知道吗？一条刚刚烤好的鳕鱼。顺便说一句，我觉得你不应该对我称'你'，你要说梅尔克叔叔。"

"那你真的叫这个名字？"秋尔雯问。

梅尔克用不着回答了,因为此时马琳还有男孩子们正好回来了。

"爸爸,我们在水井里找到了一只青蛙!"佩勒兴致勃勃地说。

但是他很快就把青蛙忘了,心思全放到他刚才在码头上看见的而此时正站在厨房里的那只大狗上。

梅尔克一副委屈的样子。

"井里的一只青蛙……真的?那位代理人说,这是个非常宜人的度夏之地,没说是个动物园,烟囱里有猫头鹰,水井里有青蛙,厨房里有大狗。约汉,去看看卧室里有没有驼鹿!"

孩子们都笑了,这正是梅尔克期待的。否则的话他会伤心的。不过马琳说:

"哎呀,这里倒烟怎么这么厉害!"

"我也想知道。"梅尔克说。他责怪地指了指铁炉子。

"这是安佳斯鲁姆实用器具厂[①]的一个残次品。我一定要投诉……你们 1908 年 4 月提供的一个铁炉子,你们是怎么干的活儿?"

除了马琳,谁也没听见他说什么。他们挤在秋尔雯和她的狗周围,向她问个不停。

---

① 安佳斯鲁姆实用器具厂始建于 1650 年,位于今日瑞典斯莫兰省东北部。

秋尔雯很有礼貌地说，她住在紧靠木匠庄园的那栋房子里。她爸爸在那里开了一家商店，不过房子很大，足够大家用的。"我、水手长、妈妈、爸爸，蒂迪和弗列迪。"秋尔雯说。

"蒂迪和弗列迪几岁了？"约汉急切地问。

"蒂迪十三岁，弗列迪十二岁，我六岁，水手长两岁。我不记得妈妈和爸爸的年龄，不过我可以回家问他们。"秋尔雯欢快地说。

约汉说，她不需要回家问。他和尼克拉斯满意地互相看了看，隔壁家有两个跟他们一样大的男孩，真是太好了。

"天啊，如果弄不好炉子，我们怎么办呢？"马琳问。

梅尔克抓了抓头发。

"我得到房顶上去，看看烟囱里有没有那孩子说的死猫头鹰。"

"啊呀！"马琳说，"多加小心！记住，我们就有一个爸爸。"

不过梅尔克已经到了门外。他看到山墙旁边立着一个梯子，对于一个身体灵活、强壮的男人来说，爬到房顶上去不是什么了不起的事。男孩子们跟在他的脚后，佩勒也不例外。当爸爸去掏烟囱里的猫头鹰时，厨房里的那只大狗也留不住他。而早已经把佩勒当成自己朋友的秋尔雯（佩勒自己并不知道）也从容地走到院子里，她想看看热闹。

她觉得这件事很有意思。梅尔克带着火钩子上房去掏猫头鹰，他爬梯子时，只得用嘴叼着火钩子。秋尔雯想，他的样子跟水手长叼一块骨头时一模一样。再没有比这更有意思的事了。她站在苹果树下暗自发笑。当梅尔克爬到其中一节梯子的时候，那节梯子突然断了，他滑下来很长一段。佩勒吓得惊叫起来，秋尔雯却又暗暗地笑起来。

不过，后来她没有再笑了，因为梅尔克已经爬上房顶，看起来很危险。

梅尔克也有同感。

"真是一栋好房子。"他小声说，"但实在太高了。"

他开始怀疑，对于一个快五十岁的人来说，在房顶上走平衡木是不是有点儿太高了。

"我是不是太老了点儿。"他自言自语着，并沿着房脊晃晃悠悠地向前走，眼睛死死地盯着烟囱。当他朝下面看了一眼的时候，差点儿掉下去，孩子们仰着脸，满面惊恐。

"把住，爸爸！"约汉喊道。

梅尔克又晃了一下，他几乎生气了。他头上只有广阔的天空，他能把住什么呢？这时候，下面传来秋尔雯富有穿透力的声音：

"你知道吗？你要抓住火钩子，梅尔克叔叔，快抓住！"

不过这时候梅尔克已经安全地到了烟囱旁边。他往里边一

看，那里除了一片漆黑别的什么也没有。

"我说，秋尔雯，你不是说有死猫头鹰吗？"他高声责备说，"这里一只猫头鹰也没有。"

"是一只灰林鸮吧？"尼克拉斯高声说。

梅尔克气得吼叫起来：

"这里没有任何猫头鹰，我已经说过了！"

这时候，他又听到了秋尔雯富有穿透力的声音：

"你想要一只吗？我知道什么地方有，不过不是死的。"

后来厨房里的气氛有点儿压抑。

"我们暂时不得不吃点儿凉的饭菜。"马琳说。

他们伤心地看着那个表现很不理想的铁炉子。此时他们唯一想要的就是热乎乎的饭菜。

"生活真够沉重的。"佩勒说，因为爸爸有时候就这样说。

这时候有人敲门，一个穿着雨衣的陌生人风风火火地走进来。她匆忙把手中的搪瓷锅放在炉台上，对着大家灿烂一笑。

"晚上好！啊呀，秋尔雯在这儿呢，我猜就是。哎呀，这里倒烟怎么这么厉害！"别人还没来得及向她解释，她又继续说：

"啊呀，我应该先说我是谁……麦塔·格朗克维斯特。我们是近邻。欢迎你们到这里来！"

她讲话很快，自始至终露着微笑，梅尔克松家的人还没开

口说一个字,她已经来到炉子旁边,朝炉筒上面看:

"你们打开风挡……就会好起来!"

马琳笑了起来,不过梅尔克显得很伤心。

"对,我当然打开了风挡——这是我首先做的。"他信誓旦旦地说。

"不管怎么说,风挡还关着。"麦塔说,"现在打开了。"她一边说一边拧了半圈,"你们来的时候很可能是开着的,后来梅尔克先生把它关上了。"

"他真够仔细的。"马琳说。

大家都笑了,包括梅尔克。特别是秋尔雯。

"我很熟悉这种炉子,"麦塔说,"非常好使。"

马琳充满谢意地看着她。这个神奇的人来到厨房以后,一切都显得好多了。她是那么乐观,浑身散发着诚信、友善和活力。马琳想,有像她这样的人做邻居真是幸运。

"为了向你们祝贺乔迁之喜,我做了一点儿肉末汤,请你们笑纳。"麦塔一边说一边指了指那个搪瓷锅。

梅尔克感动得流出了眼泪。当有人向他和他的孩子们表示友善时,他当然愿意接受。

"啊,天底下竟有这么好的人。"他结结巴巴地说。

"对,我们海滨乌鸦岛上的人都很好。"麦塔笑了起来,"过来,秋尔雯,我们该回家了。"

她在门口转过头来。

"你们还有什么需要帮助的,说一声。"

"好,屋里有一块窗玻璃破了。"马琳不好意思地说,"不过我们不应该什么都麻烦你们。"

"等你们吃完饭,我让尼塞来修。"麦塔说。

"对,海滨乌鸦岛上所有被打碎的窗玻璃都是他装好的。"秋尔雯说,"都是我和斯蒂娜干的。"

"我怎么听着这么不像话呀!"麦塔严厉地说。

"不过不是有意的。"秋尔雯赶紧解释,"不知道怎么就坏了。"

"斯蒂娜,我认识她。"佩勒说。

"你认识?"秋尔雯问。不知道什么原因,听起来她不是很高兴。

佩勒已经沉默了很长时间。当有一只像水手长这样的狗在场的时候,跟人有什么好讲的呢?佩勒用手勾住水手长的脖子,在它的耳边小声说:

"我喜欢你。"

水手长任他搂着。它用友善但心不在焉和略带忧伤的眼睛看着佩勒,那目光里饱含了一只狗特有的对每一个喜欢它的人的全部忠诚。

但是现在秋尔雯要回家了,秋尔雯走到哪里,水手长就要

跟到哪里。

"过来,水手长。"她说。

他们走了。

不过厨房的窗子开着,梅尔克松一家人能听到秋尔雯走过窗边时所讲的话:

"妈妈,你知道吗?那位叔叔在屋顶上走的时候,他使劲抓着那把火钩子。"

他们也能听到麦塔的回答:

"你知道,他们是城里人,秋尔雯,我想,他们需要抓着火钩子。"

梅尔克松家的人互相看着。

"她很可怜我,"梅尔克说,"其实不需要。"

不过就炉子而言,麦塔说得很对。炉火烧得很旺,炉膛被烧得通红,整个厨房温暖宜人。

"家的圣火。"梅尔克说,"她给这里带来火的时候,我们才有了家。"

"而当她给这里带来肉末汤的时候……"尼克拉斯一边说着一边用面包蘸肉汤吃,由于一次吃得太多,下边的话没能说出来。

他们围着餐桌吃饭,那是一个极为温馨的时刻。炉子里的火啪啪地燃烧着,室外的雨哗哗地下个不停。

当男孩子们去睡觉时,雨比什么时候下得都大。他们恋恋不舍地离开温暖的厨房,拖拖拉拉地走上阁楼去睡觉。那里阴冷、潮湿,尽管壁炉里生着火,但还是不舒服。不过佩勒裹着马琳的毛衣,头上戴着毛帽子,已经睡着了。

约汉站在窗前冻得直打战。他朝格朗克维斯特家看去,雨水浇在玻璃上,他只能透过一层流动的水幕看。商店——他只能看到商标。房子——那是一栋像木匠庄园一样的红色房子。院子——位于向海边倾斜的坡上。海边有一个格朗克维斯特家的码头,跟木匠庄园的完全一样。

"明天我们大概可以找到那两个小伙子,像……"约汉说,但马上就闭上了嘴巴。因为邻居家的院子里发生了一件事。一扇门开了,有人跑到大雨里,是一位姑娘。她穿着游泳衣,她朝码头跑的时候,浅色的头发在她周围飘动。

"快来,尼克拉斯,你会看到有趣的事情……"约汉说,但他马上又停住了。因为这个时候那扇门又开了,雨中又来了一位姑娘,她也穿着游泳衣,她朝码头跑的时候,头发也在她周围飘动。前一位姑娘已经到了码头。她一头扎到水里,当她的鼻子重新露出水面时,她高声喊叫:

"弗列迪,你带肥皂了吗?"

约汉和尼克拉斯静静地互相看着。

"那就是你明天要找的小伙子。"尼克拉斯说。

"哎呀!"约汉说。

那个夜晚,他们好久没有睡着。

"只有把脚焐热乎了才能睡着。"尼克拉斯肯定地说。

约汉同意他的看法。

然后他们又沉默了很长时间。

"现在总算不下雨了。"约汉打破了沉默。

"没有不下。"尼克拉斯说,"正好相反,我的床上开始下了。"

不管你喜欢不喜欢屋顶漏雨……尼克拉斯不是特别喜欢从屋顶往他床上漏雨,但是他并不特别犯愁,因为他才十二岁,天性无忧无虑。他和约汉认为,如果此时把这个倒霉的消息告诉马琳,她会一整夜睡不着觉。他们喜欢姐姐,不想让她担心,所以就不声不响地把尼克拉斯的床往旁边移了一下,放一个桶接雨水。

"这声音正好给我催眠。"当他重新爬上床时小声说,"滴答,滴答!"

马琳对于屋顶滴水的事一无所知,她正坐在楼下温暖的厨房用心地写日记,因为她想记住他们在海滨乌鸦岛度过的第一天。

我一个人坐在这里,但是好像有人在看我。没有人!只有

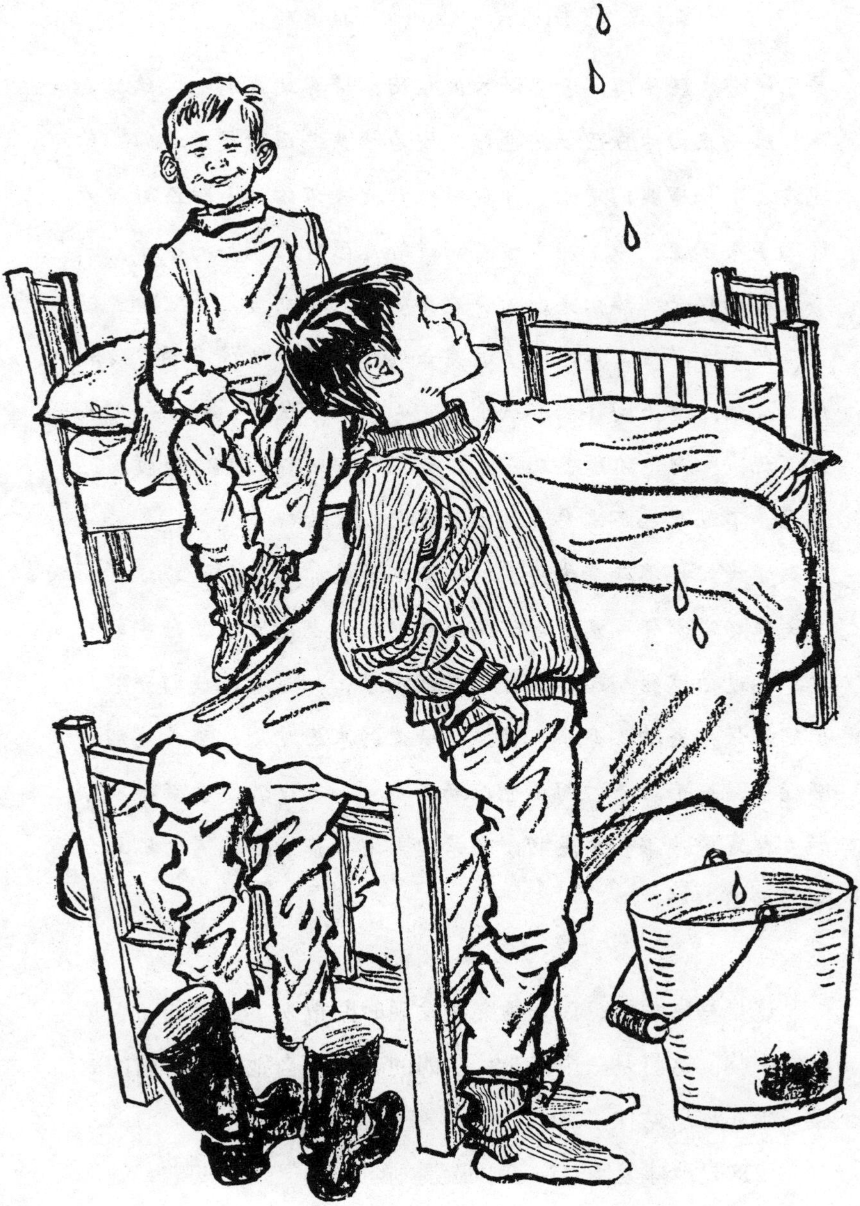

房子……木匠庄园！亲爱的木匠庄园，请喜欢我们吧，你真友善！这一点由你自己决定也好，因为毕竟要由你接纳我们。你现在还不知道我们是谁，你说对吧？我告诉你吧。睡在厨房旁边的小房子里，为了能入睡朗诵诗给自己听的那个高个子、笨手笨脚的汉子叫梅尔克。你一定要小心，特别当他手里拿着锤子、锯或者其他工具时。不过在一般情况下，他很友善，没有什么危险。楼上阁楼里有三个毛手毛脚的小伙子，对于他们我只能说……啊，你很喜欢孩子，我说得对吧？因为你当时没有生气。不过我也不需要再说吧？我想，你大概习惯了，木匠家的孩子大概也不是老老实实的。那个清洗你的窗子、给你的高尔夫球场剪草坪、手逐渐变得粗糙的人，就是写这几行字的马琳。不过你可能知道，我会找其他人帮忙！对对！我们会尽力使这里保持整洁、有序。晚安，亲爱的木匠庄园，现在我们该睡觉了。一个冰冷的阁楼也在等着我……不过我要尽量待在你的乡村式厨房里和火热的炉子旁边，因为在上边我感受不到你跳动的热心肠。

这是马琳写的。后来她突然发现时间很晚了。新的一天早已经来临。这将是一个清澈、明朗的一天，当她跑到窗前的时候，她在那里站住了。

"这是地球上所有窗子中最漂亮的一个。"她念叨着，她从

来没有看见过比从这里看到的景色更让人喜欢。晨曦中平静的海水、码头、岸边灰色的石头,这一切都那么迷人。她打开窗子,听见鸟儿在歌唱,一种喜悦之情充满全身。那歌声来自很多小小的喉咙,她听得最真的是白桦树上那只画眉。它刚刚醒来,健康、快乐,充满生命力。而那个可怜的梅尔克,他在厨房旁边的小房子里仍然没有睡着。他在打哈欠,但仍然不知疲倦地高声朗诵着:

你,进入天堂的时刻,
在我们灵魂里
铸成你的露珠!
围绕黎明中的海峡,
鸟儿动情地歌唱,
那么清脆,
就像开天辟地第一次。

"对,非常贴切。"马琳说。

划呀划，划向鱼礁岛

马琳在一周后的日记中写道：

我们好像一直住在海滨乌鸦岛。

我认识住在这里所有的人。我知道他们的为人处世。尼塞和麦塔，我知道他们是世界上最好的人——特别是他，和世界上最能干的人——特别是她。他经营商店。她也爱管商店的事，除此还管电话交换机、邮件、孩子、狗和家务，岛上哪里需要帮助，她就出现在哪里。给我们风风火火地送来肉末汤就是典型的麦塔风格——"因为你们看起来很不熟悉这里的环境。"她说。

我还知道什么呢？瑟德尔曼老头儿的肚子"无缘无故就咕噜咕噜地叫"，这是他亲口告诉我的，他最近要找一天到北台里叶去看医生，查一查原因。

我还知道，维斯特曼不好好经营自己的农场，只醉心于捕

鱼、打猎，而自己却"对此全然不知"。这是维斯特曼的夫人亲口告诉我的。

除了麦塔、尼塞、瑟德尔曼老头儿和维斯特曼以外，这里还有别人吗？当然有，扬松一家。他们也经营农场，我们会到他们那里买牛奶。晚上穿过林间草地到扬松家去取牛奶，是我们的乡间娱乐之一。

岛上有一名小学教师，一位叫比约恩·舍布鲁姆的年轻人。上星期三我去取牛奶时碰到他了，他好像……啊，顺便说一句，他也和其他的男人一样，但不是约汉说的"特别讨厌鬼"，他显得很腼腆、很好面子，在某种意义上可以说诚实可信。

还有那群孩子，多亏有了他们。佩勒经常跟秋尔雯和斯蒂娜玩，特别是秋尔雯。我感觉到，因为佩勒，她们之间还有一场小小的争夺战，有点儿像"别动那块金子，是我先看到的"那种感觉，不过秋尔雯大概占上风。怎么会有其他可能呢？她是一个非常杰出的孩子，人见人爱，为什么谁也说不清楚。不管她在什么地方露面，都会带来一种快乐。爸爸说，她有着永恒的温柔、热情和灿烂的面孔。上帝说这是儿童特有的，但是很遗憾，在现实中并非都是如此。她是整个海滨乌鸦岛的秋尔雯，她在所有的道路和所有的房子中自由来往，她到处受欢迎："啊呀，我们的秋尔雯来了！"好像她的到来就是他们最好的开心果。可当她生气的时候——她毕竟不是天使，有时候

确实发生——她本能的力量就爆发了，惊天动地，噢呀，噢呀，噢呀，可不得了！不过，它很快就会过去。

斯蒂娜属于另一种类型的孩子，她乖巧、温柔、可爱。怎么变成这样的，我也不知道，但是乖乖女有时候也会开怀大笑，露出开朗、如画般的笑脸。她很有天分，是岛上最会讲故事的人，勤勉、执著。一般来说，我的爸爸算是喜欢孩子的，他喜欢跟别人家的孩子讲话胜过跟自家的孩子讲话，但他在跟斯蒂娜接触的时候却变得很小心。当他看见斯蒂娜时，宁愿绕一点儿弯走。不过对此他并不承认。

"正相反，"几天前他说，"当斯蒂娜过来给我讲故事时，真是太好了，我知道……啊，她讲完了以后，那感觉美极了。"

约汉和尼克拉斯过着一种快乐、没有约束的生活。他们整天与蒂迪和弗列迪一起玩，那两个人真像是希腊神话中的一对小小的女战神，长得也很可爱。这样我就很少看见弟弟们的影子，特别是需要洗碗的时候。我总听见弟弟们慌慌张张地说"我们出去钓鱼"，"我们去游泳"，"我们去搭建一座小屋"，"我们要做一个木筏"，"我们去鱼礁岛下网"。我听说，最后这件事他们今天晚上就要去做，明天早晨去起网。他们要五点钟起床，那么早！

约汉和尼克拉斯说到做到。他们五点钟起床，匆忙穿上衣

服,又匆忙赶到格朗克维斯特家码头。蒂迪和弗列迪站在船边等着他们。水手长也起得很早。此时它站在码头上,用责备的目光看着蒂迪和弗列迪。她们真的出海而不带着它吗?

"好吧,那就快来吧。"弗列迪说,"一条船上怎么能没有一个水手长呢?不过你知道,秋尔雯要是生气了,那就坏事了。"

当水手长听到秋尔雯的名字时,它好像真的有些犹豫。但只是瞬间。然后它就温顺地跳上船。在它巨大身躯的重压下,小船颤抖起来。

弗列迪用手拍了拍它。

"你以为在秋尔雯醒来之前我们可以赶回家,你错了,小水手长。"

她握住桨开始划。

"狗是不能交谈的。"约汉说,"水手长什么想法也不会有。它跳到船上,就是因为它看到你和蒂迪在上面。"

但是蒂迪和弗列迪都坚信,水手长有思维,感觉跟人一样。

"不,它有的,"蒂迪说,"我敢保证,狗的脑子里没有任何恶意。"她一边说一边用手抚摸水手长。

"那这个脑袋呢?"约汉一边问一边在蒂迪漂亮的头上亲切地拍了一下。

"那里边有时候装满了各种小小的坏主意。"蒂迪承认,"弗列迪心眼比较好,跟水手长一样。"

他们要用一个小时才能划到鱼礁岛,这段时间他们就讨论不同的脑袋里装着哪些不同的想法,以此来打发时间。

"比如尼克拉斯,当你看见眼前这种景象时在想什么?"蒂迪一边问一边做了个手势,好像要把有着夏季的蓝天白云和波光粼粼的大海的这个美丽的早晨都收进来。

"我想吃饭。"尼克拉斯说。

蒂迪和弗列迪用眼睛瞪着他。

"吃饭?为什么?"

"啊,是这样,吃饭是我首先想到的。"尼克拉斯带着狡黠的微笑说。

约汉与他有同感。

"在高兴的时候,他还有另外两个想法在里边翻滚。"他一边说一边敲了敲尼克拉斯的前额。

"不过在约汉的脑袋里,想法密集得像小鲤鱼群。"尼克拉斯说,"有的时候太挤了,就从耳朵冒出来。因为他读的书太多了。"

"我也是。"弗列迪说,"谁知道呢,说不定突然我就冒出了一个想法。我不知道是什么感觉呢!"

"当我是提乌多拉的时候,我有一种想法,当我是蒂迪的

时候，我有另外一种想法，想法都不一样。"蒂迪说。

约汉惊奇地看着她。

"提乌多拉？"

"哎哟，你不知道！我实际上叫提乌多拉，而弗列迪叫弗列德丽卡。"

"这是爸爸胡编的。"弗列迪解释说，"妈妈又改成蒂迪和弗列迪了。"

"提乌多拉的想法就像梦境那么美丽。"蒂迪说，"当它来到我脑子里时，我就写诗，我就想到非洲去，到麻风病患者中间去工作。或者当宇宙专家，到月球上去，或者到其他星球。"

尼克拉斯看着划桨的弗列迪。

"那你的弗列德丽卡呢？"

"我没有。"弗列迪说，"我始终是弗列迪。不过我的弗列迪很精明。你们想知道最近它在想什么吗？"

约汉和尼克拉斯很好奇。他们要听弗列迪最近在想什么。

"它在想……"弗列迪说，"那两个懒小子谁愿意划一会儿？"

约汉赶紧过去，替下坐在船桨旁边的弗列迪，但是他有点儿担心不知道怎么划。前一天晚上他们划过木匠庄园里那只裂了缝的旧船，他和尼克拉斯。他们偷偷地在扬松海湾练习过，免得上了船以后和蒂迪、弗列迪一起太丢人。

"我们对船也有一点儿了解，尽管我们不是海岛居民。"当

他们第一次见到格朗克维斯特家的姑娘们时约汉自信地说。

弗列迪曾经用有些挖苦的口气说:"那肯定是用树皮做的船吧?"

蒂迪和弗列迪都生在海滨乌鸦岛上。她们有着群岛姑娘的生命与灵魂。她们熟知船舶、海水、天气和风向,知道怎么样用渔网、漂网捕鱼,怎么样放线和起线钓鱼。她们能收拾鳕鱼,给鲈鱼剔骨,她们能打绳、织网,她们用一支桨划船能像用两支桨划一样好。她们知道哪里有鲈鱼窝,哪里有芦苇湾,如果运气好可以在那里捉到一条狗鱼。她们认识各种鸟蛋,能区别鸟的叫声,她们对海滨乌鸦岛的岛屿、礁石、海湾和沙滩的了解,大大多于对家里厨房的了解。

她们对自己的本领并不炫耀。她们可能认为,她们掌握的这一切是与生俱来的,只要是群岛姑娘,就像北欧飞鸭脚趾间长着蹼、鲈鱼长着腮一样。

"难道你们不怕老在海水里,身上会长出腮?"她们的妈妈经常这样说。因为当她需要她们帮着在总机旁转接电话,或者在商店里帮把手的时候,她总能在海里找到她们。她们无时无刻不在那里,她们在海水里轻松自如,就像在码头和船上蹦蹦跳跳,或者像在扬松海湾爬到那只老拖网船的桅杆顶上一样自如。

他们到达鱼礁岛的时候,约汉的手起了泡。火烧火燎的痛,但是他很满意,大概因为他过去没有划过或者划得没这么

好吧，这可把他乐坏了。

"这个可怜的小家伙，将来会跟自己的爸爸一样。"梅尔克经常说，"情绪总是大起大落。"

此时此刻约汉就处于"起"的状态，顺便说一句，他们四个人都一样。水手长也如此，不过它很会掩饰自己的情绪。它不像平时那样露出一副忧伤的表情，它的灵魂深处大概也很满意。它趴在峭壁上，背靠着维斯特曼家古老的船具屋，船具屋灰色的墙已经被太阳照热。它舒服地躺在那里，看着船上的孩子们起网。可他们又喊又叫，吓得水手长不安起来，它以为他们遇到了海难需要帮助呢！水手长不明白，其实他们是因为捕到很多鱼而心满意足地笑。

"八条鳕鱼。"尼克拉斯说，"气死马琳。她说晚饭做姜汁炖鳕鱼……但是整个一周都没有做过。"

约汉越来越兴奋。

"捕鳕鱼真有意思。"他喊叫着，"有谁认为捕鳕鱼没意思请说话！"

"捕鳕鱼可能很有意思。"弗列迪平静地说。

有一瞬间约汉很可怜这些鳕鱼，他知道有一个人如果在场的话会更加同情这些鳕鱼。

"真走运，我们没带佩勒来。"约汉说，"他一定不同意捕鳕鱼。"

趴在船具屋附近的水手长朝孩子们瞟了最后一眼,当它知道他们并不需要帮助的时候,它打了个哈欠,把头埋在前爪之间。它要睡上一觉。

正如蒂迪和弗列迪说的,水手长像人一样有思维和感受。在它入睡之前,它大概在想,秋尔雯醒来之后会在家里做什么呢?

秋尔雯睡醒了。当她发现水手长没有像平时那样趴在她床边的时候,她开始想。想了一会儿她明白发生了什么事。她生气了,跟蒂迪和弗列迪预想的一样。

她皱着眉头从床上爬起来。水手长是她的狗,谁也没权利把它带到海上去。但是蒂迪和弗列迪总是做这种事,连问都不问她。这种事不能再继续下去了——秋尔雯径直走到卧室去告状。她的父母睡得正香,但是秋尔雯气呼呼地走到爸爸的床边,用力摇晃他。

"爸爸,你知道吗?"她生气地说,"蒂迪和弗列迪把水手长带到鱼礁岛去了。"

尼塞不情愿地睁开一只眼,看了看闹钟。

"你非要在大早晨六点钟说这件事吗?"

"对,不过我不应该这么早来,"秋尔雯说,"我现在才注意到。"

她的妈妈在另一张床上迷迷糊糊地动了一下。

"不要吵闹,秋尔雯。"她嘟囔着。对麦塔来说起床就意味着开始新的一天的忙碌。闹钟响之前的半小时对她来说像金子一样宝贵,但是秋尔雯不明白。

"我不是吵闹,我是生气。"秋尔雯说。

除非是一个耳朵全聋的人,否则谁也不可能在秋尔雯生气的房间里睡觉。麦塔感到很残酷,她已经没有丝毫睡意,她不耐烦地说:

"我的上帝,你在吵什么?水手长也可以去开开心吧。"

这下子可捅了马蜂窝。

"那我呢?"秋尔雯喊叫起来,"我就不需要开开心吗?见鬼,多么不公平!"

尼塞叹了口气,把头埋进枕头里。

"你走吧,秋尔雯!如果你一定要发脾气,就到别的地方去,免得我们听到。"

秋尔雯默默地站着,有几秒钟没说话。她的父母开始以为,这刻神圣的平静可以继续下去。其实他们不知道,秋尔雯在想词。

"啊,好哇!"她尖叫着,"我可以走。我走,再也不回来啦。不过当你们再也看不见秋尔雯的时候,我希望不要听见有人叹息。"

这时候麦塔才明白这事有多么严重,她向秋尔雯伸出一只

手,以示和解。

"你不会永远离开家吧,小气包?"

"当然会,这样最好。"秋尔雯说,"这样你们就可以睡了,睡吧,永远睡下去。"

麦塔向她解释,他们很需要她这个小秋尔雯,不过不是在大早晨六点钟的卧室里。但是秋尔雯不想听。她砰的一声把门关上走了。

秋尔雯穿着睡衣就来到院子里。

"睡,睡!"她嘟囔着,眼睛里含着痛苦的泪水。不过她逐渐开始明白,她醒得太不是时候了。这一天显得很不一般,她能从空气和带露水的青草中感受到,因为她光着的脚丫凉飕飕的。她也能从太阳升起的位置感觉到,太阳没有停对地方。只有海鸥醒了,像通常那样鸣叫。其中一只站在旗杆顶上,看起来就像它拥有整个海滨乌鸦岛。

秋尔雯可不像它那么神气,起码此时不像。她若有所思地站在那里,用大脚趾用力拔青草。心情真不好。她刚才太孩子气了,这使她很生气。离家出走,只有小孩子才会做出这种事,对于这一点爸爸妈妈像她自己一样清楚。不过要是现在就回去那就太没面子了。她暂时不能这样做。一定要找到一种体面的方法摆脱窘境。她深深地思索着,在她突然想到应该怎么做的时候,她已经拔起了很多根青草。她跑到开着窗子的卧室

跟前，把头伸进去。她的父母正在屋里穿衣服，如她要求的那样已经起床了。

"我要给瑟德尔曼当保姆去。"秋尔雯说，她自认为这是一个好主意。妈妈和爸爸一定明白，这是她一直以来的心愿，不是什么儿戏。

瑟德尔曼孤身一人，住在海边的一栋房子里。他一直抱怨家里没有人帮着干活儿，生活得很艰难。

"秋尔雯，你能给我当保姆吗？"有一次他这样问。不过当时秋尔雯可没有时间。这会儿她想起了这件事。当保姆用不着当太长时间，就可以重新回到妈妈爸爸身边，重新当他们的秋尔雯，就像什么也没发生一样。

尼塞从窗子伸出充满父爱的手，抚摩着秋尔雯的脸颊。

"好啊，你不再生气了，小黄蜂？"

秋尔雯不好意思地摇了摇头。

"不，不生气了。"

"我觉得很好。"尼塞说，"生气没有什么用，知道吧，秋尔雯，老生气没什么好处。"

秋尔雯同意他的看法。

"你觉得瑟德尔曼会同意你给他当保姆？"麦塔问，"他不是已经有斯蒂娜了吗？"

这一点秋尔雯没有想到。那还是去年冬天瑟德尔曼问过

她。当时斯蒂娜还没来,她和她的妈妈还住在斯德哥尔摩。

秋尔雯想了想,但马上说:

"当保姆身体一定要强壮,"她说,"我就是。"

然后她拔腿就跑,想让瑟德尔曼尽快知道这个好消息,不过她的妈妈把她喊回来了。

"保姆可不能穿着睡衣就干活儿。"她说。这一点秋尔雯也知道。

秋尔雯蹦蹦跳跳跑到瑟德尔曼家时,瑟德尔曼正在房子后边整理鲱鱼拖网。

"她们一定要强壮,特啦——拉啦——拉啦!"她唱道,"要像魔鬼般强壮,特啦——拉啦——拉啦……"

当她看见瑟德尔曼的时候,她停住了唱歌。

"瑟德尔曼,你知道吗?"秋尔雯说,"猜一猜,谁今天为你洗碗?"

瑟德尔曼还没来得及猜,就从他身后开着的窗子里伸进来一个头发散乱的脑袋。

"那就是我!"斯蒂娜说。

"不不,"秋尔雯肯定地说,"你不够强壮!"

用这个道理要说服斯蒂娜还是费了一段时间,不过最后她不得不勉强同意。秋尔雯对保姆只有模模糊糊的认识,在海滨乌鸦岛这种人还不曾出现过,但是她想象这种人一定强壮有

力，走起路来像为蒸汽船航道破冰开路的国家破冰船。用跟保姆一样的力气，秋尔雯开始在瑟德尔曼厨房里洗碗。

"摔碎一点儿东西还是允许的。"当斯蒂娜抱怨秋尔雯把几个盘子摔在地板上时，秋尔雯保证说。

秋尔雯把洗涤剂慷慨地倒进盆里，里边立即冒出一大堆泡沫。她一边用力洗一边唱歌，那声音一直传到瑟德尔曼的耳朵里。而斯蒂娜坐在椅子上看着她，心里酸溜溜的。秋尔雯解释说，斯蒂娜是这家的夫人，"夫人们不需要多强壮"。

"起码不需要像魔鬼般的强壮。"秋尔雯唱道，不过随后她就想别的事去了。

"我还要做薄饼。"她说。

"怎么做呀？"斯蒂娜问。

"只要搅拌、搅拌、搅拌就行了。"秋尔雯说。她已经洗好了碗，把洗碗水从窗子泼到外边。不过在窗子外边正躺着瑟德尔曼的猫咪马迪尔达，它正晒太阳。它满身带着洗碗水喵喵地蹦起来，跑进厨房，弄得秋尔雯一身泡沫。

"猫是不能洗的。"斯蒂娜严厉地说。

"这是一个意外，"秋尔雯说，"不过还得把它擦干。"

她拿起一块擦碗布，两个人一起把猫身上擦干，顺便安抚一下猫咪。看的出来，猫咪马迪尔达认为自己受了侮辱，它不时生气地喵喵叫起来，后来它就犯困了。

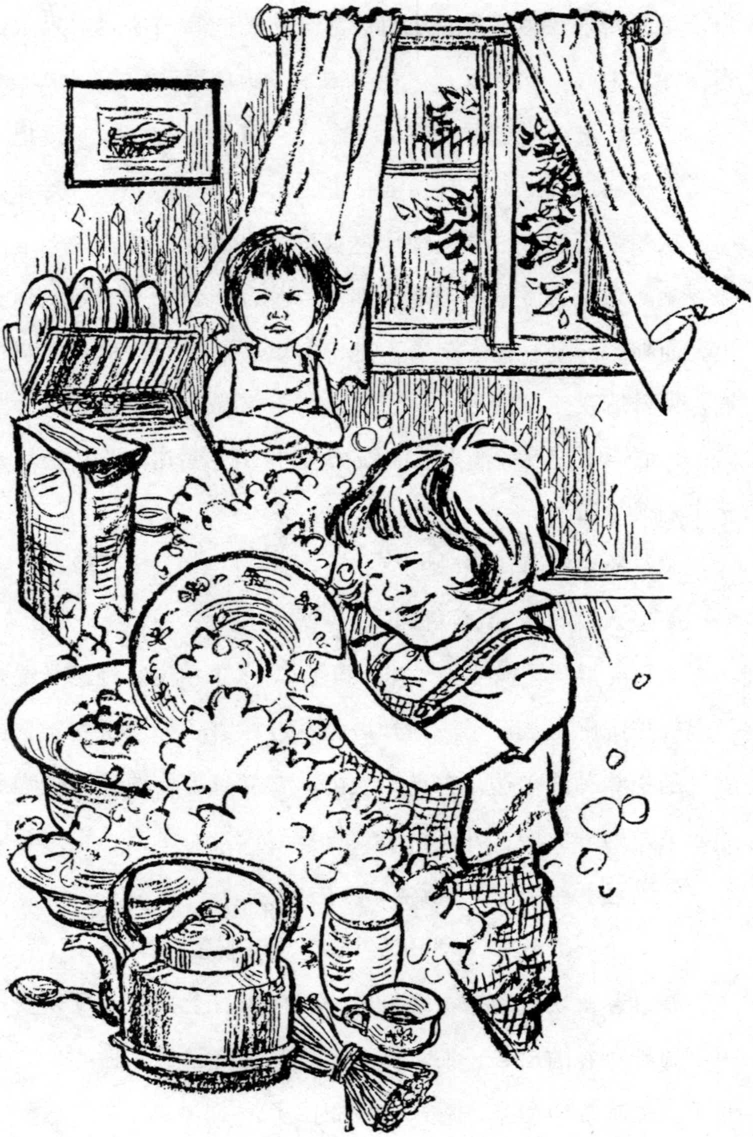

"你们的面粉在哪儿?"当秋尔雯后来又想起做薄饼的事时问,"快拿出来吧!"

斯蒂娜顺从地爬到一把椅子上,从橱柜里掏出一袋面粉。拿下来真不容易,她要踮着脚才能够到,而且那袋面粉可不轻呀。真不假,秋尔雯说得对,斯蒂娜不是那么强壮。

"哎呀,面粉掉了!"斯蒂娜喊叫着。面粉袋在她娇小的手上晃来晃去,大部分面粉都撒了出来。面粉刚好落在睡在地板上的猫咪马迪尔达身上。

"看呀,它完全变成了另外一只猫!"秋尔雯惊奇地说。

猫咪马迪尔达本来是黑色的,但此时它尖叫了一声就从门口蹿了出去,浑身白得像一个幽灵,眼睛瞪得圆圆的,露出野蛮的目光。

"它能把整个海滨乌鸦岛上的猫都吓死。"秋尔雯说,"可怜的马迪尔达,这是它最倒霉的一天。"

大乌鸦艄公-卡莱在笼子里叫个不停,它好像对马迪尔达的遭遇有些幸灾乐祸。斯蒂娜打开笼子,让它出来。

"我正在教它讲话。"她对秋尔雯说,"我要教它说'一边站着去'。"

"为什么教这句话?"秋尔雯问。

"是这样,因为佩勒的奶奶会,"斯蒂娜说,"他奶奶的鹦鹉也会。"

这时有人站在了门口，不是别人，正是佩勒本人。

"你们在干什么？"他问。

"做薄饼。"秋尔雯说，"尽管猫咪马迪尔达把大部分面粉都带跑了，但我相信还是剩了一些。"

佩勒走进来。他很喜欢在瑟德尔曼家，所有的孩子都喜欢。在岛上没有谁的房子比他的更小，仅有一个厨房和一间小卧室。但是看起来东西很多，不仅仅有大乌鸦卡莱，对佩勒来说，它是最主要的。还有一个北欧飞鸭标本，几捆过期的幽默报纸的合订本，一幅令人胆战心惊的画，上面有一位穿着黑衣服的人在冰上用雪橇推着死人棺材，画的下面写着"霍乱肆虐"。瑟德尔曼还有一个瓶子，里边有一整只小帆船。佩勒津津有味地看着，斯蒂娜不厌其烦地介绍。

"他们到底是怎么把船弄到瓶子里的？"佩勒问。

"啊，你听着，"斯蒂娜说，"你的奶奶肯定不会。"

"不会，因为这实在太难了。"秋尔雯说，"请看我——"

这时大家都把瓶子里装船的事忘了，专注地看着秋尔雯。她站在地板中央，大乌鸦站在她的头上。这个富有传奇色彩的一幕令他们目瞪口呆。

秋尔雯感觉到大乌鸦的爪子紧紧抓着自己蓬乱的头发，她幸福地笑着。

"想想看，它如果能在我的头发里下蛋该多好啊！"

不过佩勒让她的希望破灭了。

"它不可能做到。母的才能下蛋,这你应该知道。"

"当然能。"秋尔雯说,"它既然能学会说'一边站着去',它就能学会下蛋。"

佩勒深情地看着大乌鸦,叹了口气说:

"我特别想有一个动物,我只有几只黄蜂。"

"你把它们养在哪里?"斯蒂娜问。

"在木匠庄园,屋檐下正好有一个黄蜂窝。爸爸已经被蜇过。"

斯蒂娜露出满意的微笑。

"我,我有很多动物。一只大乌鸦、一只猫和两只小羊羔。"

"哎呀,那不是你的。"秋尔雯说,"那是你外公的。"

"我住在他这里时,它们就是我的。"斯蒂娜说,"就是这样。"

秋尔雯的脸沉下来,她阴郁地说:

"我,我有一只狗。只要那帮坏蛋能把它带回家来就好了。"

她的狗,对!她的水手长!此时它正在鱼礁岛上自由自在地遛弯儿,而那帮所谓的坏蛋根本没发现它已经跑了。

他们度过了一个十分开心的早晨,啊,真是开心极了!

"我们先游泳！"蒂迪说。于是他们一起游泳。海水依然是六月的海水，只有十二三岁的小疯子才会自愿跳进冷得扎肉的海水里。他们正是这样的小疯子，但他们不会被冻死，正好相反，他们充满生机，拥有火一般的热情。他们欢叫着从峭壁上一头扎进海里，在那里潜水、游泳、戏闹，直到浑身冻得发紫。他们在一个背风的山坳里点燃一堆篝火，坐在周围，感受印第安人、新大陆开拓者、猎人和那些很久以前生活在地球上石器时代的人类祖先坐在篝火旁边的滋味。他们现在就是渔夫和猎人，他们在荒野大地上过着自由的生活，在火上烤他们的猎物，海燕、海鸥和各种海鸟围绕着他们惊叫，好像在说，这个岛上所有的鳕鱼都是它们的。

但是这些入侵者大吃大嚼美味可口的鳕鱼，还发出难听的噪声。"克啦，克啦，克啦！"他们高声叫着，听起来像乌鸦，不错，他们刚刚建立了一个秘密俱乐部，俱乐部的名字就叫"四只海滨乌鸦"，此事要永远保密。但他们的战斗口号不保密，所有的海燕、海鸥和各种海鸟都能听到，它们都讨厌这种叫声。"克啦，克啦，克啦！"到处都是这种叫声。但其他事就别想听到了，因为那些事都是秘密、秘密、秘密！

篝火已经变成了灰，但是他们仍然躺在被太阳晒得热乎乎的石头上，谈论着各种秘密计划，他们一旦有时间就会去做。时间一小时一小时地过去，六月的太阳继续慷慨地给他们送来

温暖的阳光,他们躺在那里,感受在夏天浑身难以言说的舒服、惬意和轻松。

直到弗列迪发现海面上有一只漂来漂去的船,他们的心境才变了。船已经漂得很远,他们几乎认不出,不过他们还能看到船是空的。

"拴船的人是怎么搞的。"约汉说。

蒂迪一下跳了起来,好像突然想起了什么事。

"对,问得好。"她看了一下说。他们刚才停船的峭壁湾,现在已经没船了。蒂迪严肃地看着约汉。

"这个问题确实值得问一问……你是怎么拴船的?"

是约汉自告奋勇要负责拴船的,他还保证没问题。

"一个孩子跟自己的爸爸做事一模一样,难道不奇怪吗?"马琳经常这样说约汉。

在远处的阳光下,他们仍然能模模糊糊地看到那只船。弗列迪站在一块石头上,挥着双手对那只船喊:

"再见,再见,可爱的小船,向芬兰问候!"

不过约汉满脸通红。他羞愧地看着其他人。

"都是我的错。你们在生我的气吗?"

"哎呀!"蒂迪说,"有时候难免会发生这种事。"

"不过我们怎么离开这里呢?"尼克拉斯问,尽量装作若无其事的样子。

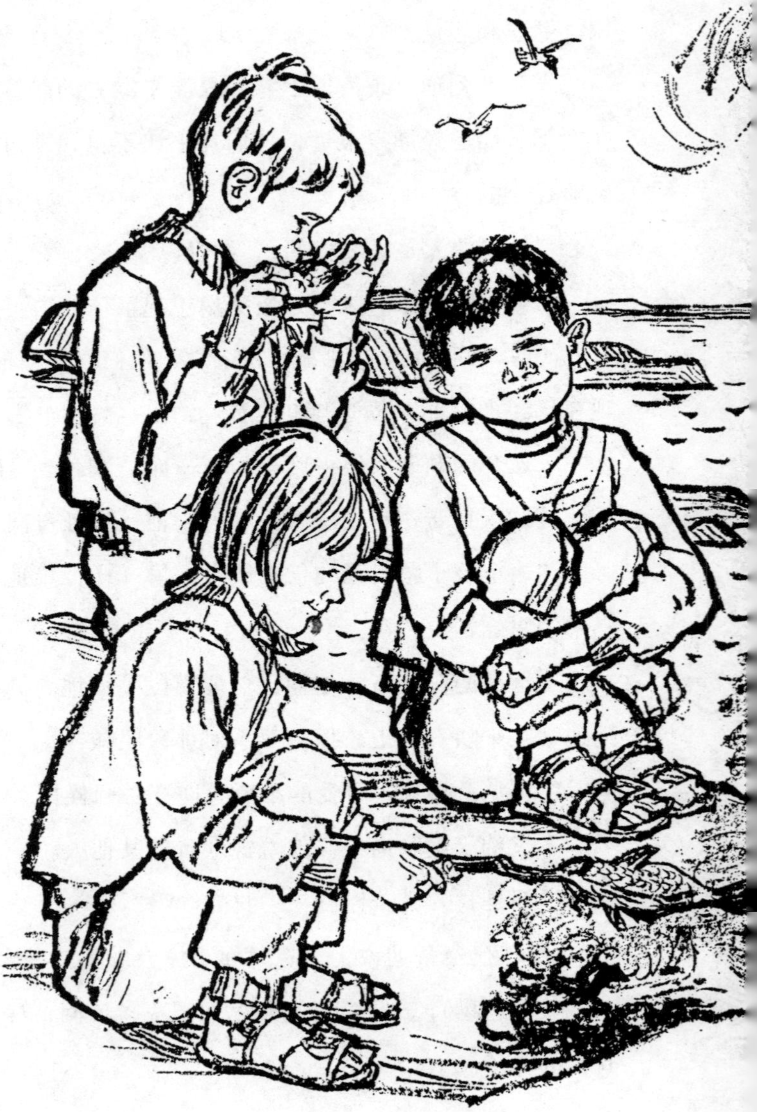

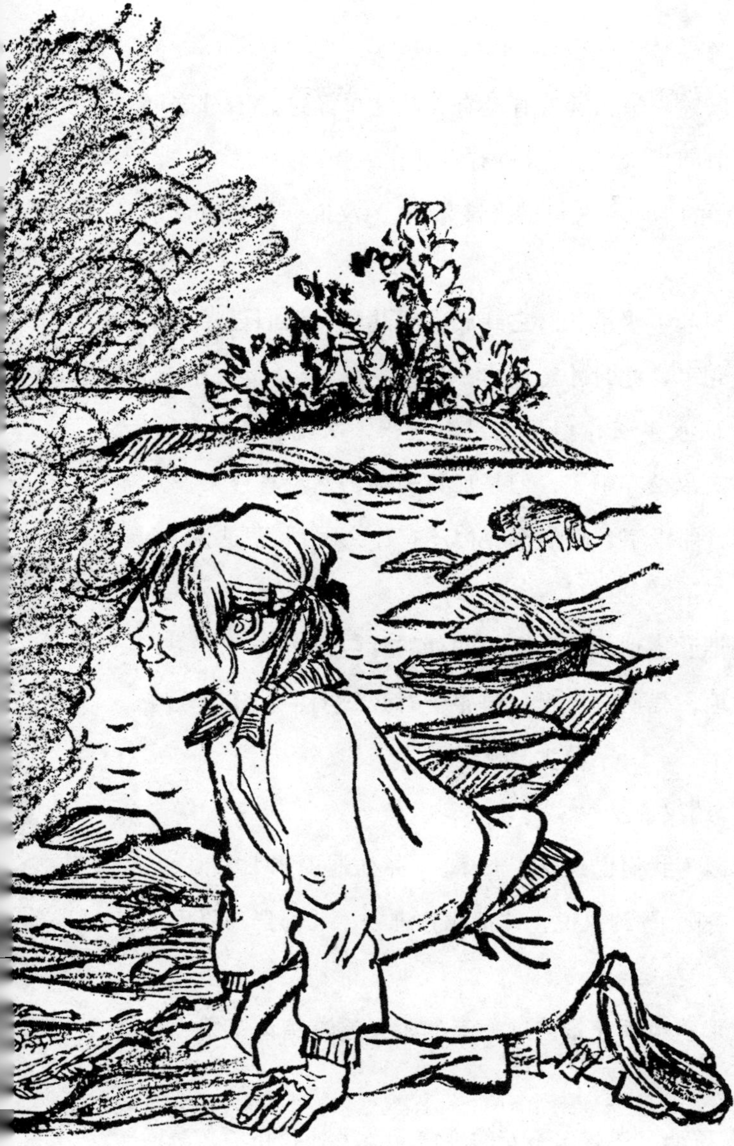

蒂迪耸了耸肩膀。

"我们可以等一等,看看有没有人从这里经过。不过这可能要等一两周时间。"她说。这可有点儿让人担心。

"啊,这样的话水手长可能会饿死!"约汉说。他知道秋尔雯的狗饭量有多大。

这让他们想起了水手长。它到底在哪儿呢?他们已经有很长时间没看见它了,此时才想起它。

弗列迪大叫水手长,但是它没有过来。大家一起叫了起来。所有的海鸥都被吓跑了,但是那只狗却仍然没有过来。

"狗没了,船没了,你们说我们还有什么呢?"蒂迪说。

"也没有饭了。"尼克拉斯说。

不过弗列迪欣慰地指着放在山凹处的背包说:

"谢天谢地,我们有这个!整整一背包三明治!还有七条鳕鱼!"

"八条。"约汉说。

"不对,因为我们已经吃了一条。"弗列迪提醒大家说。

"就算八条吧。"约汉说,"把我算进去,北部群岛最大的鳕鱼。"

他们站在那里束手无策。这一天的阳光逐渐暗淡下来,此时他们想家了。

"另外,"蒂迪突然露出不安的表情,"另外我相信,海面

上要起雾了。"

就在这一瞬间,他们听到海面上传来摩托艇令人愉快的马达声,开始声音很小,逐渐变得很大。

"看呀,比约恩的船!"弗列迪说,她和蒂迪都像疯了似的又叫又跳,"看呀,他拖着一只小船!"

"谁是比约恩?"尼克拉斯问。他们站在那里等着摩托艇逐渐靠近,蒂迪向船上的那个人挥手。他是一位脸色被太阳晒得黝黑的小伙子,长着一副粗糙、和蔼的面孔。他的样子很像一位渔民,他的船也是通常渔民使的。

"你好,比约恩!你来得正是时候!"蒂迪喊叫着。"他是我们的老师。"她向尼克拉斯解释说。

"你们管比约恩叫老师?"约汉惊奇地说。

"他就是老师。"蒂迪肯定地说,"我们认识他,知道吧。"

摩托艇降速,慢慢靠近孩子们站的那个峭壁。

"这是你们那只老掉牙的小船,"比约恩一边高声说一边把船缆扔给蒂迪,"你们是怎么拴的船?"

蒂迪笑起来。

"有点儿与众不同。"

"是吗?"比约恩说,"不过我觉得刚才用的办法还是别再用了,因为我不敢保证总能把你们乱七八糟的东西捞上来。"

他还提醒大家:

"你们立即回家吧！马上要起雾了，你们赶快走还来得及。"

"那你自己呢？"弗列迪问。

"我要到哈尔岛去，"比约恩说，"不然我可以用摩托艇拖着你们。"

说完他就走了，摩托艇消失在哈尔岛方向。

如果水手长在身边，他们马上就可以动身回家。那样的话，梅尔克也用不着那天晚上吃镇静药。不过生活就是由大大小小的插曲构成的，它们像豌豆须一样紧紧缠在一起。一条小小的狗鱼酿成了大错，迫使像梅尔克这样的大男人不得不吃镇静药。

话又说回来，那条狗鱼也不是特别小，它是一条特别令人讨厌的老狗鱼，差不多有两公斤重，是水手长围绕鱼礁岛游玩时认识的。它们认识的过程仅仅是站在那里互相看了足足一个小时。水手长在海岸边的石头上，狗鱼在旁边的浅水里。水手长从来没有遇到过像那条狗鱼那样冰冷、可怕的目光，也从来没有看到过如此神奇的动物，这使它流连忘返。狗鱼似乎也在想："你看什么，大笨蛋，想吓唬我，没门儿，我愿意在这儿待多久就待多久！"

因此，大家在那条狗鱼身上浪费了很多宝贵的时间。最后花了很长时间，才把水手长、孩子们、鳕鱼、渔网、游泳衣、

背包集中到船上。浓雾已滚滚而来，无形的巨大雾墙从海面升起。当浓雾像柔软、蓬松的灰色胸膛把他们笼罩住的时候，他们离鱼礁岛并没有多远。

"真像在梦里。"约汉说。

"像这样的梦我可不喜欢。"尼克拉斯用肯定的语气说。

远处传来震耳欲聋的大雾警报器的鸣叫声，除此以外一切都很安静。不管尼克拉斯喜欢还是不喜欢，此时完全像在梦里一样安静。

雾 中 迷 航

海滨乌鸦岛的阳光仍然灿烂,梅尔克正在庄园里给家具上油漆。他跟马琳抱怨,自从儿时在自家客厅的壁纸上画了一个生气的小老头儿以后,他一直没再涂过什么东西。这种不公正马上就要结束了。

他跟马琳解释说,如今给家具上漆已经简单了。人们不需要再站着,一手拿刷子一手提油漆桶,只需要一个得心应手的喷枪,油漆就上得又快又好,梅尔克信誓旦旦地说。

"你真的相信这么简单?"马琳说。

马琳已经让尼塞准备梅尔克可能要跑去买的几件东西,估计他的店里可能会有。

"我们没有镰刀,没有斧子,也没有撬棍。"她跟尼塞说。

"还要撬棍?"尼塞说,"他可别拿撬棍弄坏什么东西!"

"如果你跟他一起住了十九年,你就不会这么说了。"马琳保证说,"好啦,借给他一个小撬棍吧,不过你要准备满格子

的创可贴和止痛片，发发善心吧。"

马琳忘了嘱咐几句关于使用彩色喷枪的事，因为梅尔克此时已经幸福得像一个孩子那样开始喷一把椅子。自从那位快乐的木匠给这把椅子上了油漆以后，已经好久没有人再给它上过漆了。

秋尔雯做了两个小时又长又忠实的服务以后，辞去了保姆工作。此时他们围着梅尔克，她、佩勒和斯蒂娜，看他给家具上油漆。给家具上油漆看起来真有意思，他们三个人都想给梅尔克打下手。

"不劳大驾了。"梅尔克说，"这活儿是我的游戏，也该轮到我乐一乐啦！"

"你是喷枪油漆工吗，梅尔克叔叔？"秋尔雯问。

梅尔克往椅子上喷了一股彩色油漆。

"不是，我不是。不过你看，一个多面手男子汉无所不能。"

"那你是多面手吗？"秋尔雯问。

"对，他是。"佩勒肯定地说。

"我当然是。"梅尔克满意地说，"一个地地道道的多面手，如果让我自己说的话。"

就在这时，佩勒养的一只大黄蜂飞了过来。因为梅尔克过去挨过蜇，所以他用喷枪挡那只黄蜂，免得再挨蜇。他究竟怎么挡的，已无从考察。梅尔克的不幸从来没有搞清楚过，永远

是个谜。马琳在厨房里听见一声尖叫,当她冲到窗前的时候,看到梅尔克站在外边,紧闭双眼,满脸是油漆。无所不能的他把自己也喷上了油漆,油漆是白的,他看起来就像是一个奶油蛋糕。

"或者像猫咪马迪尔达。"秋尔雯心里一边想一边偷偷地乐。但是佩勒却哭了。

不过梅尔克不像佩勒想象得那么危险。他知道要使眼睛不受伤害,就要把它们闭紧,所以当他磕磕绊绊地朝厨房走想求马琳帮忙时,仍然不敢把眼睛睁开。他张着双手,脸尽量往前伸,一方面不让油漆流到衬衣上,另一方面尽快让马琳知道这一次是身体的哪个部位出了问题。

他朝着一棵树走过去。

这可能是那位快乐的木匠怀着爱和兴致在这里栽的一棵苹果树。梅尔克也喜欢苹果树。但此时马琳从梅尔克嘴里听到了最气愤、最粗野的诅咒,尽管她过去多次听到过这样的诅咒。

佩勒越哭越厉害,斯蒂娜也开始哭了,而当秋尔雯看到梅尔克的奶油蛋糕脸不停地往下滴油漆,就像真蛋糕通常往下掉杏仁渣一样时,她聪明地跑到墙角后边去了,因为她感到自己快要笑出声来,她不想让已经很伤心的梅尔克更加伤心。

随后——当马琳帮助梅尔克把脸洗干净、用稀硼酸水把眼睛清洗完以后——他真想把那棵苹果树砍掉。

"这里的树太多了!"他高声说,"我要去尼塞的商店买一把斧子!"

"谢了,还是免了吧,"马琳说,"我现在想安静一下。"

啊,她要能知道,这一天大家有多么不安静该多好啊!

事情是这样开始的,梅尔克突然想念约汉和尼克拉斯了。

"小伙子们哪儿去了?"他问马琳。

"到鱼礁岛去了,这你知道。"马琳说,"不过我觉得现在他们应该到家了。"

这话让秋尔雯听到了,她生气地撅起了大嘴。

"我也是这么想。我觉得,愚蠢的蒂迪和弗列迪,她们应该带着水手长回家了。不过他们可能回不来,原因很简单,有雾。"

梅尔克决定等几天再给家具上油漆。此时他坐在木匠庄园的台阶上,不停地眨眼。尽管用稀硼酸水洗过了,他还是觉得眼睛里很扎。

"你说什么雾呀?"他对秋尔雯说,"太阳照得连眼睛都睁不开。"

"这里是这样,没错。"秋尔雯说,"但是在里拉斯根那边浓雾像稠稠的粥。"

"对,外公也这么说。"斯蒂娜证实说,"外公和我,我们

什么都知道，因为我们听广播了。"

大约过了两个小时，梅尔克身上爆发了"大地震"，这是马琳的叫法。这次跟以往一样，跟她预料的也完全一样。

马琳知道，爸爸是一个勇敢的人。究竟有多勇敢，可能只有她知道，因为她在生活中的某些关键时刻看到过，也就是说当他动心的时候。其他的人可能仅仅看到那个软弱、孩子气，有时候极为荒唐幼稚的梅尔克，但是在这种表象下，隐藏着另外一个人——一个坚强和无所畏惧的人。

"只要关系你的孩子，你就完全失去理智了。"马琳说。

此时他坐在那里为约汉和尼克拉斯哭泣。他已经到尼塞和麦塔家去过三次。

"我不是为此担心。"当他第一次去的时候他面带着微笑保证说。

"你的孩子习惯海上生活，对她们我一点儿也不担心。"他第二次去的时候信誓旦旦地说，"但是约汉和尼克拉斯在浓雾如粥的海上。"因为这时候浓雾已经到了海滨乌鸦岛上，这把他吓坏了。

"我的孩子也同样在浓雾如粥的海上。"尼塞说。

当梅尔克迈着沉重的脚步第三次走进商店时，尼塞笑着说：

"天啊，今天是怎么啦？我有高级的撬棍，你可以用它敲大脚趾，这样你就可以找一点儿别的事情哭诉了。"

"谢谢，不需要撬棍。"梅尔克说。

尼塞又一次露出微笑。

"像刚才说的……我不是担心，不过不能发出海上求救信号吗？"

"为什么呢？"尼塞问。

"啊，因为我太担心啦。"梅尔克说。

"这不是理由。"尼塞说，"发海上求救信号在浓雾中也看不到。孩子们会出什么事呢？雾一会儿就散了，海不是很平静嘛。"

"对，海是很平静。"梅尔克说，"我希望我是错的。"

他沮丧地走到码头，当他看到无形的灰色浓雾像波浪一样翻滚着向他袭来的时候，他吓坏了，拼命喊叫起来：

"约汉！尼克拉斯！你们在哪儿？快回家吧！"

一直跟在他身后的尼塞友善地拍了拍他的肩膀。

"我的好梅尔克，如果像你这样沉不住气，就很难住在群岛上。再说你站在这里像雾笛一样地叫，也不起任何作用。到麦塔那里去吧，喝杯咖啡，吃块蛋糕，好不好？"

可此时梅尔克比任何人都不想喝咖啡、吃蛋糕。他茫然地看着尼塞。

"他们可能留在鱼礁岛上，你觉得呢？他们可能待在维斯特曼船上的船具屋里，那里温暖、舒服、有趣，告诉我，你相

信吗?"他恳求说。

尼塞说,他相信是这样。但就在这时候一只摩托艇破雾而来,开进码头。来人是哈尔岛的比约恩,他的到来可坏事了。他肯定地说,鱼礁岛上没有孩子,因为他刚才路过那里时查看了一下。

梅尔克嘟嘟囔囔地离开了。他没敢大声讲话,因为他不想让他们听见自己的声音里带着哭声。

他走到马琳身边时也没说什么。马琳和佩勒坐在起居室里,佩勒在画画儿,马琳在打毛衣。墙上那只老挂钟滴答滴答地慢慢走着,炉子里的火烧得通红,整个房间特别安静。

梅尔克想如果他的两个孩子没有在海上出事的话,生活该有多么平静、惬意和美好啊。

梅尔克沉在沙发里,深深地叹息。马琳看了他一眼,心里有数,"大地震"的时刻要来了。他需要帮助,但此时她静静地坐着打毛衣。

梅尔克的注意力不在他们身上,不论是马琳还是佩勒,好像都跟他没关系。此时此刻他的心里只有另两个孩子,他们正在海上生死搏斗。在他眼前,他们的身影比马琳和佩勒清晰,还不停地变化。有时候饿得半死不活地躺着,在小船上冻得发抖,用微弱的声音喊着自己的爸爸。有时候在海里用最后一点儿力气拼命往一个小礁石上爬。他们用指甲抓住礁石,疯狂

地呼喊自己的爸爸。但就在这个时候,来了一个大浪——眼前这么平静,哪里来的大浪呢——但是大浪真的来了,卷走了他的孩子,他们沉到海里,头发像海草一样飘散在水里。啊,上帝呀!孩子们为什么不能继续像三岁时那样,拿着小桶和铲子坐在沙堆上玩,而不遭受溺死的苦难啊!

他一次一次地深深叹息着,突然想起了马琳和佩勒,他意识到一定要振作起来。

他看了看佩勒的画儿。他看到佩勒画的是一匹马,那匹马的脸特别像瑟德尔曼。在平时他会笑起来,但此时他只是说:

"你在画画儿,小佩勒!而你呢,马琳——你在织什么?"

"给尼克拉斯织毛衣。"马琳说。

"他肯定会很高兴。"梅尔克说完,猛地咽了口唾沫。因为他知道,尼克拉斯已经葬身海底,永远不再需要什么毛衣了。尼克拉斯,尼克拉斯,他的亲生儿子!想想看,那时他两岁,从窗子掉下去了,当时梅尔克以为他要离他们而去!哎呀,错啦,他突然想起来了,那是佩勒,他不满地看了一眼可怜的佩勒,佩勒唯一的错误是,他没有一起躺在海底。

但是佩勒是一个十分聪明的小孩子,他比梅尔克还懂事,马琳对这一点早就清楚。他长时间坐在那里听他爸爸不时地长吁短叹,已无心画画儿。他知道,有时候大人也需要安慰,所以他默默地走到梅尔克身边,双手搂住他的脖子。

梅尔克开始哭泣。他一把拉过佩勒，默默地哭起来，他把脸转过去，不想让佩勒看到。

"会有办法的。"佩勒安慰说，"我现在出去看看雾小了点儿没有。"

雾没有变小，确切地说变得更重了。不过佩勒从海边捡到一块石头，一块非常好看的棕色小石头，又圆又光滑。他拿给秋尔雯看。

秋尔雯也在外面的大雾里玩。实际上她很喜欢这种紧张有趣、充满戏剧性的天气，只不过水手长不在身边而在那浓重的雾中使得好心情差了一些。

"这可能是一块如愿石。"佩勒说，"如果拿着它许个愿，就能心想事成。"

"我相信，我有很多愿望。"秋尔雯说，"我希望我们能有两公斤糖果，你等着瞧吧。"

佩勒轻蔑地哼了一声。

"许愿时一定要真诚。"

他伸出手，极为虔诚地许愿。

"我祈求我的哥哥们能很快从迷茫的大海上回到家里！"

"带着水手长。"秋尔雯说，"啊呀，还有呢，还有蒂迪和弗列迪。不过他们都在同一条船上，所以用不着特别祈求。"

此时已经到了晚上。但是不像六月的夜晚，一点儿不明

亮。所有的海湾、所有的岛屿，南耳朵岛和库都克萨岛、红吕亚岛和黑吕亚岛、温情岛和莫亚岛以及所有航道，都被奇怪的浓雾笼罩，所有的航船都开着信号灯慢慢爬行。格朗克维斯特的小船本应该早就停在自家的码头上，但此时却不见踪影。

弗列迪唱道：

　　船上厨房摇摇晃晃，
　　锅里煮满汤，
　　三只帆船漂浮大海上。

"我一只船也看不到，"蒂迪说完停止了划桨，"连一只小船也没看到。你们知道，我们划了多久了吗？"

"差不多一周吧，"约汉说，"至少感觉像这么长时间。"

"不过真能划到俄国倒很有意思。"尼克拉斯说，"我们大概很快就会到那里。"

"我也觉得是，"蒂迪说，"如果像我们这样划的话！只要我们掌握好方向，两点钟就能全速到达扬松家的码头，那个时候就坐在他家奶牛牧场旁边的沙滩上了。"

四个人相对而笑。他们为近四个小时所做的一切而笑。他们拼命划过船，挨过冻，小声哭过，多少懈怠过，吃过三明

治，唱过歌，喊过救命。他们不停地划呀划呀，他们恨死了大雾，渴望回到家里，但是他们还是不停地笑，好像是梅尔克经历着一次大海难，而不是他们。

但是此时到了晚上，他们再也笑不起来了。他们觉得身上越来越冷、肚子越来越饿，看不到灾难的尽头。这次下的雾很奇怪，通常六月的雾早应该散去了，但是这次就是不走，它把孩子们紧紧地抓在灰色的魔掌里，好像永远不想放掉他们。为了暖和身体，他们轮流划桨，但是不再管用了。当他们感到不知所措时，划桨也没意义了。他们每划一次桨，就可能离家越远，想到这一点他们很害怕。大海确实很平静，不过他们恨不得用双手把浓雾撕成碎片。他们多么希望浓雾能够散了，那就不需要刮风了。如果真的风来了——刮得足够大——他们几个人在大海上坐着一只小船，那可就不是闹着玩的了。

"这个群岛是由无数岛屿组成的，"弗列迪说，"我就不信我们不会被冲到一个岛上去。"

他们向往着脚下能踩着陆地，啊，他们多想如愿以偿呀！他们唯一的要求就是一个小岛。蒂迪信誓旦旦地说，那个岛不需要有多大，不需要有多么漂亮，或者有什么出奇的，甚至它可以很丑陋，到处荆棘丛生，只要他们能登上去，点上一堆火，每个人有一个待的地方，头顶上有一个挡风避雨的东西，就不错了。如果能遇上一些人，有几个特别善良的人给他们送

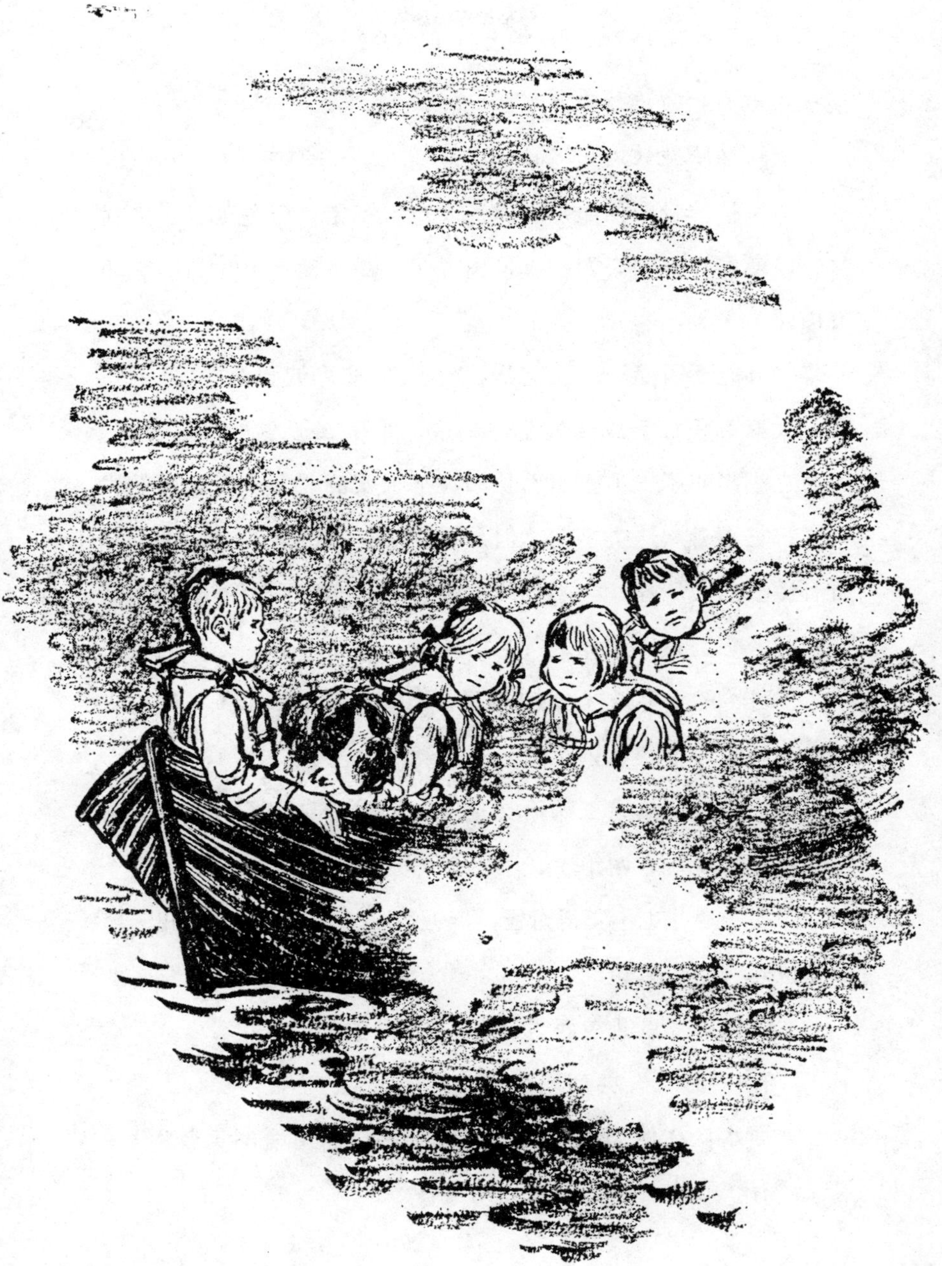

来热巧克力和煎饼就更好了。

"她开始做梦了。"约汉说。

不过他们觉得，能梦到有饭吃也很不错。于是他们一齐做梦，以便能在梦中得到一大堆肉丸子、肉末菜卷、牛排、猪里脊肉和王子香肠。

"可能还需要一点儿蘑菇炒鸡蛋。"弗列迪建议。

大家都积极赞成要蘑菇炒鸡蛋。水手长似乎也表示赞成，因为它小声叫了一下。水手长一直都很安静，像所有聪明的犬一样，它不喜欢这类事情。但是它耐心、安静地趴在船上，像所有懂事的犬一样。当不可理解的人类找一些不可理解的消遣方式时，它们只得这样。

"可怜的水手长，"弗列迪说，"它比我们谁都饿，因为它的胃比较大，很容易饿。"

他们曾经分给它三明治吃，后来三明治吃完了，他们就给它吃鳕鱼，但是它谢绝了，不吃。

"我一点儿也不觉得奇怪，"约汉说，"我也一样，我宁愿饿死也不会吃生鳕鱼。"

"背包里一点儿东西也没有了？"蒂迪问。

"有一瓶水。"弗列迪说。

一瓶水！在他们做了热巧克力、牛排和煎饼的美梦以后，仅仅还有一瓶水，他们感到异常可怜。

他们沉默而沮丧地坐了很长时间。尼克拉斯在考虑怎么样死好,是饿死,还是冻死。此时此刻他感到最难受的是冷。他的上衣很厚,但无济于事,他感到脊髓都冻上了。他突然想起了他们在鱼礁岛上点的那堆篝火。那一定是上一辈子的篝火,他感到离那篝火已经很遥远了。但是他想起了口袋里的火柴盒,他掏了出来。他用僵硬的手指划着了一根火柴,一股明亮、令人欣慰的小火苗点燃了。他用手掌圈起火苗,瞬间他就感到了温暖。

"你在玩《卖火柴的小女孩》的游戏吗?"弗列迪问。

"你是怎么猜到的?"尼克拉斯说。就在这瞬间他看到了一件东西。

"你们在船的后坐板底下放什么东西了?那是一个酒精炉吗?"

"对,没错。"蒂迪说,"我的天呀,谁把这东西忘在这里了?"

"可能是爸爸。"弗列迪说,"前天他和妈妈到海上放钓鱼绳时忘在这里的。为了哄妈妈跟他一起去,他答应在船上为她煮咖啡,你肯定记得。"

"想想看,如果我们也能煮……"

"我们没有咖啡呀!"弗列迪说,"只有水。"

尼克拉斯动起了脑筋。有热水就能取暖呀,使身体暖和比任何其他事情都重要。他睁大眼睛寻找,看这个船上哪里有当

舀斗用的舀子,一个普通铁皮舀子就行,用它当锅使。他把这个想法告诉了其他人。当他点着酒精炉,舀子里装满水的时候,大家饶有兴趣地看着他。

"船上厨房摇摇晃晃,锅里煮满汤……"弗列迪唱道,这时候约汉也想到一个主意。

"我们可以在里边煮鳕鱼。"他说。

蒂迪用真心赞美的目光看着他。

然后大家忙了起来,用极快的速度收拾好七条鳕鱼,把它们切成段。在他们用舀子煮鳕鱼时,他们度过了近乎幸福的一小时。做饭花了很长时间,因为舀子每次只能盛下四段鱼。不过最后都煮完了,他们吃得心满意足。水手长吃得最多,其他人也都吃得很饱。

"你们可知道,"弗列迪说,"大家吃了四段白水煮鳕鱼,是不是觉得从来没这么香过?"

"是啊!"约汉说,"就像吃鱼肝油一样,虽然没什么味道,我们还是认为它很好吃。话是这么说,大概它还是没有鱼肝油营养多。"

生活似乎恢复了原状。当他们把油腻、滚烫的鱼汤喝完以后,啊,浑身上下、从头到脚都暖和起来了。一切突然都变得轻松起来。他们又充满了希望,希望浓雾消散,或者能来一只船把他们都救上去,或者躺在家里刚睡醒,眼前的一切只是一场梦。

不过时间一小时一小时地过去，浓雾没有散，也没有船来，也不是一场梦，因为梦里不会冻成这个样子。鱼汤只起了短时间作用，酒精炉永远熄灭了。寒冷带着疲倦和沮丧又爬了回来。他们绝望了。他们将像囚徒一样整夜坐在浓雾里，可能永远这样下去。

突然弗列迪跳起来喊：

"听啊！"她说，"听啊！"

大家竖起耳朵听。远处的什么地方有摩托艇的声音。他们听啊，听啊，好像决定生死的时刻到了，他们开始大声喊叫。可能是比约恩的船，也可能是其他人的，不过谁的船都没关系，他们一定要让它靠过来。

船真的靠了过来。越来越近，越来越近，此时已经靠近了……靠近了。他们把嗓子都喊哑了，开始疯狂地欢呼……但是后来他们变得惶恐、气愤起来。他们气冲冲地坐在那里，听着摩托艇的声音渐渐变弱，慢慢消失。最后什么声音也听不到了，除了浓雾什么东西也没有了。他们绝望了，默默地趴在水手长身边，因为它还能给他们一点儿温暖。

海滨乌鸦岛上尼塞·格朗克维斯特的商店是世界上最和睦的商店之一。不是因为它死气沉沉，正好相反。到那里去的既有本岛的人，也有来自周围岛上的人。他们来商店买东西，也

为了互相传递各种新闻，取邮品，打电话。那里是海滨乌鸦岛的中心。他们非常喜欢尼塞和麦塔，夫妻俩开朗、公正、乐于助人，狭窄的小商店里充满着和睦的气氛，散发着浓浓的咖啡、干果、鲱鱼、肥皂和其他各种杂品的味道。这里一天到晚都有人高谈阔论，有时候为岛上的事会出现热烈讨论，但总能心平气和地进行。那是一个安静的地方，一个和谐的商店。

不过这个晚上是个例外，那里充满长吁短叹和惆怅。因为梅尔克·梅尔克松在那里闹"大地震"，他发出的噪声胜过岛上所有居民制造的。

"现在一定要行动起来。"他喊叫着，"我希望整个北欧的海关缉私人员、领航站、海上信号人员、直升机和救生飞机现在都启动！就是现在！"

他用眼睛瞪着尼塞，好像把这一切启动起来是他的义务。马琳拉着爸爸的手，宽慰他说：

"好爸爸，你冷静点儿！"

"当我就要变成失去孩子的爸爸时，我怎么能冷静呢？"梅尔克喊叫着，"我的意思是……哎呀，你们知道我的意思。再说，可能为时过晚了。我不相信他们当中有谁还活着。"

其他人都心情沉重地站在那里，默不做声地听着，尼塞、麦塔、马琳和比约恩。此时尼塞和麦塔也不安起来。他们可不是那种反复无常的父母，真正反复无常的是六月份出现的浓

雾，在人们的记忆中从未出现过类似的情况。

"我真是个木头疙瘩，我为什么经过时不把他们一块儿带过来呢？"比约恩说。

他觉得很内疚，坚持留在海滨乌鸦岛的商店里，和可怜的父母们在一起，尽管他早就应该回诺尔松德的家。

顺便说一句，促使他留下来除了内疚和陪伴可怜的父母们以外，还有别的原因。那就是马琳。此时她很严肃，完全不同于昨天晚上他遇到的那个乐观、靓丽的马琳，他很难让自己的目光离开她。她默默而无奈地站在那里，听自己的爸爸大声喊叫。她不耐烦地理了一下额前那绺浅色的头发，露出一双痛苦的黑眼睛。他为她感到很难过，当她成了这个样子的时候，她的爸爸为什么不能控制一下自己呢？

尼塞已经给弗昌松德的海关邮轮发过信号，不是因为他觉得孩子们有生命危险，而是担心孩子们被迫要在海上的大雾中过夜。

"就一条海关邮轮，那怎么够呀！"梅尔克喊叫着，他大概希望北欧所有海上的救助机构，都应该在这个浓雾弥漫的六月晚上，被派到海滨乌鸦岛来。不过经过长时间大吵大闹以后，他似乎泄了气。他坐在一袋土豆上，脸色苍白，浑身无力，这使得麦塔很可怜他。

"你想吃一片镇静药吗，梅尔克？"她友善地说。

"好，谢谢，"梅尔克说，"要一整瓶！"

平时他不愿意吃药，另外他也不相信药有什么作用，但此时此刻他准备吃这种能毒死狐狸的药，如果这能使他有片刻安宁的话。

麦塔递给他一小片白色的药和一杯水。他像平时一样，把药片放在舌头上，喝了一大口水，猛地咽下去。一点儿不假，水流下去了，药片还留在嘴里。这一点儿也不奇怪，因为他吃药时经常就是这样。他又试了一次，但是那个可恶的药片依然留在舌头上，又苦又恶心。

"喝一大口水。"马琳说。梅尔克照办了。他喝了一大口水，连同药片一起咽到狭窄的喉咙里。药片没留下，这回它跟着水一起下去了。

"阿嚏！"梅尔克像海豹一样打了个喷嚏，那个药片又回来了，卡到他鼻腔附近的一个地方。药片整个晚上都踏踏实实地待在那里，大家看不出梅尔克比刚才安静多少。

马琳一直克制自己，不过此时她突然想大哭一场。不是因为卡在梅尔克鼻腔附近那片镇静药，而是因为所发生的一切。她不能在爸爸面前表现出来，所以她跑到室外去。她刚跑出门，眼泪就出来了。她把头靠在墙上，静静地哭起来。

比约恩找到了她。

"我能做点儿什么？"他说，一心想帮她分担点儿不幸。

"那……还是不要宽慰我，"她小声说，头也没有抬，"那样的话我会哭得更厉害，还会发大水。"

"那我就不说什么了！"比约恩说，"不过你哭的样子太可爱了。"

他说他现在想回诺尔松德的家。那里有一所学校，周围各岛的孩子都要到那里去，他要给他们讲一点儿躲避风险的知识。在教学楼的顶层他有一间单身宿舍，从海滨乌鸦岛到那里用不了十分钟。马琳目送他消失在码头那个方向。

"明天天气就会变好的，"他高声说，"相信我没错！"

随后码头那边就传来摩托艇的轰鸣声。

而这声音跟小船上的孩子们几分钟前听到后来又令人伤心地消失了的声音完全一样。

"不行，我真生气了。"约汉一边说一边站起来，前半个小时他一直坐着，靠着水手长。

"你是不是想跳海？"尼克拉斯问，他冻得上牙打下牙，几乎连话都说不成。

"不，我只想划到最近一个码头上，把你们送上岸。"约汉刻薄地说。

弗列迪抬起冻得发紫的脸。

"谢谢你的美意。那个小码头在哪儿？"

约汉咬紧牙。

"我也不知道。不过我现在一定要找到它，就是死了，我也不想让这讨厌的雾把我困在海上。"

他拿起双桨划。不管他是多么讨厌这种雾，啊，它还是厚得像棉花团一样。它为什么不向北海方向漂动——不过他们现在到底在什么方位？

"我会指给你看。"他刻薄地说。听他说话的口气好像浓雾是他的敌人。他用力划了五下，小船碰到了一块石头。

"咚！"蒂迪说，"到了码头！"

可那不是什么码头，是陆地。在几个小时里，他们就处在离陆地只有几米远的地方。

"这种事真要把人气疯了！"蒂迪说。他们像疯子一样跑上岸，又叫又跳，水手长也叫起来。他们欣喜若狂，想想看，他们的双脚又踏上了坚实的陆地！

这是一块怎样的土地呢？是那种会有人端过来热煎饼的岛，还是一个无人居住、他们只得睡在杉树下的岛呢？

蒂迪刚才说过，他们宁愿登上一个很丑陋、荆棘丛生的小岛，这里完全符合她说的。在浓雾中，他们只能看到荆棘和乱石。不过在他们露营过夜之前，他们还是想找一个能避风遮雨的地方。

约汉拴好小船，发誓以后再不踏上这个地方。他们开始奋

力前行，尽量沿着海岸往前走，尽管有各种乱石和荆棘丛阻碍他们。

"想想看，如果我们能找到一处旧船具屋该多好呀！"蒂迪说。

"俄国有这类屋吗？"约汉问。此时他精神抖擞、勇气十足。难道不是他把大家送上陆地的吗？

"尽管要求，我一定能找到一间我们可以睡觉的小房子。"约汉信誓旦旦地说。

他走在最前面，以领路者自居。这是一项科学考察，每一个转弯处都隐藏着不为人知的风险。大家需要一位领路者，走在前边的他就是。

他先于其他人来到一个岬角，这时候他看到了一种东西，引得他停下了脚步。几棵树的树冠中冒出一个屋顶。

"比如那间小房子。"他说。

这时候其他人追上了他，他自豪地介绍了这个发现。

"请吧，那就是你们的房子！里边可能装满了热煎饼！"

蒂迪和弗列迪开始笑，是开怀大笑。这笑声好像给他们这次可怕的历险画上了句号。约汉和尼克拉斯跟着一起笑，尽管他们不知道为什么。

"我不知道这是一座什么房子。"当大家笑完了，尼克拉斯说。

"把耳朵竖起来听，你就全知道了，"蒂迪说，"是我们学校。"

这天夜里，不管是格朗克维斯特家的人还是梅尔克松家的人，午夜前没有一个人上床睡觉。佩勒和秋尔雯虽然按时睡了，但是当格朗克维斯特家举行宴会，庆祝这令人不安的一天结束时，他们也从床上爬起来了。

不安的气氛一直持续到最后一刻。当比约恩把船靠在格朗克维斯特家的码头，梅尔克看见失而复得的儿子披着毯子安然无恙的时候，热泪夺眶而出。他一步跳到船上，把孩子们搂进充满父爱的怀里。不过他为了自己的健康又作了一点儿努力，他在船前坐板上休息了一会儿后，又冲到水里，不过无济于事，那片镇静药还卡在鼻腔里。

"这是最后的考验，"他高声说，"无论如何这都是最后的考验！"

当马琳看到他气愤地朝码头扑啦扑啦游过去时，她深深地叹了口气。仅仅在一天里就发生这么多不幸，只能出在梅尔克身上。

秋尔雯站在那里，她还没有完全醒过来。

"你为什么穿着衣服洗澡呀，梅尔克叔叔？"她嘟囔着问。

不过当她看见水手长时，就把其他的事都忘光了。

"水手长，过来，水手长！"

她用温柔的声音叫水手长。水手长跳到岸上，快速向她冲

去。她双手搂住它，好像要永远也不放开它。

"你看，我的许愿石起作用了吧？"佩勒说。这时候他们已经坐在格朗克维斯特家厨房里的大折叠桌旁边。

佩勒神采奕奕，啊，多美好的夜晚！他们在海滨乌鸦岛过的生活多么幸福，多么有创意——三更半夜把人从床上拉起来吃猪肉丸子，多么富有想象力！约汉和尼克拉斯也回家了！

"啊，我让好吃的东西撑得头脑发昏。"蒂迪说，她满嘴塞着好吃的东西。

弗列迪坐着，每只手拿着一个肉丸子。她先吃一只手上的，再吃另一只手上的。

"我感觉良好，"她说，"我愿意让好吃的东西撑得头脑发昏。"

"真正的美食！"约汉说，"不像我在船上吃的那些乱七八糟的东西。"

"不过那个时候吃得也很香。"尼克拉斯说。

他们津津有味地吃着，越来越觉得这一天过得还是很不错的。

"最重要的就是要保持冷静。"梅尔克一边说一边吃排骨。此时他已经换过衣服，显得干净、幸福、很有精神。

"是吗？这话出自你的嘴……"马琳说。

梅尔克点点头，加重语气说：

"对,不然怎么能住在群岛上呢?我承认,我当时有点儿沉不住气,不过多亏那片镇静药,麦塔……"

"至少你鼻子里安静了。"尼塞说,"不过除此以外……"

"除此以外我很知足。"梅尔克说。说实在话,他是很知足。餐桌周围一片嘈杂声,因为孩子们为可口的饭菜、温暖以及摆脱了噩梦和浓雾而陶醉。梅尔克听到孩子们的声音,他很知足。所有的孩子都回到了他身边,没有一个人葬身大海,头发像海草一样飘散在水里。

> 大家都有肺,没有人是哑巴,
> 他们当中一个人不缺。

他小声地念着诗,是给自己听。马琳隔着桌子看着他。

"你坐在那里嘟囔什么,爸爸?"

"没什么。"梅尔克说。

当马琳再次转过身对着比约恩时,他又小声念起那首诗:

> 不过白天走向夜晚的歇息,
> 炉火暗淡并渐渐熄灭。
> 那短暂的时刻很快消失了,
> 此时一个人都不缺。

仲夏就这样来临

仲夏了。仲夏日阳光明媚,马琳怎么度过的?整个漫长的上午,她都坐在丁香花丛后边的草地上写日记。约汉想讨好姐姐,试图接近她,她连头也没抬一下,就用冰冷的语气说:

"一边去!"

约汉沮丧地回到兄弟们身边,报告说:

"她仍然在生气。"

"哎呀,她不应该生气,相反应该感谢我们,"尼克拉斯说,"她有了写日记的材料。如果我们不在这里,她有什么日记可写。"

不过佩勒脸上显出一副后悔的模样。

"那她可能找更有意思的事情写。我的意思是她写自己认为更有意思的东西。"

他们伤心地朝马琳的方向看去,约汉说:

"这次她可能要写几页可怕的日记。"

马琳在日记中写道：

昨天是仲夏节之夜，这是一个我永远不会忘记的仲夏夜。不过为了保险我还是为它写一个小札。将来我如果有一个女儿，我最好把它送给她，因为当她在某个仲夏节之夜兴冲冲回到家里时，她可能问我：

"你年轻的时候，也有同样的快乐吧，妈妈？"那时候我会带着几分嫉妒给她看几页发黄的日记说："看看这里你就知道了，你可怜的妈妈是怎么度过仲夏节的，都是因为你那几位可怕的小舅舅！"

不过说实话——世界上最可怕的几位小舅舅并不能夺去海滨乌鸦岛上仲夏的光彩。我们周围充满夏季的光彩、美丽和欢乐，没有人能破坏。我们徜徉在浓郁的花香中，有杏花、山葡萄、麋鹿草和苜蓿，春白菊在水渠边摇曳，金凤花在青草中大放异彩，蔷薇花像粉红的烟雾笼罩着贫瘠的灰色山顶，野生三色紫罗兰从石头缝里破土而出。一切都散发着清香，各种花都开了，一切都处在夏天，所有的杜鹃都在叫，其他的鸟儿也在唧唧喳喳地歌唱，大地充满喜悦，我也如此。我坐在这里写日记，头上的燕子展翅飞翔。它们住在木匠庄园的屋檐下，是佩勒黄蜂的近邻，尽管我不相信它们会彼此打交道。我喜欢与燕

子相处，喜欢黄蜂和蝴蝶在我四周飞来飞去，但是，如果你约汉不在墙角那边探头探脑，我会谢谢你，因为我生你们所有人的气了，一时还消不了。如果我能坚持的话，至少保持到我写完在海滨乌鸦岛上度过的第一个仲夏节之夜的日记之前。

我被歌声吵醒。爸爸起得很早，他在忙着给庄园的最后几件家具上油漆——这回拿的是一把普通的油漆刷子，而不是喷枪。他正好站在我的窗下，用他动听的声音唱《鲁斯拉根的怀抱》《鲜花盛开的岛》和其他歌曲，我被吵醒了。我赶忙起床，穿上衣服，走到室外。蓝色的海湾静如明镜，我可爱的弟弟们都醒了，他们无事可做，我让他们和我一起到扬松家的奶牛牧场去。我们回家时怀里抱着很多很多野花和绿草，我们要把整个木匠庄园装扮成一个花园，每个角落都充满夏天的芳香。

当"海滨乌鸦1号"船冒着蒸汽出现在海湾时，它也成了一座漂浮在海上的花园，船前船后都装饰着嫩绿的白桦枝。有人在船上拉手风琴，穿着夏日盛装的人们唱着《鲁斯拉根的怀抱》和《鲜花盛开的岛》，与爸爸唱的歌完全一样，不过没有爸爸唱得好听。

整个海滨乌鸦岛上的人都到码头上去了。天啊！最有意思的是我们走到海边去迎接这只船——此时它变成了仲夏之船——啊，我们大家都在那里，就缺比约恩！

我穿得很时尚，被风吹得来回飘动的浅蓝色连衣裙显得非

常漂亮。两个弟弟约汉和尼克拉斯看见我时，都对着我吹口哨。不能穿得太随意了，可连自己的弟弟都对自己吹口哨，那还有什么不自信的。我走在人群中，感到很满意，还有那么点儿期待。

佩勒对自己的穿戴可不满意。

"我一定要穿这种讨厌的衣服吗，仅仅是因为仲夏节？"他问——对，对，大概没有理由让孩子穿西装、衬衣，打领带受折磨，不过人们厌倦了随随便便的牛仔裤，偶尔想看看别的东西。

"对，一定要穿，"爸爸说，"这有什么讨厌的。只要你小心，别把衣服弄脏了、弄湿了，那就没什么讨厌的。"

"请问，我对一切稍微好点儿的东西都多加小心，你和马琳是不是就放心了？"佩勒说。

随后他看到秋尔雯了，这个平时除了穿花格子长裤和一件脏兮兮的小毛衣，别人没见过她穿什么好衣服的秋尔雯，今天穿了一袭白色绣花连衣裙，款式时髦，带着漂亮的褶边。她的表情难以描述，似乎早就想好了要说的话："你们目瞪口呆了，对吗？"肯定是，就连水手长似乎都被这位面貌焕然一新的女主人吓呆了。佩勒也被镇住了。这时候秋尔雯好像从至高无上的宝座上走下来说：

"佩勒，你知道吗？我们可以往水手长身上投小木棍，这

是我唯一能做的,谁让我是整个北欧穿得最漂亮的人呢。"

她之所以想出这招,可能是因为她跟斯蒂娜争夺佩勒。

斯蒂娜和瑟德尔曼当然也在码头。瑟德尔曼说,他闹肚子的毛病好了一些。这使我们大家都很高兴,因为在海滨乌鸦岛我们就像一家人一样。

"好哇,夏天的客人来了,哈哈哈哈!"瑟德尔曼说。当爸爸问他是否喜欢夏天来这里度假的客人时,他显得很茫然。很明显,从来没有人问过他这个问题。

"喜欢不喜欢,这个……"他说,"他们当中大部分是斯德哥尔摩人,剩下的都是一些不三不四的人。"

爸爸笑了笑,完全不在意。他早已经把自己算作原住民,不管到哪里都这样。我觉得正是因为这一点他到哪儿都有很多朋友。另外,人们大概觉得,他这个人天真无邪,遇到事情又没主意,因此需要关怀和保护。啊!他到底是怎么做的,我也不知道,不管怎么说,大家都喜欢他。有一次我听见瑟德尔曼老头儿在商店里说(他当时没有发现我在场):

"那个梅尔克,他确实不够聪明,不过就因为这一点我喜欢他。"

不说了,这不是一回事,还是回到码头吧!"格朗克维斯特家的女战神"——爸爸这样称呼蒂迪和弗列迪——她们站在那里,穿着新牛仔裤和红色翻领毛衣。她们与约汉、尼克拉斯

高高地坐在一对空汽油桶上，让人看着眼晕，还不时地像乌鸦一样呱呱地说个不停。很明显他们是一个秘密小团体，四个人一天到晚神秘地走来走去，这可把不能加入他们行列的小孩子们气死了。佩勒通过把自己的哥哥称做"神秘的约汉"和"神秘的尼克拉斯"来解恨，他说的时候露出轻蔑的微笑。秋尔雯则说，那是一个荒唐的小组织。而根据昨天晚上这个小组织的表现，我完全相信她说的话。

当我们站在码头等待游船靠岸的时候，约汉和尼克拉斯突然跑过来，使劲抓住我，一个人抓一只胳膊。

"快走，马琳，我们现在回家。"约汉说。我当然不愿意，问他们回家做什么。

"我们可以读一本好书，或者做别的什么。"尼克拉斯说。

"你不是很喜欢朗读吗？"约汉说。

我确实喜欢，但不是在明亮的仲夏节之夜，我这样对他们说。

我几乎立即得到了答案。答案在那座吊桥上，是与我们同乘过一条船的克里斯特。我的弟弟们不喜欢任何"在马琳周围献殷勤的人"，对此我已经习惯了——这可是他们的看法，不是我的！不过在他们心中，克里斯特从一开始就比其他人更不受欢迎。我不觉得他身上有什么大毛病。他特别自信，不过我可以负责帮他去掉这个毛病，如果需要的话。他长得很帅，用

爸爸经常说的那句话就是"衣着得体"。他一下船就径直朝我走来。当他微笑的时候,我觉得他确实很可爱,因为他的牙齿长得很漂亮。但是约汉和尼克拉斯恶狠狠地瞪着他,好像他已经露出豺狼的狰狞——这里可不能来任何豺狼把他们的姐姐吃掉,谢谢,不行!

"可怜的小马琳,"克里斯特说,"在仲夏节之夜你怎么可以孤单一人——来吧,我们在古老的海滨乌鸦岛上好好折腾折腾,你和我。"他的这番话并没有使他在约汉和尼克拉斯的心中获得什么好感。

"她不孤单,"约汉生气地说,"她和我们在一起!"

克里斯特拍拍他的肩膀。

"对,对,不过你们现在还是拿着小桶和铲子回到沙堆去玩吧,由我来照顾马琳。"

我相信,他们对克里斯特正式宣战的时刻到了。我看到,当他们回到蒂迪和弗列迪身边的时候,他们咬牙切齿,随后从他们那儿传来了可怕的乌鸦般充满报复和诅咒的叫声。

"马琳,今天晚上我们一定要跳舞,我已经决定了。"克里斯特说。当我向他解释,通常由我自己决定跟谁跳舞的时候,他说:"那就由你决定跟我跳吧,我们不需要为此事多加争论。"

比约恩没有露面,他跳不跳舞我也不知道。我很想跳舞,

穿着我的浅蓝色连衣裙,就在这个仲夏节之夜,所以我对克里斯特说:"我们看情况吧!"

不过仲夏节的时候,我能参加的活动不会很多,因为我要像一位妈妈那样照看三个弟弟,特别是那个小弟弟,很明显我不能把他放到秋尔雯那里不管,特别是他今天穿了节日的盛装。我突然听到大家都在笑,我对克里斯特说:

"走,我想看看出了什么有意思的事!"

我看到了。我看到佩勒,他不应该把衣服弄湿了。他站在齐腰的海水里,秋尔雯也一样,他们俩拼命用水撩对方。他们像水中的小野兽一样——真找不出来更好的词来形容他们——秋尔雯高声喊道:"我们干脆洗澡吧!"他们真的那样做了。他们在水里扑通来扑通去,高兴得又喊又叫,比刚才更猛地往对方身上撩水,完全像水中的小野兽,玩得非常起劲儿,把整个世界都忘了。不过当我和麦塔走过去时惊扰了他们,他们从疯狂中清醒过来。他们看到自己浑身都湿透了,跟《圣经》中赤裸的亚当和夏娃差不多。但佩勒和秋尔雯不是赤裸的,他们完整地穿着衣服。我从来没有看到过,本来一件漂亮的绣花连衣裙竟然变得更像一块湿透的破布。

"我们有什么办法,"秋尔雯说,"它就成了这个样子。"

她试图向麦塔解释是怎么变成这个样子的,我听到她大概是这样说的:

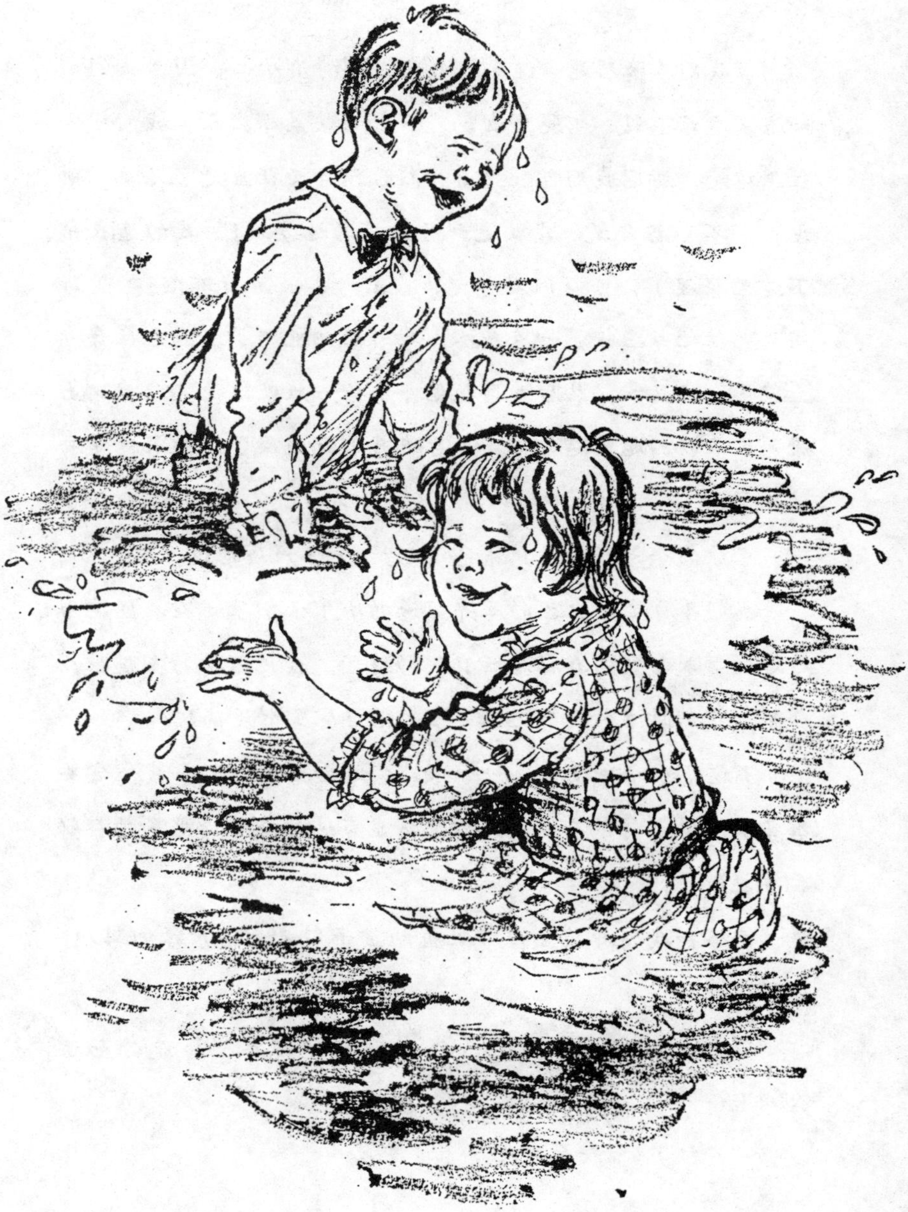

"我们本来想洗一洗脚,我们特别特别小心,因为我们都知道穿着好衣服。但是佩勒说,水就到膝盖那么深,我们可以往里边走,所以我们就往里走。然后佩勒又往里走了几步,他说:'不管怎么说,我敢走到这么深的地方来!'我的连衣裙下边已经湿了,可是佩勒却说,'我呀,我可没有湿!'这时候我就往他身上撩了一点儿水,我想让他也湿了。他也往我身上撩了一点儿水,然后我再往他身上撩一点儿,他又往我身上撩,后来我们越撩越厉害,再后来我们就洗澡了,结果就变成这样了。"

"你们今天的澡总算洗完了吧?"麦塔严厉地说。

我们各自带着自己的浑身湿透的小家伙回家。在木匠庄园后边的苹果树之间我拉起晒衣服的绳子。我把佩勒的衣服晾在那里,它们跳着仲夏节之舞,唯一陪伴它们的是南风。

不过下一个仲夏节——如果我们还活着的话——我一定要准备多一倍长的晾衣绳,因为很明显有这种需要。更多的事以后再说!

麦塔和我领着换上日常衣服的孩子们来到谢尔林间草地,麦塔说:

"要过很长一段时间,我才给秋尔雯再穿那件绣花连衣裙!"

"好极了!"秋尔雯说。

麦塔自己特别可爱,她一身女主人装束,带皱褶的布连衣裙,白色三角头巾,显得很漂亮。啊,好一个麦塔!谁在海滨乌鸦岛布置了仲夏节的花环柱和各种游戏——是麦塔!谁是主妇协会主席——是麦塔!谁是合唱队队长——是麦塔!谁使海滨乌鸦岛上的每一个人都能围着仲夏节花环柱跑并说着"小青蛙,小青蛙,看着心里乐开花"——是麦塔,除了麦塔还能是谁呢!

我们的仲夏节花环柱设在瑟德尔曼家后边的谢尔林间草地上,我和麦塔到那里时,天已经开始下雨。啊,不管怎么说今天是仲夏节之夜,哎呀,怎么能下雨?不过麦塔决定不了天气。主妇们还是打着伞勇敢地集合在一起,坚定地高唱:"我在哈尔于拉最高山坡的最高树枝上荡悠悠。"啊,我感到自己也在唱,也在最高树枝上荡悠悠,看到了富饶的大地和美丽的天空。尽管在下雨,不过请听,一只小鸟在祈祷,企盼晚上天气晴朗,因为这只小鸟也喜欢晚上在码头上跳舞!

我跳舞了。不过还没跳多长时间就发生了很多事情。苹果树之间拉的那根晾衣绳奔拉了下来,因为上边晾的衣服太多了,除了佩勒的衬衣、西服上衣和裤子以外,还有克里斯特一件上衣,爸爸和约汉的衬衣和裤子。我不知道尼克拉斯的裤子为什么也在上边,其他人游泳时他并没有游呀,不过生活总是充满不公平。

克里斯特的衬衣不是游泳弄湿的,而是我帮他洗的。他在玩托鸡蛋赛跑时摔倒在草地上,正好趴在刚才爸爸掉鸡蛋的地方。

"你可不能整个仲夏节之夜身上总带着鸡蛋黄转来转去。"爸爸说。他的心眼儿真好,回家取了一件自己的衬衣让克里斯特换上。

"谢谢,"克里斯特说,"这下我可以洗澡了。"

约汉、尼克拉斯和格朗克维斯特家的女孩们站在那里怪笑。谁都看得出,他们对身上沾满蛋黄的克里斯特有些幸灾乐祸。我听见克里斯特问他们哪里可以洗澡,蒂迪指了指。

"离这儿很远吗?"克里斯特说。

"很远,不过到那里去水很浅,你可以漫步走到芬兰。"约汉带着一丝怪笑说。

"我也觉得你可以那样做。"尼克拉斯说。不过这时候克里斯特已经走了,所以他没有听见。

孩子们的托鸡蛋跑游戏马上开始,我准备过去看一看。但是约汉跑了过来,脸色刷白,他一把抓住我。

"你知道克里斯特会游泳吗?"他说,"想想看,如果他不会怎么办!那边的海水可深了!"

我也知道那边的水很深,像约汉一样,我也没有多考虑,对于克里斯特是否会游泳一无所知。

"快走！"我说，随后我们使出全身的力气往前跑，约汉、尼克拉斯、蒂迪、弗列迪和我。

我们跑到时，正好看见克里斯特钻出水面。

"停住！"约汉高声喊。

克里斯特显然没有听到。他径直往前走，好像真想走到芬兰去。走了几步以后，他就沉到深水里去，而且就在那里消失了。我的上帝，他消失了——而我还没有转过神儿来。

约汉甩掉鞋，一头扎进水里。

我对其他人喊：

"快跑去叫人！"

尼克拉斯和弗列迪跑去叫人。蒂迪和我站在那里，浑身打战冒冷汗。约汉还扎在水里，我心急如焚。我正准备自己跳下去，约汉总算从水里冒出来了。克里斯特还没有露出水面。约汉惶恐不安地摇了摇头。

"我没能找到他！"

"你一定要在这个地方多找一找，"蒂迪说，"他就是在这里沉下去的。"

这时候有人在我的背后伸出一个食指说：

"当然不是！他是从这里沉下去的，可他又从那边那块石头旁边爬上来了！"

我转过身来，克里斯特站在那里。他浑身湿得像个落汤

鸡，得意扬扬地站在那里，脸上带着怪笑。

不过蒂迪继续用肯定的口气指着说：

"不对，就是在这里沉下去的，我亲眼看见的！"

"我也看见了。"克里斯特保证说。直到这个时候，蒂迪终于明白了她在跟谁争吵。

她被气坏了。

"这种事绝对不准做。"她说。我同意她的话。

"是不能，"克里斯特说，"不过也不能在不知道人家会不会游泳的情况下，把他们骗到深水里去。"

约汉还在水里找人。这时候他冒出水面，看见了克里斯特。他如释重负，同时也撅起大嘴生气了——他要救的人早已经上岸了！像平时他遇到这类不开心的事一样，他能很快地转忧为喜。他发出一声尖叫，背朝下又沉入水下，好像因为看到克里斯特惊喜过度而晕过去。

他真不应该这样做，因为此时此刻，以爸爸为首的全海滨乌鸦岛上的人刚好跑了过来。他们当然不知道是谁落水了，而爸爸在约汉沉入水下之前正好看见他的影子。

"约汉！"爸爸一边高声喊一边跳进水里，我没来得及阻止他。就跟看电影一样，约汉先露出头，然后是爸爸。他们默默地互相看着。

"你要做什么？"约汉问。

"我想上岸。"爸爸生气地说,随后上了岸。

"梅尔克叔叔,你为什么总是穿着衣服洗澡?"秋尔雯问。出点儿事的时候,她总在场,真没办法。

"只是事情都赶巧了。"爸爸说。秋尔雯没再多问。

但是爸爸揪住弗列迪的耳朵。

"不是你说有人快要淹死了吗?"

蒂迪过来帮她解围。

"这都是误会。"

克里斯特开始辩解,但是大家还是对他咬住不放。我听见了克里斯特对弗列迪说的话。

"他爸爸本身就是一个大误会。"

我相信比约恩也有同感。他逐渐知道事情的原委,但是他在那边走来走去,满脸的苦相,一直不接近我。

不管怎么说,这还是一个美妙的仲夏节之夜,大家在码头上跳舞,跟我希望的一模一样。瑟德尔曼老头儿拉手风琴,我们跳舞。大家都跳了。啊,我们跳得高兴极了!太阳渐渐沉入大海,蚊子在我们身边嗡嗡叫个不停。比约恩没有跳——他可能不会跳。不过克里斯特会……哎呀!我们旋转到哪里,我的浅蓝色连衣裙就飘到哪里,我高兴极了。

"马琳,"有一次瑟德尔曼停下手风琴喝啤酒时说,"答应我一件事!要永远年轻!"

他只是时不时地想知道我的年纪。

神秘的约汉和他神秘的那帮人站在围栏旁边一直盯着我。每次我和克里斯特经过他们身边,约汉都喊:

"别激动,马琳!"

后来我不耐烦了,冲他发火:

"我有什么可激动的?"

"别上当!"他说,其他三个人不停地怪笑。克里斯特对此不在乎,他们愿意怎么笑就怎么笑。我说句真心话,这小伙子真够行的!在一次瑟德尔曼喝啤酒休息的时候,他大胆地为我朗诵一首诗,一点儿也不怕那几个小坏蛋听到:

在她的头上飘动着一支粉红的玫瑰,
在那金黄色、传统的瑞典亚麻色头发之中……

说得对,因为我的发卡上插着一支蔷薇。我站在那里,想象着自己的头发是过去从来没有过的金黄色和传统的瑞典亚麻色,可约汉破坏了我的这种感觉。

"不对不对,它们一点儿也不相干。"他说,"是猪鬃,像传统的瑞典猪身上的。"

四个小坏蛋不约而同地看着克里斯特剪得短短的头发,一直怪笑不停。十三岁的小孩子哪里来的这些怪笑呢?

不过我一直忍着,没对他们发火,直到他们破坏了我在扬松海湾的仲夏夜之梦。我想单独实现这个梦,不要克里斯特,更绝对不能要这帮小坏蛋,但是我无法做到。

扬松海湾是一个偏僻而奇特的地方。舞会结束以后,克里斯特和我去了那里。那里有一个旧船坞,里边放着几根橡树圆木,还有一个废旧的码头,除此之外,没有任何有人的迹象。那里的一切都显得神秘、美丽和宁静。此时已经是深夜,几只天鹅在漆黑的海水里游来游去。它们的身体透出一种虚幻的白色,就像是寓言中的神鸟。它们可能真的是神鸟,因为一切都充满魔幻、虚无和神秘的色彩,还有一种沧桑感。这些天鹅随时都可能去掉自己的装束,变成跳舞、吹笛子的精灵。在海湾对面,高耸的海岸峭壁下海水漆黑,而远处的海平面明亮发光,夜不像夜,就像奋力挣扎的可怜的黄昏。

克里斯特和我坐在一块大石头上。我希望他老老实实地坐着,但是他不明白我的意思。他认为,一切都应该按照他设计的进行,因此他开始看我的眼睛,想知道它们是绿色的还是灰色的,当然是指我的眼睛。

这时候从我们身后的山坡上传来一阵声音,随后是一串怪笑:

"它们是淡紫色的。"

我真的生气了,高声说:

"你们在那里干什么？你们说得出口吗！"

"那好吧！"尼克拉斯一边说一边伸出脑袋，"我们坐在这儿像其他人一样也热乎热乎。"

蒂迪和弗列迪怪笑了好几分钟，我听了以后更生气了。

"你们听着，对这种事我很厌烦。"我说。这时候约汉说："好，没关系，那就请回家吧！别坐在那儿亲热，免得你厌烦！"

这帮小坏蛋，他们从爸爸那里得到许可，愿意在外边玩多长时间就玩多长时间，因为这是仲夏节之夜。

"我觉得你的弟弟们有点儿太过分了。"克里斯特说，"有没有什么地方可以摆脱他们，我们能安静一点儿？"

"家里可能不错，"我说，"因为他们不愿意回家。"

于是我们回到木匠庄园。我在起居室为克里斯特端上三明治，屋里充满铃兰和桦树叶的清香。

爸爸睡了，佩勒睡了，一切都显得平静、安宁。我们坐在沙发上，背后的窗子开着，正对着黎明前的夜。

"这群小家伙一天到晚围着你转，你受得了吗？"克里斯特问。说实在话我感觉不错，因为我爱他们，不管他们有多么淘气。

"好，好，此时此刻我也非常非常爱他们，"克里斯特说，"只要他们不在这里。"

他相信他们不在。我也相信。直到又听到那特有的怪笑我才发现，他们在窗外。几个脸上带着怪笑的小家伙排成一队走在晨曦中，头戴世界上最奇异的贵妇帽——我们楼上储藏室里就有这类千奇百怪的东西！每次他们经过我们身后的窗子，就彬彬有礼地摘下贵妇帽，相互取乐。他们笑得前仰后合，只得靠在苹果树上，不然就摔倒了。

"晚上好！你们没听见，黄油涨了好几克朗吗？""对不起，这条路通向格列斯克岛吗？""这里大概没有剩下爷爷要的鼻烟吧？"他们不停地说。

当约汉说完最后一句话的时候，尼克拉斯怪笑起来，他笑得前仰后合，最后像一只甲壳虫一样滚到草地上，连气都喘不过来。

不过正好在这个时候尼塞来了，他接女儿回家。约汉和尼克拉斯似乎也疲倦了，他们也想回家睡觉。我听见他们咚咚地爬上通向阁楼的楼梯走向自己的房间。我终于松了一口气。

克里斯特又被惹恼了，对此我毫不怀疑。我又给他一个三明治，给他续了茶，想方设法弥补弟弟们的恶作剧带来的消极影响。

"你下边有一群弟弟。"克里斯特说，"你的那个小弟弟，你给他吃了什么麻醉药，他怎么这么安静？"

"谢天谢地，他是一个非常可爱的孩子，到晚上就睡觉。"

我说。

这时候我突然听到佩勒的声音。

爸爸在男孩子们睡觉的阁楼里安装了一个报警器。那个本来应该睡着的可爱的孩子在窗子外边拉报警器的绳子,阁楼上传来一阵野蛮的怪笑声。我差点儿哭出来。

"佩勒!"我哽咽着说,"你为什么趴在那里?"

"为了看下边是不是有人在'亲吻'。"佩勒说,"约汉让我这样做的。"

这时候克里斯特站起来朝门外走去。当弟弟们拉报警器的绳子时,他就说现在该结束了,他放弃了。

"再见吧,马琳。"说完他消失在晨曦中。

到此我的仲夏节之夜结束了。

哎呀呀……不过我认为,不管怎么说,这还是一个相当不错的仲夏节之夜。

"好啦,约汉,我知道你们躺在树篱后边。"坐在草地上的马琳边说边放下日记本,"过来,我们现在可以达成一个协议!如果你们一整天都负责运柴和打水,我就原谅你们。"

每一天都是一次生命

夏天正在离去，有时出太阳，有时下雨，两者交替着。有时候还有风暴，海湾一片白色，岛上所有的房子和窗玻璃都在颤抖。当秋尔雯走到码头迎接游船时，她的身体备感沉重，而斯蒂娜差点儿被刮进海里。瑟德尔曼的猫拒绝到室外去，而他自己在家待了三天整理鳕鱼拖网。有时候还雷鸣电闪。木匠庄园里的梅尔克松一家在厨房里坐了整整一夜，看闪电滑过大海，海面被照得如同白昼。震耳欲聋、令人胆战心惊的雷鸣电闪穿过群岛上空滚向大海，听起来就像是末日到了，在这种情况下谁敢睡觉呢？

"我开始讨厌这种夜生活。"佩勒最后说。

海滨乌鸦岛上的夜生活毫无规律可言。佩勒认为，晚上举行宴会或者仲夏节之夜的晚会还不错，但是一整夜雷电交加真让人难熬。不过尼塞向他解释说，各种天气都好看，各有各的特色。佩勒特崇拜尼塞叔叔。不过下雨天屋顶漏水的时候他就

有点儿怀疑。但怀疑很快就结束了,因为有一天他的爸爸爬上屋顶,在漏雨的地方铺上了油毛毡,换上了新瓦。马琳曾经说过,爸爸一上房顶,梅尔克松家就不会再安宁。可说实在话,这次还真管用。他干得不错,没有出现任何问题。不过第二天发生的事就不那么好了。他本来打算在那棵北欧白桦树上放一个人造鸟巢,但是他还没爬上去就手里拿着鸟巢摔了下来。孩子们赶忙跑过去,不过梅尔克以相当肯定的语调说,没出什么事。只是他突然想起来,现在不是放人造鸟巢的时间。

"你不需要想一出是一出,搞得从树上掉下来,摔坏膝盖。"当马琳给他贴上创可贴时说。

不过总的看来,一切都不错,整个夏天就是一次长长的快乐的经历。佩勒已经开始思考回斯德哥尔摩的问题,那将是多么难过的一天。他有一把旧梳子,上面的齿儿和夏季的天数一样多。每天早晨他都要掰掉一个齿儿,他不安地看到,梳子上的齿儿逐渐变少。

一天早晨他们坐在一起吃早饭的时候,梅尔克看到了这把梳子,顺手把它扔了。他说,总是埋头考虑未来的日子是一个错误,人应该及时行乐。梅尔克认为,像这样阳光明媚的早晨,生活只有快乐。穿着睡衣直接走到院子里,感受一下脚下的青草,到码头附近洗个海水澡,然后坐在自己亲手上漆的庄园餐桌旁边,读一读书、看一看报纸,再喝点儿咖啡,孩子们

在周围转来转去,这多幸福!他对生活别无他求。所以佩勒没必要拿什么旧梳子折磨自己。他拿起梳子就扔进了垃圾篓,佩勒没有抗议。

当梅尔克开始读书时,约汉和尼克拉斯争论起该轮到谁去洗碗的问题。

两个人都认为自己洗碗的日子太多了。马琳却肯定地说,每次到洗碗的时候,准是约汉和尼克拉斯这两位小伙子不见了,不会是别人。他们洗碗的日子非常少,全海滨乌鸦岛的人简直可以升旗庆祝。

"这你就不公正了,"尼克拉斯说,"比如,昨天是谁洗的碗?"

"板上钉钉,是马琳,还能是谁呢?"

当然不是尼克拉斯。

"那就有点儿怪了。我记得清清楚楚,应该是我呀。"

"你没有注意到吗?"佩勒一边说一边往自己的那片面包上抹果酱,"你没有注意到,当你站在那里洗碗时,洗碗的不是你而是马琳吗?"

佩勒的一只黄蜂嗡嗡地飞过来,它也想吃果酱。他友善地伸出手里的面包。家里谁养的动物谁来喂。佩勒确信,黄蜂们很清楚谁是它们的主人。他经常坐在起居室的窗子旁边对它们吹口哨,跟它们讲话。他曾经保证,只要它们愿意,它们可以

在木匠庄园住下来。

他饶有兴趣地看着一只小黄蜂，它在吃面包上的几粒砂糖。他不知道它在想什么，是否意识到自己是黄蜂。黄蜂像人一样，有时候伤心，有时候害怕，啊，当然不像大人，但是像男孩，像七岁左右的小男孩。黄蜂到底知道多少东西呢？

"爸爸，你说黄蜂们知道今天是7月18日吗？"佩勒问。不过他的爸爸此时正专注自己的事，没有回答他的问题。

"每一天都是一次生命。"梅尔克喃喃地说，"对，非常好！"

"什么东西非常好？"约汉问。

"书上有这句话，"梅尔克激动地说，"每一天都是一次生命，正是因为这个原因我才把佩勒的梳子扔了。"

"书上真的写着你应该扔掉我的梳子？"佩勒惊奇地问。

"这里写着'每一天都是一次生命'——意思是说，人要珍惜每一分每一秒，要体验到自己确实活着呢。"

"是这么回事，那我一定要洗碗。"尼克拉斯自责地对着马琳说。

"为什么不呢？"梅尔克说，"体验一下，自己在做某种事情，用自己的双手做某种事情，通过这样做才能提高生命意识。"

"这么说你大概想洗碗了吧？"尼克拉斯建议说。

不过梅尔克说，他有一大堆的事情要做，足以使他一整天的生命意识达到顶点。

"生命意识是什么东西？"佩勒问，"是长在手上的某种东西吧？"

马琳慈爱地看着自己的小弟弟。

"在你身上，比如说在你腿上。当你说腿上有用不完的力气跑跑跳跳时，那就是生命意识！"

"真的？"佩勒吃惊地说。啊，有那么多东西他不知道，尽管他是一个人，而不是黄蜂。

黄蜂大概不知道，这一天是7月18日，但是它们很清楚，在木匠庄园的山墙边有一个桌子，上面有一个果酱碗。它们嗡嗡地蜂拥而至，气得马琳一个劲儿地赶。其中一只决定反攻，但是它没有飞向马琳，而是非常不公正地扑向可怜的梅尔克，在他的脖子上蜇了一下。梅尔克高喊一声跳起来，试图用同样不公正的方式对待正在桌子上来回爬的另一只小黄蜂，它可没有做什么坏事。佩勒立刻制止了他。

"别动！"他高声说，"别动我的黄蜂！它们也想像你说的那样生活。"

"我说什么啦？"梅尔克问。他已经记不得自己讲的话。

"每一天都是一次生命，或者别的类似的话。"佩勒说。

梅尔克放下书，他本可以用这本书把这只黄蜂打死。

"对，确实说过，尽管我不认为它们应该用毒刺蜇我的脖子作为这天的开始。"

他充满爱意地捏了捏佩勒的脸颊。

"你大概是世界上对动物最友善的小伙子啦！"他说，"很可惜，你养的小动物一点儿也不友善。"

梅尔克扭了扭脖子。脖子火烧火燎的疼，但是他不想让一只黄蜂毁了他早晨的好心情。他坚定地从桌子旁边站起来，每一天都是一次生命，说得对，他知道自己应该做什么。

这时，一只很大的摩托艇风驰电掣般地开进码头。当约汉和尼克拉斯看到来者时，他们悄悄地互相递了个眼色。

"我觉得，我们应该在仲夏节那天收拾收拾他。"约汉说。

不过克里斯特很明显把一切都忘了，他只记得马琳是群岛上最甜美、最漂亮的姑娘。如果在其他岛上有更甜美、更漂亮的姑娘，他早把摩托艇开到那里去了。不过此时梅尔克松家的码头是他能想到的最好的停靠点。

"你好，马琳！"他高声说，"你能跟我到海上去转一下吗？"

马琳的三个弟弟屏住呼吸。她如果真的坐上摩托艇离开他们，他们还怎么保护她呢？

马琳显得很兴奋。看得出，她不反对到海上去兜风。

"你打算在海上待多久？"她高声说。

"一整天！"克里斯特高声回答，"请带上游泳衣，如果我们能找到一个适合游泳的地方。"

约汉使劲摇摇头。

"动一动脑子，马琳！每一天都是一次生命——你真想整个一生都跟那家伙待在一起吗？"

马琳笑了。

"很显然，待在家里洗碗、做饭更有意思，不过我必须照顾你们一下，让你们也自己动手过得有点儿意思。"

"够损的。"尼克拉斯说。

马琳用询问的目光看着爸爸。

"你觉得，你们自己行吗？"

"那还用说。"梅尔克说，"把一切都交给你无所不能的爸爸吧。还有什么吃的东西？"

"没有。"马琳照实说，"不过你可以到麦塔的商店买一点儿肉馅，做肉丸子吃，这样可以大大提高生命意识。"

梅尔克点点头。因为有马琳，他有时候耍赖，马琳不得不承担更多的家务和责任，大大超过一位普通的十九岁姑娘要做的事情。他有意让她散散心，因为她平时很少有机会，另外趁她今天不在家，他也需要一个人静静心。

"你去吧，我的好女儿。"他说，"放心吧，活儿我包了，我觉得肯定有意思，不会出什么问题。"

不过马琳还没来得及收拾好自己游泳用的东西,佩勒已经站在码头上。他穿着救生衣,嫉妒地看着克里斯特。

"你好!"克里斯特说,"你为什么穿救生衣呀?"

"人们到海上去的时候,都要穿。"佩勒冰冷地说。

"是吗?你要到海上去,那你跟谁去呀?"

"跟你和马琳,"佩勒说,"这样就不会再'亲吻'。"

恰好这时候马琳来了,她用期待的目光看着克里斯特。

从克里斯特的表情看,他可不想让一条气愤的小毒蛇待在自己的船上。马琳不满地说:

"你肯定不是特别喜欢孩子,你!"

于是克里斯特抓住佩勒,把他抛到船上。

"喜欢!"他肯定地说,"我当然喜欢,不过应该是十九岁的姑娘,否则可能不是。"

他伸出手,帮助马琳跳到船上。

"不过我还是很感谢你,因为你没有把你所有的弟弟都带来。"

马琳没有带的两个弟弟正站在山上,眼巴巴地看着他们的船,直到船在海上变成一个小黑点儿。他们开始做应该做的事情,把桌子收拾好,抬进厨房,烧热水,洗碗,把洗好的碗收起来,他们干得又快又好。当他们不得不干的时候,他们很习惯把事情干得尽善尽美。除此之外,蒂迪和弗列迪正坐在格朗

克维斯特家码头旁边的一只船上急切地等着他们。

梅尔克则怀着同样急切的心情盼着他们赶紧离去,他想自己单独待一会儿。啊,因为他想试验一下自己秘密的发明——引水槽,这东西可以使他摆脱奴隶式的劳动。有些事情必须要亲手做,但丝毫不能提高生命意识。梅尔克认为,每天要不停地取水就属于这种事情。天知道马琳把水都弄到哪儿去了。她可能不停地偷偷用凉水擦澡。他每次走进厨房,水桶总是空的,他常受到马琳的白眼。家里有四个大男人,很明显,不需要马琳去取水。约汉和尼克拉斯偶尔干这种活儿,因为家里需要水的时候,他们总不在身边,没法告诉他们。多数情况下,只有梅尔克在场。

现在应该变一变了。从7月18日这天起,不用再劳神费力地去打水,多亏了梅尔克·梅尔克松,他准备让家里有一个引水槽。他在库房里找到了一个水槽,那是一个非常好的旧库房,里边有很多零七八碎的东西。他悄悄地用砂纸把水槽打磨干净,现在把它安装好就行了。

"要多简单有多简单。"梅尔克向自己保证说,他还为自己设计了一个安装流程表。

"第一步,要在水井旁边搭一个架子,以便水槽有一个倾斜度。第二步,用钢丝把架子固定在一棵桦树最下边的那个杈上。第三步,把水槽一头装在架子上,同样用钢丝固定结实,

另一头通过厨房窗子进到厨房。啊,注意!事先要仔细量好,保证长度足够。第四步,在厨房的水槽底下放一个结实的大水桶。第五和第六步,水快乐地哗啦啦地流进厨房,我自己舒舒服服地躺在窗外的草地上,手指头都不用弯一下。"

这就是说,仍然需要人工从井里打水,但是用辘轳打水并非难事。每天早晨花一点儿时间就能打上十五桶、二十桶,一天里余下的时间就自由了。马琳每隔一刻钟用凉水洗一次澡都没问题,如果她愿意的话。

梅尔克鼓起勇气开始动手做。这比他预想的要费力得多,他很有耐心地给自己鼓劲儿加油:

"前两步干得不错!"当他把水槽装好后说,"啊,我知道,第三步可不好对付——它是通向厨房的水路,是梅尔克·梅尔克松通向一切更高智慧的路。"

一切进展顺利,水槽的样子与他设想的完全一样,用起来也会与设想的一样,这一点他很肯定。放在出水口的那种盛水的大木桶他还没有找到,这有点儿糟糕。他只得用一个小水桶试,不过要有人站在厨房,当小桶里的水满了的时候说一声。

正好秋尔雯来了,好像天公派下来的。梅尔克笑着对她说:

"啊,秋尔雯,你来得正好。"

"真是这样?"秋尔雯美滋滋地说,"你想我啦?"

在梅尔克和秋尔雯之间已经有了一种在一个孩子和一个成人之间少见的友谊，就像是同龄人之间的友谊，彼此真诚相待，心里想什么就说什么。梅尔克的孩子气十足，而秋尔雯完全相反，但不同于成年人，她有一种很强的内在控制力，这使得他们能够平等地打交道，至少能接近平等。秋尔雯对梅尔克说的话很刺耳，但比任何人说的都真实，她就是她，对事情怎么想的就怎么说。梅尔克有时候对她也有小小的责骂，但很快就忘了。在绝大多数情况下秋尔雯对他非常友善，因为她非常喜欢梅尔克。

梅尔克向秋尔雯解释说，这个水槽是非常好的发明，以后马琳在厨房里就可以直接用水。

"我妈妈也这样，"她说，"她用的水也是直接到厨房的。"

"她才做不到呢。"梅尔克说。

"当然能，"秋尔雯说，"爸爸把水提到厨房里。"

梅尔克得意地笑了，这完全是另外一回事。这是他想出来的主意，他要给马琳一个小小的惊喜。

秋尔雯严肃地看着他。

"这么说你以后用不着辛苦了，对吗？"

梅尔克没有回答。

"现在你站在这个小水桶旁边，"他对秋尔雯解释说，"水流过来时，你喊一声。小水桶里的水满了的时候，你也要喊一

声,懂了吗?"

"懂了,我有那么笨吗?"秋尔雯说。

梅尔克兴冲冲地跑到井边,像个孩子,并兴冲冲地打上一桶水倒在水槽里。当他看到水顺着水槽流向厨房的时候,他高兴地笑了。他听到秋尔雯在厨房里喊了一声,好极了,好极了,整个工程跟他预想的完全一样。

然而并非完全一样……很遗憾并非完全一样!水槽有缝,大部分水都漏到地上了,梅尔克看到很心痛。不过这种现象可以克服。木制水槽都有缝,可以放到水里,木头在水里浸泡后一涨,上面的缝就没了。他的木制水槽也可以照办,但是说实在话,他已经没有力气再把它卸下来了!上面的钢丝那么结实,他相信那钢丝卸下来有一两千米长,这可不是举手之劳。能不能不动水槽,往里边倒很多很多的水,也可以同样解决问题呢?

头脑一热马上就干,这是梅尔克一贯的作风。当他往水槽里倒了差不多十桶水以后,他觉得上面的缝大概合上一点儿了……或者是想当然?他站在那里挠着脖子,看着水哗哗地漏到地上。这时候他突然意识到秋尔雯在厨房里又喊又叫,他想起来了,她已经在那里叫了很长时间,可他却没有注意到。他急切地高声问道:

"现在水满了吗?"

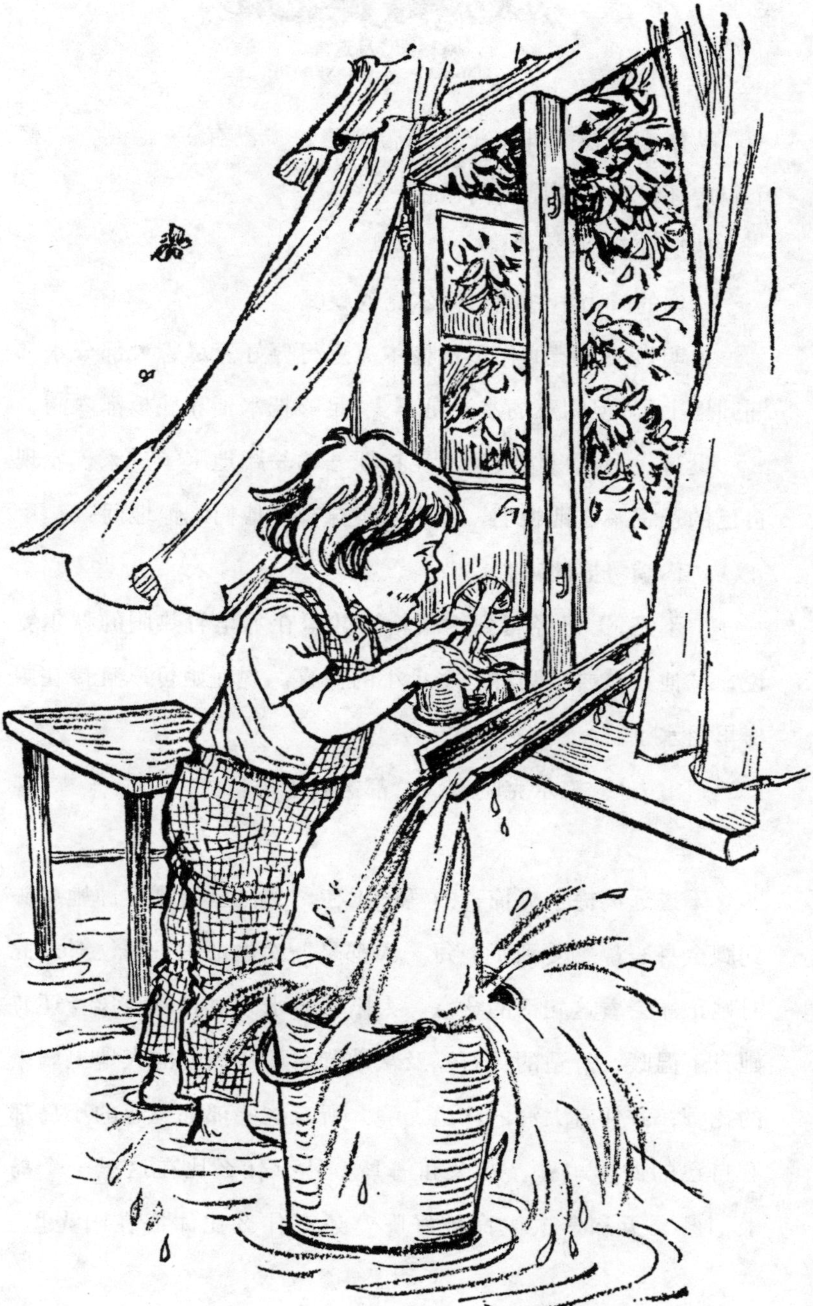

秋尔雯从窗子伸出一张痛苦的脸。"没有,"她说,"整个厨房还没满!刚刚到门槛!"

然后她又说:

"你的听力不好吧,梅尔克叔叔?"

很明显,水槽的作用比梅尔克想得要好。尽管大部分水都漏到地上了,但剩下的水还是不少,足够把水桶和地板都灌满。

没过一会儿,约汉和尼克拉斯一蹦一跳地跑了进来,发现自己的爸爸躺在地板上,手里拿着抹布。他们吃惊地问:

"你躺着擦地吗?"

"不是,"已经爬到木柴箱上并坐在那里看热闹的秋尔雯说,"他只是要给马琳一个小小的惊喜。现在她可以直接在厨房里用水了。"

"出去!"梅尔克吼道,"都给我出去!"

不过远离梅尔克惊喜的马琳正在享受自己的夏日。她从头到脚全身心都感受到了。每一天都是一次生命——啊,对,此时她正体会着这句话的含意。太阳、海水和夏日的清风,还有她身下温暖、舒适的巨石以及从她背后那片绿色的大地上飘来的花香,并伴有大海的味道。啊,所有这些郁郁葱葱的小岛都有自己的海岸峭壁、花朵和海鸟,还有什么比在这里一个岛上消磨一天和一次生命更好呢?还有什么比沐浴在阳光里、

看鸟儿飞翔、听大海拍打峭壁的涛声更妙似仙境呢？当然，如果没有克里斯特在身边可能更妙，因为他的废话压过了轻柔的涛声。那些废话开始使她生气，不是很厉害，只是一点点。她萌生了一个让他快住嘴的小小愿望。不过她知道，他不会住嘴。当他们在仲夏夜坐在扬松海湾附近时，她曾经告诉他，她是多么喜欢独处——"不总是如此，上帝保佑，不是现在。"她赶忙保证说，"不过……有时候我感觉到，我一定要独处，像我刚才说的。"

"我也可以独处，"克里斯特保证说，"但是要看跟谁独处。跟你独处，多长时间都行。"

可怜的克里斯特，他现在无法与马琳独处。佩勒特别不喜欢他说的废话，但是他仍然尽量靠着他们俩坐，不错过听他们说的每一个字。他在岸边捡石头，看着海里的小鸥白鱼，但他的耳朵时刻竖着。

"我想到奥兰岛去，在那里待一个星期，"克里斯特说，"开着摩托艇。你跟着去吧？"

佩勒睁大眼睛问：

"你是说我？"

克里斯特不敢直说他不是指佩勒。那个被指的人没有回答，只是微笑。

"马琳去吧，好吗？"克里斯特兴奋地说，"你看起来那么

聪明、懂事,有了机会你大概不会错过吧!"

"不,我不会跟你坐船到奥兰岛去。"马琳说,"不会去,因为你看,我现在看起来跟你刚才说的聪明、懂事完全一样。"

"多会骗人,对吧。"佩勒一边说一边捡起一块漂亮的小石头。

"跟弟弟们在一起真有意思,你说什么他们都能听见。"克里斯特说。

他建议佩勒到远一点儿的海边去。克里斯特保证说,那里有很多更漂亮的石头。不过佩勒摇头不去。

"不,那样的话你说什么我就听不见了。"

"你为什么想听我说的话呢?"克里斯特问,"你觉得我说的话有意思?"

佩勒又摇了摇头。

"不对,我觉得你说的话都很愚蠢。"

克里斯特习惯别人夸奖他,当然不包括孩子,孩子说什么他不在意。不过现在可把他惹急了,这个小屁孩儿一点儿也不欣赏他,他想知道为什么。

"是吗?你觉得我很愚蠢,"他用从未有过的友好语调说,"好吧,不过跟你姐姐交往的小伙子中肯定有比我还愚蠢的吧?"

佩勒用平静的审视的目光看着他,但没有回答。

"大概没有吧?"克里斯特说。

"让我想一想。"佩勒说。

马琳笑了,克里斯特也笑了,尽管出自不同的心情。

佩勒考虑了一会儿说,可能还是有一两个比克里斯特愚蠢。

"全加起来,一共有多少个?"克里斯特好奇地问,"数得过来吗?"

"啊,要能数过来就好啦!"马琳说。她迅速站起来,一头扎到海水里。

"再说这是秘密,你别打听了。"当她的鼻子重新露出水面时说。但是佩勒并不反对说出真相。

"至少有两个。"他说,"我们在斯德哥尔摩时,他们整天打电话、打电话、打电话……爸爸接电话的时候这样说,'这是梅尔克松家的自动电话,马琳不在家。'"

马琳用水撩了一下佩勒。

"我觉得你现在该安静一会儿啦!"

然后她仰身漂在水面上,仰望蓝天,试图想出哪两个人比克里斯特还愚蠢。但是她一个也想不起来。突然她意识到,如果没有他这一天可能更好。她决定,这是最后一次与克里斯特外出游玩。

后来她想起了比约恩,并轻轻叹了口气。最近一段时间她

见过他很多次。他在格朗克维斯特家的时候，就像这家的孩子一样，随便进进出出。木匠庄园离那里只有一步之遥，他几乎每天都来。他以各种借口来，有时候根本没有借口。他把新钓的鲈鱼和新采的鸡油菌不声不响地放在厨房的桌子上，他帮助约汉和尼克拉斯往钓鱼绳上放鱼饵，他坐在木匠庄园的台阶上和梅尔克聊天。不过马琳比谁都清楚，他是为谁而来。今天晚上他肯定也会来。他很和善，比约恩，说到底他爱她。她曾经自问，她是不是也有点儿爱他，她希望是，但她无法使自己产生心跳的感觉。如果说一天就是一次生命，那么她度过的是一次完全没有爱的生命，啊，多么可悲呀！

"这完全是我的错。"马琳一边想一边看自己的脚趾伸出水面。她的弟弟们瞎操心什么……她只是意思意思，从来没产生过真爱，他们确实用不着担心。

她叹口气，抬头看着太阳，半天已经过去——一半的生命已经过去。她不知道爸爸的肉丸子做到什么程度了。

但是梅尔克没有想在这一天通过揉肉丸子来提高生命意识。

"我们在自己的码头上有饭吃的时候，不做肉丸子。"他对约汉和尼克拉斯说，"炖鲈鱼是一道超过所有肉丸子的美味。"

他让男孩子们去挖蚯蚓，自己坐在码头上钓鱼。他两个小

时一无所获，约汉和尼克拉斯却一条大鲈鱼接着一条大鲈鱼往上钓。他曾经鼓励他们，但是他自己却慢慢沮丧起来。他还曾经警告过他们，梅尔克跟他们一起钓，他们自己别指望有大运。他信誓旦旦地说，他只需吹一吹口哨，鱼就会过来。如果他钓的鱼比他们的多，他们也用不着生气，因为在钓鱼上他有着比他们高超的技巧和经验。

此时他们坐在那里，男孩子们在他的眼皮子底下钓上来很多鲈鱼，他为他们高兴，这是发自内心的，但是他自己……啊，这真是有点儿不公平，他一条都没钓上来。

"这一天不是一次生命。"他沮丧地瞪着鱼漂儿说。

约汉和尼克拉斯每钓上来一条鱼，都用充满负罪感的目光看着自己的爸爸。可不能让爸爸沮丧，这是梅尔克松家孩子们的共识，没有一个人可以忍受他快乐的蓝眼睛突然沮丧起来，尤其不能因为他们的原因有一点儿沮丧。此时他们都看出爸爸的情绪有多么消沉，他用手摸下巴的姿势，这可不是什么好兆头。最后他干脆扔掉手中的钓鱼竿，连拿也不拿了。

"现在让鲈鱼自愿上钩吧。"他说，"我不想再坐在这里为它们老拿着钓鱼竿了。"

他躺在码头上，用扁圆帽挡住眼睛说：

"如果有鲈鱼来，吵着要上钩，就告诉它，我睡觉了。让它三点钟再来。"

就这样他睡着了，他的鱼漂儿继续在那里摆动。尽管他的儿子们内心如何祈求，还是没有鲈鱼愿意上钩。他们决定自己动手安排这件事，爸爸至少要钓上一条鱼。他们把梅尔克的鱼绳拉上来，在他的鱼钩上放上他们钓到的一条最大的鲈鱼，然后大声叫醒他。

"爸爸，你已经钓到鱼啦！"

梅尔克猛地爬起来，一把抓住自己的钓鱼竿，激动得差点儿滚到海里，当他把那条鲈鱼拉上来时，他欢呼起来。

"你们看到这条大家伙了吗？它比你们钓到的那些鱼大一倍！"

但是它不是自己过来吵着要上钩的那类鲈鱼。它不自然地、一动不动地挂在鱼钩上。梅尔克长时间静静地看着这条鲈鱼，孩子们不安地注视着他。

"这可怜的家伙好像昏过去了。"梅尔克说。

他用手摸了几下下巴，突然笑了，就像太阳猛然穿过乌云一样。他慈爱地看着孩子们，心里想，多么善良、多么周到的孩子，这比波罗的海所有的鲈鱼都珍贵！

"我现在去厨房炖这条鲈鱼，再加几条其他的。"梅尔克说。

"按我自己的配料去做。不管怎么说，我的厨艺要比你们好。"

约汉和尼克拉斯也表示,他是世界上最优秀的炖鲈鱼高手。梅尔克回到厨房。如果马琳看到他怎样给鲈鱼去鳞,她肯定会被吓坏的。梅尔克,一把大刀和一条滑溜的小鲈鱼,这三样加起来很可能会造成可怕的流血事件。但是梅尔克很奇怪,当发生灾难、大的流血和急救事件的时候,他却总是安然无恙。

此时他得意扬扬,很专业地把鲈鱼码在一个搪瓷锅里,然后唱起了自己的炖鱼配料歌,就像在唱歌剧:

"梅尔克式的炖鲈鱼锅……"他唱道,"……五条肥美的鱼……和黄油……越多越好的黄——油。"他一边唱一边按唱的词往锅里放黄油,"加香菜……加莳萝汁……稠稠的莳萝汁,里格楞……再加一小勺面粉……和一点儿水勾芡……平常的水就行……随意加盐……按自己的口味加盐……按自己的——口味——加盐……按自己的——口味——加盐!"

最后一句唱得非常优美,他开始怀疑是不是应该当个歌剧演员。

啊,不,更应该当个道路和水槽的建造者!他不时地看那条通过厨房窗子伸进来的水槽,每次他都露出满意的微笑。马琳回来一定要向她显摆显摆。

没过多久他就听见摩托艇驶进码头的声音,他立即冲向井边,准备展示自己的杰作。

顺便说一句,看马琳的样子也需要给她提一提神儿。她满

怀心事地把游泳衣挂在晾衣绳上,当她发现梅尔克在看她的时候,她笑了。这时候她看到了水槽。

"天啊,那是什么东西?"她说。梅尔克向她、约汉和尼克拉斯解释,这是一个多么简单易行、富有创造力的装置,它以后会使他们在木匠庄园的生活更加舒适。

"你试过了?"马琳问。

"哎呀呀……你们是怎么知道的?"梅尔克说。不过他看到约汉和尼克拉斯也站在那里,他们对事情略知一二。梅尔克不得不说出真相。

梅尔克满脸兴奋。他是那么喜欢这个水槽,他为自己的水槽感到自豪。水槽是那么漂亮,他真想去抚摩一下。恰巧在他放手的地方,停着一只佩勒养的黄蜂,当梅尔克被这只黄蜂蜇完感到疼痛时,他真的气得发疯了。一天挨两次蜇,这也太过分了!他大叫一声,吓得克里斯特跳起老高。他一反常态,就像一头狮子,急着在四周寻找对付黄蜂的武器。草地上正好放着一根棒球棍,他顺手抄起来。当他看见那只黄蜂大功告成似的美滋滋地落在水槽上时,他举起棒球棍,使出全身的力气砸了下去。

他直愣愣地站在那里,查看结果。黄蜂没有被打中,它早已经喜气洋洋地坐在蜂窝里,正向其他的黄蜂吹嘘。不过那个水槽,他心爱的水槽,已经被拦腰砸断,只有一截还挂在钢丝

上。很明显,水槽不仅不密封了,而且还散了架。

梅尔克清醒过来,他吼道:

"猜一猜,我现在想干什么?"

"骂人。"佩勒建议。

"不,我可不想骂人,那样做太丢脸,又没教养。现在我要把这个该死的黄蜂窝从木匠庄园除掉,有它没我!"

他举起了棒球棍,但是佩勒抓住他的手喊道:

"不行,爸爸,不行,爸爸,别动我的黄蜂!"

于是梅尔克放下手中的棍子,转身朝码头走去。问题就来了:佩勒是要浑身上下被黄蜂蜇过的爸爸,还是牺牲可恶的黄蜂?佩勒赶紧去追爸爸,想跟他解释,安慰安慰他,所以他没有看见克里斯特的恶行。黄蜂窝筑在不太高的地方,稍一使劲就能用棒球棍够到它。克里斯特觉得很有意思,也想表现一下,就对准了那块灰色的爬满黄蜂的窝。他抡起棒球棍狠狠地砸了过去,但没砸准,砸到窝旁边的墙上。这样的敲击黄蜂们一生都没有听到过,它们很反感。所有的黄蜂都冲了出来。愤怒的黄蜂像乌云一样飞过来,想看一看是谁胆大包天敢打扰它们。它们第一个看到的就是梅尔克,所以它们斗志昂扬地开始追他。梅尔克听到黄蜂嗡嗡地飞来。

"哎呀,现在真的……"他说着就跑,像一只野兔似的转着弯跑,不停地狂叫。

"快跑,爸爸,快跑!"佩勒高喊着。

"我是在快跑!"梅尔克一边吼叫一边拼命往码头跑,克里斯特、马琳和男孩子们紧追其后。克里斯特笑得几乎断了气,全然不知马琳心里对他的举动多么厌恶。

梅尔克双手发疯似的扇来扇去,保护自己不受伤害,但是他已经被蜇了好几下。情急之中他看到了一条生路。他向前猛跨一步,直接跳进海里。扑通一声巨响,孩子们眼看他沉入水底。很明显他想在那里多待一会儿。黄蜂们茫然地转来转去寻找,敌人跑到哪里去了呢?它们朝四周看了看,发现了克里斯特。他正站在码头上,比任何时候笑得都开心。不过当蜂群嗡嗡地冲向他时,他立即严肃起来,真是奇怪。

"你们给我滚开!"他高声叫着,"别动我,不要过来!"

但是黄蜂们不管那一套,它们由着性子往克里斯特这边飞。啊,它们飞得多么快!克里斯特就像遇难似的大喊一声,一头扎到海里。

当他重新露出水面时,他比任何黄蜂更生气。这时离他有一步之遥的梅尔克一边踩着水一边友善地向他问候:

"晚上好!啊呀,你也在外边游泳!"

"对,不过我正准备回家,保证是这样。"克里斯特说。

游了几下他就到了自己的摩托艇旁边。

"喂,马琳!"他高声说,"我现在要走啦。这个岛真不安

全,不过我们下次可以再见面!"

"我不相信还会有下次。"马琳小声说,不过克里斯特没有听见。

梅尔克穿着湿衣服吧嗒吧嗒往木匠庄园走,遇到了秋尔雯。她望着他,甜甜地笑了。

"你怎么又穿着衣服洗澡了?你为什么总是这样?你没有游泳裤吧?"

"有,我有。"梅尔克说。

"不过穿着游泳裤可能没有穿着湿衣服走起路来吧嗒吧嗒响得好听,我说得对吧?"

"对,这样吧嗒得更好。"梅尔克附和着说。

当梅尔克给孩子们端上梅氏炖鲈鱼时,美好的时刻终于来了。马琳站在炉子旁边,打开锅盖。她深深地吸了一口那童话般的香味,啊,真的香极了,她是多么想吃饭呀!

"爸爸,你太棒了!"她说。

梅尔克已经换好衣服,被黄蜂蜇的地方也用纱布包好了。他坐在餐桌旁边兴奋不已。生活毕竟是丰富多彩的。他对马琳不好意思地笑了笑,说:

"还可以吧,据说,当男人真的专注做饭的时候,女流之辈无法相比……啊,啊,我的意思不完全是这样,我……不过

我们等着瞧吧,不管怎么说我们得尝一尝!"

他依次给每个人盛上,并且说,大家都有了以后再一齐吃,谁也不准先吃。最后他给自己也盛好了。他神秘而渴望地看着自己碗里漂在香菜和莳萝汁中间的白色鱼肉。当他把第一块鱼肉送到自己嘴里的时候,他仍然显得很神秘,但是随后就发出一声"噗",显得很无奈。

马琳和男孩子们也尝过了,他们呆呆地坐在那里。

"你加了多少盐?"马琳一边问一边放下手中的叉子。

梅尔克看着她,叹了口气。

"没数。"他沮丧地说。

随后他站起来,在孩子们的惊恐中消失在门外,坐在院子里的桌子旁边。他曾经满怀希望从那里开始这一天的生活。孩子们怀着对爸爸的同情心一言不发地冲向房门。

"哎呀,爸爸,你为什么要这么伤心呀?"马琳看到梅尔克坐在那里用双手捂住自己的脸说。

"因为我太没用了。"梅尔克一边说一边用满含泪水的眼睛看着她。

"每一天都是一次生命……可是我做了什么呢?我什么事情都做不好,真是一无所能。我写的书大概也很糟糕,现在我知道了,真的,别安慰我了,我写得不好,你们有一个没用的爸爸!"

孩子们一齐向他围拢过来,抱着他。他们说,没有任何孩子像他们这样有一个能干、善良、出色的爸爸,他们非常喜欢他,无限地爱他,他们保证这是真话。

"好好。"梅尔克说。他用手背擦干眼泪,微微笑了一下。

"我难道不强壮、漂亮吗?你们可没有说!"

"当然!"马琳说,"你也强壮、漂亮,多加了点儿盐也不为过。"

不过约汉和尼克拉斯把剩下的鲈鱼都扔掉了,家里没有别的东西可吃,商店也关门了,他们感到很饿。

"有长纤维面包吗?"尼克拉斯问。

大家还没来得及回答,秋尔雯又来了,后边跟着水手长。她说:

"我爸爸在烤炉边举行烤鳕鱼宴。有谁想吃烤鳕鱼?"

梅尔克想,每一天都是一次生命——说得多好,但是这一天发生的事,把人气得咬牙切齿。不过平静的夜晚来了,他原谅了自己做的所有蠢事。他想,生活大概就是一件不可靠的事情,它不停地变来变去,一会儿让人咬牙切齿,一会儿又温馨美好,如现在这样:新烤的鳕鱼、黄油和新鲜的土豆。

他们坐在海边的岩石上,旁边是尼塞的烤炉,太阳已经沉入大海,夏季的温热使人双颊绯红。尼塞给他们端来烤鳕鱼、

煮豆角，他们敞开肚子吃得香喷喷的。麦塔还给他们端来黄油、土豆和自家烤的黑麦面包。梅尔克发表讲话，赞扬友谊和烤鳕鱼，因为他内心充满了感激。生活当然是美好的，想想看，仅仅一个微不足道的夏日就发生了多少事情！

"啊，亲爱的朋友们，"梅尔克说，"这正如我经常说的——每一天都是一次生命！"

"一次多么好的生命！"佩勒说。

送给佩勒的一只小动物

梅尔克对自己的孩子有着火一般的爱,他经常琢磨他们。诚然他是一位作家,当有人问他最喜欢做什么的时候,他经常这样回答:"梅尔克就喜欢忙梅尔克自己的事!"不过不完全对,有时候他也琢磨自己的孩子。他自己也不明白,他怎么就有了四个特别好的孩子。他们非常不同。不仅仅是因为马琳和约汉有着浅色的头发,而另外两个孩子有着棕色的头发,不仅如此,他们从外表到内心都不一样。先说马琳,她有着爸爸的同情心和安慰人的能力,她怎么会有既聪明又甜蜜的美德呢?甜蜜的姑娘往往只专注自己的美貌,没时间让自己变得聪明。马琳是一个例外。他对她扁平的额头后边在想什么知之甚少,不过他知道,那里有智慧、热情、理性。另外她很漂亮,就像一朵花,但是她自己并没有意识到,起码表面是这样。

约汉是这样,他是孩子们中最有天赋、最富有想象力、最多愁善感的。他将来过得不会很顺利,因为他像自己的爸爸。

可怜的孩子！尼克拉斯正好相反，他平和、踏实、生活能力强，从他出生就这样，是梅尔克松全家中最乐观、最沉稳的。他将来会过得很轻松，这一点梅尔克心里很明白。

但是说到佩勒，他将来会怎样呢？在电车上看到有人伤心或者在什么地方遇到一只猫好像无家可归，他就会大哭一场，生活将如何对待他这样的人呢？为一个人、一只猫、一只狗或者一只黄蜂没有足够的幸福而不断发愁，长期下去他怎么受得了呢？所有不寻常的事情他都在思索！电线杆上的电线为什么唱歌，人一听见就想哭？树为什么喃喃细语，好像为什么事情忧伤？大海为什么咆哮，是不是为死去的海员哀悼？佩勒常含着眼泪这样问。不过他也有自己独特的快乐的方式。有很多事情让他感到幸福。下雨的时候，他一个人坐在船具屋听雨水敲打屋顶的声音。暴风雨来临的时候，他趴在楼上储藏室的一个角落里。特别是在日落时，他坐在那里听整栋房子发出的响声。尼克拉斯想让他离开那里，因为他觉得待在那里有什么意思呢，不过佩勒却说："你自己不知道，别想让我给你解释清楚。"除此之外，佩勒还特别喜欢研究，因为世上有那么多东西需要思考。他趴在草地上，看那么多小虫子爬来爬去。他趴在码头上，研究那个奇怪的绿色世界，小小的欧白鱼在那里过着悠闲自在的生活。在漆黑的八月夜晚，他趴在台阶上看群星闪烁，想方设法要找到仙后星、北斗七星和猎户座。佩勒把整

个世界看做是一系列奇迹,他不停地对它们探索,真像一个科学家那样执著、有耐心。梅尔克看见自己最小的儿子这样做,有时也会产生一点儿嫉妒。人为什么不能终生保持把土地、青草、雨声和星空都视为神圣之物呢?

这个孩子非常喜欢动物。但是一直没有一只狗,真有点儿残酷。从他会说"汪汪"起他就吵着要一只狗。金鱼他已经有了,乌龟和小白鼠也有了,就是没有狗。

可怜的佩勒!就这样他来到海滨乌鸦岛,看到了像水手长这样的狗!佩勒认为,秋尔雯是世界上最幸福的人。

"不过我只要有只动物就心满意足了。"他向秋尔雯解释说,"对了,我已经有黄蜂了,不过我还是想要一种可以抚摩的动物。"

秋尔雯很可怜佩勒,她显得很慷慨。

"你可以拥有一小部分水手长。就几公斤吧!"

"哎呀,就一只后腿,对吗?"佩勒说。他走到爸爸身边抱怨说:"仅仅几只黄蜂和一只狗的后腿,你真的认为我应该心满意足了吗?"

但是梅尔克正坐在厨房里写作,他无心考虑自己的孩子和他们的需要。

"你听着,我们改天再谈论这件事吧。"他一边说一边把佩勒打发走。

佩勒沮丧地离开。不过他的钓鱼竿靠在木匠庄园的墙上，这是上个星期在他的命名日①得到的礼物。他把它视为珍贵的礼物，不是一般意义上的钓鱼竿，因为这是他一生中的第一次，像这么好的钓鱼竿世界上永远不会再有了。佩勒拿起钓鱼竿，感到手中竹子做的钓鱼竿很光滑，手感很好，一种幸福感立即充满他小小的身躯。他决定去码头钓鱼，啊，爸爸真好，给了他一根这么好的钓鱼竿！爸爸也给了秋尔雯一根，因为她的命名日正赶上同一个星期。佩勒原来以为，她就叫秋尔雯，没有别的名字！这可是一个大错。

"我叫卡琳·马利亚·埃列乌诺拉·约瑟芬娜。"秋尔雯说，"不过妈妈说，我看起来更像是秋尔雯。"

随后她挑战性地看着佩勒。

"那你呢，你叫什么？"

"佩尔②。"佩勒心情沉重地说。很明显，秋尔雯有四个名字，每个命名日都可以得到礼物，而他只有一个。

"他们大概很快就会把秋尔雯这个名字写在日历上，这样你就能再得一份礼物。"佩勒说。不是因为这个佩勒吃醋，而

---

① 瑞典传统风俗。在瑞典，每一天对应几个传统的瑞典人名，这些名字通常会印在日历上。叫这些名字的人在这一天一般都会得到亲朋好友的祝贺。
② 佩尔(per)是他的名字，佩勒是爱称，一般家人和其他亲近的人会直接用爱称。

是因为水手长，这使他很难不产生一点儿嫉妒。

佩勒拿着钓鱼竿朝码头走去。斯蒂娜在那里找到了他，她来的时候兴致勃勃。她很少有机会单独与他在一起，谁跟谁玩要由秋尔雯决定。她是怎么决定的，没有人知道。里边的奥妙她没有明说过，就是她说了算。她自己，海滨乌鸦岛的秋尔雯，她愿意跟谁玩就跟谁玩，要么跟斯蒂娜玩，要么跟佩勒玩，看情况。有的时候，如果她心情好，他们三个人可以一起玩。但绝对不能佩勒和斯蒂娜在一起玩，而没有她。

在这个温暖的八月的早晨，秋尔雯在去木匠庄园的路上发现了这两位一起坐在码头上。她事先没想到，立即站住了。她在山葡萄和杏花中间静静地站着，看着他们，而他们并没有发觉。他们讲着话，斯蒂娜一边笑一边用手比画着，啊呀，别提多高兴了。不过现在该结束了！

"你听着，斯蒂娜！"秋尔雯吼叫着，"你不能待在码头上，因为小孩子不得在码头上玩，你们会滚到海里去！"

斯蒂娜吓了一跳，但是她并没有回过头。她装作没听见。如果她不回答，那里可能就没有什么秋尔雯，即使她在那里，她可能也走了，斯蒂娜总是希望这样！

斯蒂娜又往佩勒身边凑了凑，低声说：

"鱼可能很快就上钩了，佩勒！"

佩勒还没来得及回答，秋尔雯又叫了起来：

"小孩子不能在码头上玩,你聋了?"

这时候斯蒂娜意识到,肯定要发生战斗了,既然无法避免不愉快的事情,还不如直接投入战斗。

"那你也不能在码头上玩。"她说,因为这时秋尔雯就站在他们身后。

秋尔雯冷笑起来。

"哈哈,我和你大概不一样!"

"对,我觉得你很特别。"斯蒂娜勇敢地说。因为佩勒在她身边,所以她敢把话直接说出来,否则的话她一辈子也不敢。

不过佩勒坐在那里,看样子更想置身事外。秋尔雯说:

"再说了,佩勒不想跟你玩,他想跟我玩。"

"佩勒当然想跟我玩。"斯蒂娜肯定地说,她很生气。

佩勒意识到他一定要说话了。

"好啦,我跟我自己玩,这回成了吧!"

他希望秋尔雯和斯蒂娜都离开,但秋尔雯已经在他另一边坐下来。三个人默默地坐着,看着水上的鱼漂儿。没多久斯蒂娜又一次说:

"鱼可能很快就上钩了,佩勒!"

别的不说,这就足以勾起秋尔雯的火气:

"用不着你操心,佩勒也不是你的。"

斯蒂娜探着身子,用白眼勇敢地看着她:

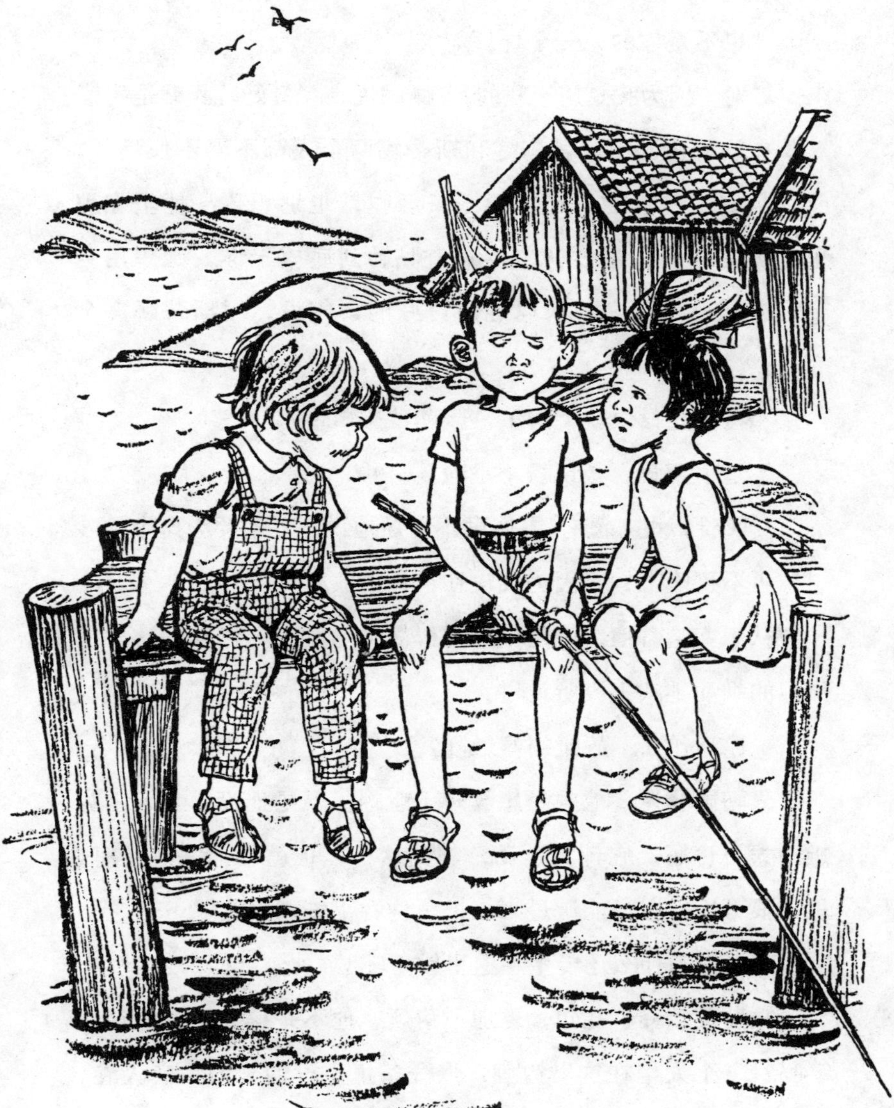

"也不是你的，一个样！"

"对，因为我是属于我的。"佩勒说，"真好，我就是我！"

在这种情况下，秋尔雯和斯蒂娜两个人都不得不住嘴了。佩勒是属于自己的，连他的一条后腿谁也别想要！他坐在那里，美滋滋的。不过秋尔雯知道佩勒到底属于谁，她想用一个好办法使他明白，所以她用讨好的口气说，跟斯蒂娜完全一样：

"鱼可能很快就上钩了，佩勒！"

不过很明显，她说得不是时候。

"哎呀，根本没有。"佩勒不耐烦地说，"不要为这个争吵了！鱼不可能上钩，因为我没在鱼钩上放蚯蚓。"

秋尔雯瞪着他。她是生活在群岛上的姑娘，像佩勒这种发疯似的举动她从来没听说过。

"你为什么不放蚯蚓？"她问。

佩勒解释说，他曾经想放一条蚯蚓，但是他没忍心，因为蚯蚓太可怜了。它浑身乱动，想到这一点他就动摇了。还有，鱼也很可怜，它可能游过来，把鱼钩吞下去。因此才……

"那你为什么还要坐在这里钓鱼呢？"秋尔雯问。

佩勒又解释了几句，更加不耐烦。他不是得到了一根钓鱼竿吗？一个人坐在这里钓鱼，连一条鱼也没钓到的大有人在，他看到很多人一天到晚坐着钓鱼，但是一无所获。唯一的区别

是，他们自始至终都在毫无必要地折磨一条蚯蚓，他可没有。

秋尔雯说，她明白了。斯蒂娜也郑重表示，她也明白了。

随后他们坐在那里，长时间地盯着鱼漂儿。秋尔雯知道，当她说明白了的时候，是在说谎。不过阳光灿烂，码头上很舒服，她如果能把斯蒂娜赶走就更舒服了。

"斯蒂娜长大了要当冷盘配菜师。"佩勒说——斯蒂娜刚刚这样对他讲过。

"我可不想当。"秋尔雯加重语气说。她不知道冷盘配菜师是干什么的，但是这个名字听起来就不那么入耳，更何况斯蒂娜想当呢！斯蒂娜的妈妈是冷盘配菜师，她住在斯德哥尔摩，有时来海滨乌鸦岛。秋尔雯看见过她，她很漂亮，仅次于马琳。不过不管冷盘配菜师有多么漂亮，只要斯蒂娜想当冷盘配菜师，那么秋尔雯无论如何也不会当。

"那你长大想做什么？"佩勒问。

"我要长得胖胖的，像梅尔克叔叔那样写书。"

佩勒惊讶地睁大眼睛。

"我爸爸很胖吗？"

"我说了吗？"秋尔雯说。

"说了，你当然说了。"斯蒂娜作证。

"你耳朵不好使吗？"秋尔雯问，"我说我要像梅尔克叔叔那样写书，我自己长得胖胖的，那不是一回事。"

斯蒂娜的胆子越来越大。她有点儿飘飘然，认为佩勒坐在这里，一定会支持她。她说她觉得秋尔雯很愚蠢。秋尔雯反唇相讥，肯定地说斯蒂娜比扬松家的小猪还要愚蠢很多。

"我一定要告诉外公，这话是你说的。"斯蒂娜说。不过秋尔雯用更大的声音压过她。

"瞎话篓，乒乓……在各个庄园到处走……"

佩勒不悦地叹了口气。

"能不能让人消停一会儿？"他嘟囔着说，"总是吵来吵去的！"

就这样，秋尔雯和斯蒂娜闭上了嘴。有很长时间谁也没有说什么，后来秋尔雯认为这样不好。

"你长大了想当什么，佩勒？"她这样一问，谈话重新开始了。

"我什么也不想当。"佩勒说，"我就养一大群动物。"

秋尔雯盯着他看：

"你要一定得当个什么呢？"

"不，我不想当什么。"

"那你就用不着回答。"斯蒂娜用讨好的口气说。

这下子可完了，秋尔雯生气了：

"用不着你多嘴多舌！"

"我说了吗？"斯蒂娜问。

"滚回家吧,你!"秋尔雯喊叫着,"小孩子不准在码头上玩,我已经说过了!"

"你管得着吗!"斯蒂娜说。

这时候佩勒猛地站起来,就像被什么蜇了一样。

"好啦,现在我走!"他说,"这儿真让人不得安宁。"

梅尔克坐在厨房里继续写作。他开着窗子,所以能闻到外边蓬子菜花散发出的清香味。当他把目光从打字机上抬起的时候,能看到一小块蓝色的海湾。不过他很少有时间让眼睛离开稿纸。此时他正忙于写作,灵感正处于最佳状态。

开着窗子唯一的缺点是,各种声音都会挤进他的创作世界。他听见马琳在跟约汉和尼克拉斯说话。她想让他们去取牛奶,但是他们请求放他们一马,派佩勒去。哎呀,他们正准备出去,与蒂迪和弗列迪一起去调查斯卡特岬角附近的沉船遗址。

很明显他们说服了马琳,梅尔克听到他们凯旋似的消失在远方。他们走了以后,梅尔克享受着留下的宁静。

但是很遗憾,好景不长,因为秋尔雯突然来了,她把鼻子从窗子伸进来。她刚刚在码头和斯蒂娜分开。当佩勒走的时候,秋尔雯也匆匆离开那里。她已经很明确地告诉斯蒂娜,这一辈子别想再跟秋尔雯一起玩。而斯蒂娜则说,她永远也不想

再见到秋尔雯。

秋尔雯走到木匠庄园,想跟佩勒和解,没见到他的踪影,却看到了坐在厨房里的朋友梅尔克。

"你总是写呀写呀,"她说,"你究竟在写什么?"

梅尔克把双手从键盘上放下来。

"你知道吗,我写的东西你一窍不通。"他生硬地说。

"我一窍不通?我什么……什么都知道!"秋尔雯自信地说。

"不管怎么说,这些东西你不会明白。"梅尔克说。

"那你自己明白吗?"秋尔雯问。

她靠在窗纱上,好像一整天都想泡在这里。梅尔克叹了一口气。

"你什么地方不舒服?"秋尔雯问。

梅尔克说,他感觉很好,但是如果她能离开这里他的感觉会更好。于是秋尔雯走了。但是她走了几步又转过身来高声说:

"梅尔克叔叔,你知道吗?如果你写的东西连我都不明白,那你干脆就别写了。"

梅尔克又叹了口气。他一次又一次地叹气。因为此时他看到,秋尔雯在一块石头上坐了下来,舒舒服服地坐在那里。

"我一坐下来,就不想再走了。"她高声说。

"对,不过没事用脚指头拔草的话,还是到你们家院子去拔吧。"梅尔克说,"据我所知,那里的草更多。"

梅尔克想,这里确实是一派美丽的夏日景象——那个胖胖的小孩子坐在石头上,周围是蓬子菜花和毛花雀稗草——但是他知道,只要那个小家伙在他的视线内,他就再也写不出一个字,每次抬头都会看见她。

正在这时候,佩勒拿着牛奶瓶叮叮当当地走过来。梅尔克发疯似的喊起来:

"佩勒,你快把秋尔雯带走!快来……我给你1克朗,你们俩每人买一根冰棍。你们用不着急着回家!"

实际上佩勒脑子里正想别的事,他想一个人静静地散步,身边可别有小女孩。听烦了在码头的吵嘴,他想静一静耳朵。不过冰棍就是冰棍,有冰棍吃他当然可以容忍秋尔雯在身边。没有斯蒂娜在的时候,她要多安静、听话就有多安静、听话。

梅尔克怀着喜悦,看着他们消失在去扬松家的路上,后边跟着水手长。他刚踏实下来要继续写作,突然听到外面咚的一声,斯蒂娜把鼻子从窗子伸了进来。

"你在写童话吗?"她问,"请为我写一个吧!"

"我没写童话!"梅尔克吼道,吓了马琳一大跳,尽管她正走在去商店的路上。

斯蒂娜并没有被吓得跳起来,她只是眨了眨眼睛。她当然

听得出，梅尔克不怎么高兴，不过也许是因为他没能写出什么童话，真可怜！

"我可以给你讲一个，"她用安慰的口气说，"那样的话你就能写出来了。"

"马琳！"梅尔克喊叫着，"马琳，快过来帮帮忙！"

斯蒂娜饶有兴趣地看着他的打字机。

"写书大概很困难吧？特别是精装的，对吗？"

"马——马——马——琳……"梅尔克喊叫着。

"你们用不着急着回家"——这是梅尔克特别嘱咐佩勒的。但这种事完全用不着说！可以肯定，他对孩子的天性一无所知，他也从来没有看见过扬松家的奶牛牧场！取牛奶的时候一定要经过那里，秋尔雯、佩勒和水手长，拖拖拉拉地走在桦树林中的小路上。牧场此时没有奶牛，这让佩勒有点儿泄气。不过那里有野草莓和蓝莓，蝴蝶飞来飞去，蚊子有自己的小路和自己的窝。还有很多长着苔藓的大石头可以爬，秋尔雯知道在一棵桦树上有一个鸟窝。说实在话，不用鼓动穿过那个牧场也能磨蹭掉两个小时。那里还有一个狐狸窝，秋尔雯说，狐狸和它的孩子们住在那里，有一天早晨她和爸爸看见小狐狸在外边玩耍。

但是现在，当她要指给佩勒看的时候，她找不到狐狸窝

了。水手长却能。有很长时间水手长以为,秋尔雯和佩勒是为了寻找自己的秘密草棚,但是当它明白了秋尔雯到底要找的是什么东西时,它看着她,好像心里在想:"亲爱的小黄蜂,你为什么不先问我呢?"随后它带着他们径直地朝狐狸窝走去。狐狸窝位于牧场的最远处,在一大堆石头里,是所有狐狸都渴望得到的隐藏之地。佩勒紧张得直打战。狐狸就在石头堆底下漆黑的洞里。当他们已经知道长着红毛、长尾巴和亮亮眼睛的狐狸就在里边的时候,看不见它又有什么关系呢?对佩勒来说,这一点足够了。

他们拐了一个小弯,去了自己的秘密草棚,因为他们用不着急着回家。草棚的建立,是对蒂迪、弗列迪、约汉和尼克拉斯的抗议。他们四个人是一个秘密小组,在某个地方还有一间草棚。他们说,不属于他们这个秘密小组的任何人,都不会被告知草棚在什么地方。秋尔雯和佩勒两个人以最快的速度申请加入这个秘密四人组,但是没有被接纳。蒂迪说因为他们年龄太小,那个秘密的草棚在另一个很远的岛上,那是一个无人居住的岛,不满十二岁的人都不得到那里去。弗列迪说,章程里有这样的规定。有一两周的时间,这个秘密四人组每天早晨都划着小船上路,而秋尔雯、佩勒和斯蒂娜气愤地留在码头上,他们觉得自己一点儿也不小。

"我们当然不小了,"秋尔雯说,"我们可以建一座自己的

秘密草棚。"

他们真的在扬松的奶牛牧场里建起一座,甚至连斯蒂娜也参加了。

过了两天,正当他们美滋滋地坐在草棚里认为谁也不会知道他们的行踪的时候,尼克拉斯闯了进来。"这是一个很好的草棚,"他说,"也很秘密……不过每次有人取牛奶都会看到它。"

他只是笑了笑,没有直说他们用几块薄木板和一块旧毯子搭的草棚有点儿糟糕,待在里边一点儿意思也没有。

这一天从头到尾都没遇到有意思的事情,想想看,多不走运——当秋尔雯和佩勒好不容易来到那个农庄时,恰巧扬松正要把自己的几头奶牛用船运到一个名为大岛的岛上去。他在那里也有一个牧场。

佩勒看见奶牛时,像发了疯一样,想都没想就把奶瓶扔在牛圈的墙根儿底下。

"大好人扬松叔叔,我们大概可以跟着去吧?"他乞求说。

他过去没有见过装奶牛的船,有生以来没看见过牛坐船。只有在海滨乌鸦岛,人们才有机会体验这种奇特的事情。秋尔雯对整个岛上的情况了如指掌,这是她的长项,既知道狐狸窝,也见过牛坐船。她主动要求给扬松叔叔"保驾",这样她也能给佩勒一点儿快乐,让他跟几头奶牛在一起。扬松有点儿

担心，他知道水手长差不多要占半头牛那样大的地方，但是秋尔雯保证说，她能让它挤一挤，尽量少占地方。秋尔雯终于把佩勒成功地送上装奶牛的船。

船上很挤，佩勒的脸紧靠着一头大奶牛，不过很有意思。他抚摩着奶牛湿乎乎的鼻子，奶牛用粗糙的舌头舔他的手指。佩勒笑了，他露出了满意的神情。

"我多么想有一头奶牛呀！"他说，"我就想要这头，因为它的眼神显得多么忠厚。"

秋尔雯耸了耸肩。

"所有的母牛都这样，知道吧。"

佩勒没有得到奶牛，这一天没有，以后的日子也没有。不过在他身上发生了一些戏剧性的事情，就是从这个大岛开始的，在一户渔民家后边的兔笼子旁边。站在兔笼子旁边的是克努特·厄斯特曼，他是一位十三岁的红发少年，是秋尔雯的好朋友，是三只白色兔子的主人。他目不转睛地看着佩勒，使得佩勒几乎讲不出话来。

"一个小时以后，渡船就回海滨乌鸦岛。"扬松把秋尔雯和佩勒放到大岛上说，"到时候如果你们不在码头，那你们就得自己游回去。"

"你放心好啦！"秋尔雯说。她带着佩勒来到克努特·厄斯

特曼——那位幸福的兔子主人身边。

"他是世界上最幸福的人。"佩勒认为。

"自己买一只好啦,省得眼巴巴地看别人的。"当佩勒长时间地站在那里欣赏克努特·厄斯特曼的兔子时,克努特说,"里拉斯根岛上的茹勒卖小兔子。"

听克努特的口气,好像买一只兔子是世界上最简单的事情,每一天都可以买,只要愿意的话。佩勒叹了口气。给自己买一只兔子真有那么容易吗?想想看,如果他买了一只会怎么样?爸爸会说什么?马琳会说什么?他把兔子放在什么地方?所有这些问题在他脑子里翻腾,突然他想起一件事,眼中的亮光立即消失了,就像产生时一样快。

"我没有钱呀。"

"你当然有。"秋尔雯说,"你有1克朗,如果我对里拉斯根的茹勒说,1克朗够了,那就算够了。"

"真的……真的……"佩勒结结巴巴地说。

"用我们的船吧。"克努特说,"五分钟你们就到了。"

这种事在一般情况下都不能做,不管是佩勒还是秋尔雯,都不能单独划船。

"不过就五分钟时间,"秋尔雯说,"几乎不算什么事!"

秋尔雯把一切都安排好。佩勒吓呆了,他没有表示任何反对的意思。她把他拉到克努特的小船上,佩勒还没转过神儿

来,她已经带着他穿过狭窄的海峡来到里拉斯根岛上,把他作为兔子的大买家介绍给茹勒。

那里有很多兔子,在茹勒的木柴屋后边,有一排排长长的兔笼子,兔子的颜色有黑的、白的、灰的和带斑点的,品种应有尽有。佩勒把鼻子贴在铁丝网上闻到兔子、牧草和已经蔫的蒲公英叶子的香味。他在每一个笼子面前都站了很久,要把每一只兔子都看个够。有一个笼子里坐着一只孤单的小兔子,它显得很笨拙,身上长着棕色的斑点,它正在吃蒲公英叶子,鼻子一翻一翻的。

"那个……"佩勒说。然后他一言不发,只是盯着这只兔子看。他心里想,如果把它抱在怀里会是什么滋味呢?

"它是整个兔群中最丑的一个。"秋尔雯说。

佩勒爱怜地看着这只长着棕色斑点的兔子。

"它最丑?不过我认为,从它的眼神里看得出,它很忠诚。"

茹勒是里拉斯根岛上一位单身老头儿,靠捕鱼和饲养兔子为生,有着海滨乌鸦岛上其他人一样的慈善心肠。他每周一次渡海到格朗克维斯特家的商店去买鼻烟、咖啡和其他必需品,所以他免不了和秋尔雯打交道。

此时秋尔雯手里拿着佩勒的1克朗站在他的面前。

"这只兔子就给你1克朗吧。"她指着那只长着棕色斑点的

兔子说，"行还是不行？"

"这个……"茹勒说，他面对这样尴尬的价钱有点儿犹豫。

秋尔雯随后把 1 克朗塞到他手里说：

"谢谢你，我知道你会接受的。"

她直接打开兔笼，拉出那只兔子，把它放到佩勒的怀里说：

"归你啦！"

茹勒咯咯地笑起来：

"哈，你可真会做买卖，你，秋尔雯！不过等我下次买鼻烟时可要照顾啊！"

佩勒抱着兔子。他闭上眼睛，感觉兔子是那么光滑，啊，多么柔软啊！他突然意识到，他是多么幸福，差点儿乐极生悲。这是能够发生在人身上的最快乐的事，而这个人就是他。

"好啦，好啦，这只兔子长大了，可以变成一顿烤肉美餐。"茹勒满意地说。

佩勒一下子脸变得刷白。

"它永远也不会变成烧烤，永远！"他急促地说。

"那你拿它做什么？"茹勒问。

佩勒紧紧地抱着兔子。

"做我的朋友！我永远把它当做我的朋友！"

茹勒不是硬心肠的人，他也赞成用这样的方法对待兔子，

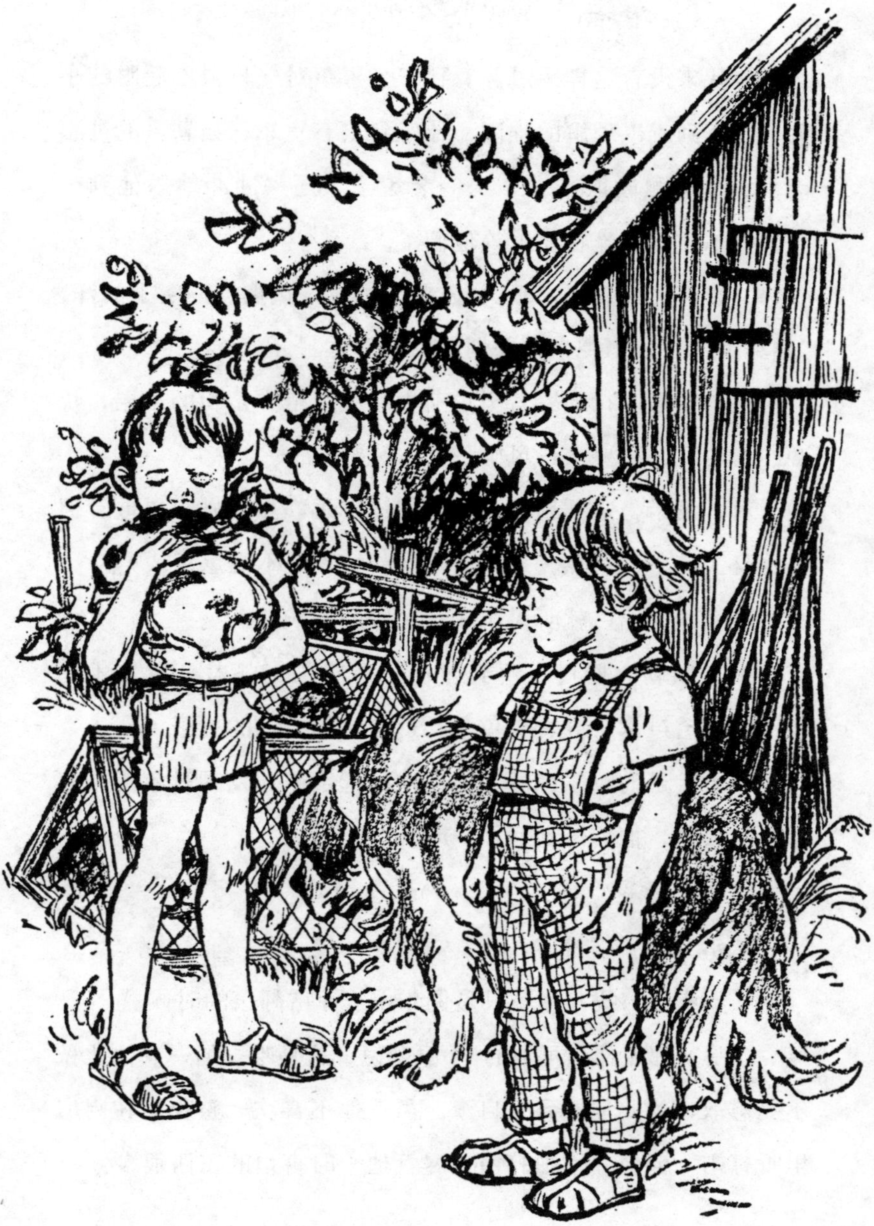

尽管他从来没有这样想过。看到一个男孩对一只很不起眼的小兔子兴奋到难以理解的程度,他感到很有意思,茹勒真的被感动了。他为佩勒取来一个木箱装兔子,还兴冲冲地送他到码头。秋尔雯已经坐在船上等他们了。

"今天又温暖又舒服。"茹勒一边说一边擦掉额头上的汗,"你真走运,秋尔雯,你要划的路没多远。"

秋尔雯很内行地看着里拉斯根后边天空中聚积的云层,忧心忡忡地说:"要来暴风雨了!"

对,没错,她要划的水路确实没多远。虽然她很勇敢,但是她身上有一个弱点——她怕打雷,尽管她不愿意承认。

她刚划动船,就听见第一声轻轻的雷响。

不过佩勒大概没有听到。他坐在船头,膝盖上放着木箱子。他正透过木条缝看着兔子,这可是他自己的兔子。

一个十足的响雷惊醒了他。他抬起头来,发现秋尔雯带着想哭的表情,他惊奇地问:

"你怕打雷?"

秋尔雯缩了缩身体。

"不不……我不……只是偶尔……惊雷翻滚的时候。"

"哈,那没什么可怕的!"佩勒说。这是唯一的一次他比秋尔雯勇敢,为此他感到很自豪。虽然他不喜欢一整夜坐在厨房里听打雷,但他并不怕打雷,尽管他平时害怕的东西很多。

"蒂迪也说,打雷不可怕。"秋尔雯说,"但是当惊雷翻滚而来的时候,我好像听见惊雷说,'我当然可怕。'在这种情况下,我更相信惊雷,而不是蒂迪。"

她还没来得及说完,又传来一声雷响,一声确实很可怕的雷响。秋尔雯惊叫一声,用双手捂住脸。

"哎呀,船桨!"佩勒说,"看船桨!"

秋尔雯一看,两支船桨漂在平静的水面上,已经离小船有几米远。

秋尔雯经历过多次船桨脱手的事,这吓不住她。但此时打雷了,她不想坐着小船待在海上,但也无法登岸。她使劲呼喊茹勒,佩勒也帮着喊。他们还能看到他。他正走在回家的山坡上,但是他们喊他时,他没有回头。

"你耳朵聋了!"秋尔雯喊叫着,很明显他还真的没听见。他们很快就看不见他了。

小船随着波浪慢慢漂动。

佩勒很害怕,他怀疑这种情况可能就是人们说的海难,怀疑在他刚刚得到一只兔子的时候就要死去。

"等我们被冲到克诺尔根岛上就不会有什么危险了。"秋尔雯说。

大岛和里拉斯根岛周围分布着很多密密麻麻的小岛,就像葡萄干蛋糕上的葡萄干,其中一个就是克诺尔根岛。那里不会

发生什么海难,因为小船肯定会被冲到那里的陆地上。那是一个宜人的小海湾。秋尔雯用一把水勺子划水让小船漂向那里。

他们刚刚把小船拖上岸,就看见大雨自大岛方向从天而降。阴沉的海面上空大雨如注。几秒钟后雨水就会像罪恶之河一样把他们淹没。

"快跑!"秋尔雯说。她跑在前面,穿过岸边的峭壁,跑进后边能遮雨的大树底下。佩勒怀里抱着放兔子的木箱飞快地跟在后面,水手长在他的膝盖底下绊来绊去。

这时候秋尔雯发出一声尖叫,是一声快乐的尖叫。

"草棚!"她高声喊叫着,"我们找到那个草棚啦!"

千真万确,他们找到了秘密四人组的草棚。草棚坐落在那里,就是整个夏天他们反反复复听说过的那个舒适的草棚。在那片大大小小的岛屿中,没有一个岛上有比它更好的草棚。它隐藏在遮天蔽日的树枝中间,造得几乎跟真房子一样,上面长满厚厚的苔藓,屋顶盖着薄木板。真是一个理想的草棚!而他们恰巧就在这个关键时刻找到了它,因为此时克诺尔根岛上的一条罪恶之河像脱缰的野马一样奔腾着。他们坐在草棚里,透过树枝看着雨水疯狂地拍打海水和岸边的峭壁。

"我们坐在这里,衣服干干的。"秋尔雯满意地说,"我回家真要好好谢谢蒂迪和弗列迪。"

"我们永远也不回家了。"佩勒说,真奇怪,他说的时候一

点儿害怕的感觉都没有。因为他坐在这个草棚里听外面哗哗的雨声,甚至比坐在船具屋里还要好。此外他还有一只兔子,几乎可以补偿一切。他打开木箱,抚摩兔子。

"你肯定不害怕。"他说,"你用不着害怕,因为我在你身边。"

秋尔雯坐在那里,一副满意的神色。回家跟蒂迪和弗列迪讲一讲秘密草棚的事一定很有意思,想到这一点她特别高兴。她丝毫不担心他们是否会永远待在克诺尔根岛上。她什么也不再担心,已经不打雷了,雨很快也会停下来。秋尔雯想,在这个草棚里可以做游戏。弗列迪讲过鲁滨孙的故事,他在海上遇险,被困在一个荒岛上。他的处境跟在这个草棚里差不多。佩勒可以扮演星期五,谁扮演鲁滨孙用不着多考虑,当然是她自己,连带做一点儿有趣的家务,准备一点儿野草莓作为饭后水果。她看到外面草地上长着密密麻麻的野草莓。作为奴隶的星期五,现在可以拿蒂迪放在小屋外边的钓鱼竿到海边去钓几条鲈鱼。"因为人在海上遇险以后,要不停地找食物吃。"秋尔雯说。

但是佩勒说,他宁愿饿死也不愿意去折磨蚯蚓。

"那就吃点儿野草莓吧。"秋尔雯一边说一边走到湿漉漉的草地上。

佩勒抱着自己的小兔子走到海边。不是为了钓鲈鱼,而是为了摆脱海上遇险的困境。他刚在草棚里找到一张旧报纸,现

在他站在岸上,拼命摇动手里的报纸,希望大岛上有人看到,扬松、克努特或者其他什么人。

佩勒摇得手都痛了,但无济于事。他依然处在险境之中,远处的大岛上连个人影也没有出现。

时间已经过去一个多小时,扬松肯定已经划着装奶牛的船回岛了。他一定很生气,而家人得知秋尔雯和佩勒事先没得到允许就到海上去大概会更生气。

想到这一点真让人心烦。不过佩勒得到了一只兔子,这几乎可以补偿一切。

海水翻腾,蓝色的海平面闪光发亮,太阳又出来了。佩勒怀里抱着兔子,坐在海边的一块石头上。他突然想起应该给兔子起个名字。

"你不能只叫'我的兔子',你一定要有一个正式的名字,你明白吧。"

他想了很久,然后把手浸到水里给兔子起名字。

"你可以叫约克。约克·梅尔克松,知道了吧!"

他觉得有一只有名有姓的兔子更得意。它是不是有点儿笨并不重要,重要的是它是有真名实姓的约克。佩勒试着叫了几声,看好听不好听。

"约克!我的小约克!"

不过这时候鲁滨孙喊星期五回去,他顺从地走过去。鲁滨

孙把一个三叶草贴到一个汽水瓶子上，盛汽水瓶子的箱子被当做桌子，在上面的绿叶当中摆上了红色的野草莓。她是一个心灵手巧、能干家务的鲁滨孙，也是一个能与自己的奴隶分享野草莓的鲁滨孙。

吃完野草莓以后，秋尔雯说："野草莓真好吃！不过我觉得现在应该起程回家了。"

佩勒听了几乎要生气。她明知道无法离开这里，为什么还要说这种蠢话呢？

"我们当然可以离开这里。"秋尔雯说，"我可以发动船上的马达。走，水手长！"

世界上没有任何狗能跟水手长比，这一点佩勒知道。整个夏天他都跟它在一起，每天跟它一起玩，对它各种出色的表现给予赞美和夸奖。水手长能玩捉迷藏、压跷跷板、找东西和取东西。有一次斯蒂娜掉到海里，它还能把她救起来。但是佩勒认为它现在做的比以前做的一切更奇特，啊，如果爸爸和马琳能在场看到就好了！想想看，如果他们能亲眼看到水手长在海里拖着小船回家该有多好啊！它脖子上套着缆绳，稳当、径直地朝大岛游去，而秋尔雯和佩勒坐在小船上，就像王子坐在马车上，连手指也不需要动一下。啊，多么神奇的一只狗！秋尔雯当然认为这没有什么神奇的，不过佩勒坐在小船上，爱水手长爱得简直心都要碎了。

"它比人聪明。"佩勒刚说完,就看到了一件让他喊叫起来的东西。

"看呀,那边有船桨!"

千真万确,两支船桨悠闲地漂荡在一个小岛的石头缝里。

"真幸运。"当秋尔雯拿起船桨时说,"如果我们回去时没有船桨的话,克努特肯定会大发脾气。"

突然她的目光暗淡下来,佩勒以为她又害怕风暴要来。

"我知道还有一个人现在肯定很生气,就是扬松叔叔。"

扬松脾气火暴,这一点她很清楚,因为她对这个群岛上所有的人都相当了解。扬松发起脾气来像打雷一样,秋尔雯此时此刻非常不愿意碰到他。

"不过他可能早就回海滨乌鸦岛了,"佩勒说,"这样不是更好吗?"

他们把船靠在大岛码头上。秋尔雯解开水手长身上的缆绳,把船拴好。水手长抖掉身上的水,用聪明、略带忧伤的眼睛看着秋尔雯,好像在想:"小黄蜂,你还有什么要吩咐的?"

秋尔雯双手抱住它大大的脑袋,满怀深情地看着它。

"水手长,你知道吗?"她说,"你是我最可爱的狗宝贝。"

大岛上一个人也看不见。既看不见克努特,也看不见扬松。但是装奶牛的船停在那里,这说明扬松还在岛上,很可能他带着愤怒在四处找他们。

他们站在码头上,心里感到很难过。突然他们看到有人从厄斯特曼家那边的山坡上风风火火地走来。是扬松!啊,他走得多快呀!秋尔雯不安地闭上眼睛,此时此刻只有等着挨骂吧。

他来到码头时,累得气喘吁吁,几乎连话也说不出来。

"可怜的孩子们,"他说,"你们站在这儿等了好久吧?哎呀,哎呀,不过你们看,我先修了一道围栏,然后就开始下雨,我不得不走到厄斯特曼家里去,坐在那里避雨。可怜的孩子们,你们等了好长时间吧?"

"啊,没有,一点儿也没有!"秋尔雯说,"没事,没事!"

经过四个小时的工作,梅尔克满意地从打字机上抬起头,整理桌子上的稿纸。这时候佩勒出现在窗子外边。

"看呀,我们的小佩勒已经把牛奶取回来了。"梅尔克说,"真够快的!"

梅尔克搞错了。这不是取回牛奶的小佩勒,而是没有取回牛奶的小佩勒。奶瓶还在扬松家牛圈的墙根儿底下。不过佩勒带回了另外的东西,它藏在窗台底下,梅尔克看不到。

"爸爸,你说过,我很快就会得到一只动物,对吗?"

梅尔克点头。

"对,对,我们一定会考虑。"

于是佩勒把兔子放在他面前的桌子上。它惊恐地乱蹬腿,弄得稿纸四处飞。

"你觉得这只兔子怎么样?"佩勒问。

当佩勒和秋尔雯来到厨房给马琳看兔子约克时,她说了一大堆话。

"可爱的佩勒,一周后我们就要回斯德哥尔摩,那时候约克怎么办?"

不过她用不着为此发愁。扬松曾经答应,约克可以住在他的牛圈里,等第二年夏天佩勒再来。

这是佩勒生活中的一个重要时刻。他为自己的兔子感到自豪,所以满脸的喜色。当约汉、尼克拉斯、蒂迪和弗列迪来看兔子的时候,更加有意思,甚至连秋尔雯也有点儿嫉妒。

"我也想要一只兔子。"她说。

"可以分一块给你。"佩勒说,"你可以有一只后腿!"

"你从哪里弄来的?"约汉急切地问。他也想要一只兔子。

"我们到了一个地方……从那里。"佩勒说。

除了克努特和里拉斯根岛上的茹勒谁也不知道他们借船买兔子的事。佩勒和秋尔雯达成一个很聪明的共识,对其他人保密,尽管这是一个很难的决定。因此,秋尔雯就不能给蒂迪和弗列迪讲她很喜欢秘密四人组的草棚的事。

此时她盘腿坐在木匠庄园厨房的木柴箱上,看着秘密四人组围着佩勒的兔子转来转去。佩勒忙着展示自己的兔子,他还时不时看看秋尔雯的眼色,他有些不安。

"哈哈呀呀!"秋尔雯这时候说,"一切都要保密!"

"你这话是什么意思?"蒂迪问。

秋尔雯露出狡黠的微笑。

"你们最近一直没去过草棚吧?"

秘密四人组的人互相看了看——那个草棚,他们差不多已经忘了!现在他们正忙于调查斯卡特岬角附近的沉船遗址,谁有时间考虑草棚的事呢?约汉这样向秋尔雯解释。

"这样的话,你们也许可以讲一讲那个草棚在什么地方。"秋尔雯说。

但是弗列迪说,那个草棚对未满十二岁和没有参加秘密小组的人永远是保密的,他们不能知道草棚在什么地方。

秋尔雯特意点了点头说:

"非常正确!要完全保密!"

然后她从窗子往外看,好像看到了很远很远的地方有一件东西。

"今年野草莓特别多。"她说,"我不知道克诺尔根岛上是不是也有。"

秘密四人组的人迅速地互相看了看,眼睛里流露出不安的

神情。尽管他们竭力对草棚的位置保密,但是秋尔雯早已心知肚明,她对这一天感到相当满意。

佩勒除了自己的兔子别的东西都不关心。她不指望他有更多的作为,顺便说一句,她也该回家了。

不过她在瑟德尔曼家旁边看到了斯蒂娜。她正在外边拉着自己新买的玩具车。好东西她就有这么一件,她的妈妈在斯德哥尔摩当冷盘配菜师。

秋尔雯凑过去说:

"你在这儿拉露维萨贝特娃娃玩具车吗?你要我帮你一下吗?"

斯蒂娜对她灿烂一笑:

"好吧,你可以玩一玩。"

秋尔雯拉起娃娃玩具车。她来来去去地走,越走越远,直到码头的最前面。她在那里举起娃娃玩具车。

"小露维萨贝特,你一定想到高处看看周围的景色。"她一边说一边让露维萨贝特舒舒服服地靠在一根柱子上。

"不,小露维萨贝特,"斯蒂娜不安地说,并使劲抓住玩具车,"小孩子不能在码头上玩,这你是知道的!"

但是秋尔雯安慰她说:

"有妈妈陪着,当然可以。秋尔雯阿姨在,你们可以随便玩。"

真奇怪,夏天过得这么快

"真奇怪,"马琳在自己的日记中写道,"夏天过得这么快。"

梅尔克一家还没有安稳下来,他们在海滨乌鸦岛上第一个夏天就过去了,现在到了返回斯德哥尔摩的时候。

"我再也想不出来比这更荒谬的事了。"尼克拉斯说,"为什么正在放暑假学校就要开学了?爸爸你能不能给教育委员会写信,请他们停止这类愚蠢的安排?"

梅尔克摇摇头。他说,教育委员会铁石心肠,只好听他们的。

马琳在日记中写道:

我们刚刚到达这里,现在马上就得回去,心里真不是滋味儿。佩勒不得不放弃自己的兔子和野草莓的秘密采摘地,约汉和尼克拉斯不得不放弃自己的草棚、鱼竿、峭壁跳水台和沉船

遗址，爸爸也要放弃自己晨曦中的海峡、小船和木匠庄园。而我，我放弃了什么呢？我的夏季林间草地、苹果树和采鸡油菌的地方，我的偏僻的林间小路，寂静的夜晚……特别是坐在台阶上，看月光下漆黑的海湾；在繁星密布的天空下去游泳；在小小的阁楼里听着涛声慢慢入睡。想到这些心里真难过。还有这里的人，他们已经成了我们的朋友，但我们也不得不离开他们。啊，我一定会想念他们！

我们一定要举行一个像样儿的告别晚宴！爸爸已经决定了，我正在考虑最佳菜单。梅尔克松家独有的鲈鱼火锅，怎么样？还有鳕鱼布丁、鸡蛋与奶油烤鸡油菌，还要有香喷喷的小肉丸子，饭后喝咖啡时吃的奶油蛋糕……

梅尔克对自己决定举行的晚宴非常高兴。他本来想以放烟花结束晚会，他认为这是夏季狂欢的高潮，但是马琳对此持反对态度，因为她还记得，有一次龙虾节[①]梅尔克不小心一下子把所有的烟花都点燃了。

"夏季狂欢的高潮，对，我相信是的。"马琳说，"不过不能好了伤疤忘了痛，再举行一次烟花晚会。"她认为，大家吃奶油蛋糕结束晚宴更平静些。

[①] 每年从8月8日起瑞典人开始在湖中捕捞龙虾，并举行各种龙虾宴，没有统一的时间。

一个温暖的八月的星期天,在院子里吃蛋糕,海湾一平如镜,尼克拉斯认为这"比什么都更有夏天的味道"。

佩勒、秋尔雯和斯蒂娜坐在木匠庄园的台阶上,马琳给他们端来很多蛋糕,愿意吃多少就吃多少。佩勒吃了蛋糕,但是他的看法跟梅尔克一样,放烟花可能更有意思。

"啊,不过想想看,如果你看到爸爸头发上带着火被崩向哈尔岛会是什么心情。"马琳说,"再说了,难道蛋糕不好吃?"

"马琳,你知道吗?"秋尔雯说,"这种蛋糕的味道好极了,在北欧都属一流。"

"好啦,好啦!"马琳说,"只要你们说好吃,我就谢天谢地了。"

"不对,听你这么说,好像我在讲长纤维面包[①]。"秋尔雯说。

瑟德尔曼喝了三杯咖啡。尽管他知道,喝这么多咖啡对他爱咕噜叫的肚子不好,但是他说,现在马琳要离开他,他需要安慰下自己。

"啊,如果真管用的话,我请求把一桶咖啡都喝下去。"比约恩一边说一边把杯子伸向马琳。他眼神忧伤,马琳有意不去看他。

---

① 长纤维面包是北欧各国特有的食品,薄而脆,含粗纤维,越嚼越有味道。

"我们通常对度假的客人都是这样。"尼塞说,"他们来的时候和走的时候都很有意思,特别是他们要走的时候。不过没有梅尔克松家住在木匠庄园,这里确实会变得空荡荡的!"

"不过明年夏天你们还会回来吧?"麦塔说。

这时候梅尔克想出了一个好的主意。

"我们为什么不可以在木匠庄园庆祝圣诞节呢?哈哈,谁是世界上心最细的人——梅尔克·梅尔克松!为了保险,我把全年都租下。"

所有的孩子都发出一阵欢呼声,马琳激动地转向麦塔和尼塞。

"能行吗?寒冬腊月能住在木匠庄园吗?"

"如果我们在十月中旬就把炉子生起来,为你们烤好屋子就行。"尼塞说。

梅尔克解释说,不能把这么大的木匠庄园全租下来闲着不用,要想做到物尽其用,一定要在这里过圣诞节!那就难免耳朵挨冻了。

他抓住秋尔雯,转着圈儿跳起舞来。

"啊哈哈,啊哈哈!平安夜大家高兴地跳起舞来啦!"他高声喊叫着。梅尔克还说,干吗非要等到平安夜跳舞,现在是告别时刻,也要跳舞,几个月以后他们还要再相会。

"我只愿意看到我周围都是笑脸……你听到我在说什么吗,

水手长?"他严厉地问,因为水手长趴在那里,比其他时候显得都忧伤。

"马琳,把剩下的蛋糕给它吃,我们看一看是否起作用。"梅尔克说。

水手长带着忧伤的表情吃了奶油蛋糕,表情一点儿都没变。

"不管怎么说它也认为,蛋糕的味道好吃极了,在北欧都属一流。这我知道。"秋尔雯说。

佩勒手抱着脑袋坐在台阶上。他跟水手长的表情一样忧伤。一切都结束了,奶油蛋糕、夏天,可能还有整个生活,他什么都知道!

有一小块奶油蛋糕奇怪地留下了。晚宴过后,这块蛋糕留在木匠庄园山墙旁边的木桌上,给所有的黄蜂。黄蜂很幸运,它们可以留在木匠庄园,用不着回斯德哥尔摩上学。佩勒想,它们该有多幸福啊。

不过黄蜂们还是没有吃到这块蛋糕。秋尔雯发现了蛋糕,她把黄蜂们赶走了。她刚才已经吃了三块,但是这块带有一朵粉色杏仁糖玫瑰的蛋糕显得比别的都好吃,秋尔雯想要它。她朝周围看了看,想找马琳,因为她习惯经人同意才能拿东西。但是马琳和比约恩一块儿走了,梅尔克也不见踪影。事情变简单了,没有人可问。不过别的人随时都有可能来,看到这块蛋

糕也会要,所以还得抓紧时间。于是她张开双手祈求道:

"亲爱的好心上帝,我能拿走蛋糕吗?"

然后她压低声音自己回答说:

"好的,全拿走吧!"

蛋糕就这样没了。晚宴结束了。夏天结束了……难道还没结束吗?

没有,夏天不会仅仅因为梅尔克松一家离开这个群岛就结束。九月温暖的日子来了,黄蜂嗡嗡叫,蝴蝶展翅飞。平静的十月来了,海水清透得像水晶,码头旁边船具屋倒映在一平如镜的海水里,人们简直分不清哪个是倒影,哪个不是。不过秋尔雯知道,她向水手长解释:

"那个上下跳动的也是船具屋,不过是为美人鱼准备的,知道了吧?她们在那里游来游去,整天在那里玩。"

在那不上下跳动的船具屋里,秋尔雯和水手长玩捉迷藏。没有水手长她会特别孤独。蒂迪和弗列迪每天上学校,佩勒和斯蒂娜远在斯德哥尔摩,她从来没有去过那里,对那里一无所知。不过她有水手长,除此以外她用能一个人玩的奇特游戏把每天安排得满满的。她不感到寂寞。

秋天,黑暗慢慢地降临到海滨乌鸦岛和住在那里的人们身上。夜晚从窗子里透出的微弱的灯光,显得那么孤单、微弱。一切都是漆黑的。在这些遥远的群岛上,居住的人很少,当黑

暗到来，秋天的风暴在他们房子周围吼叫，大海在他们的码头和船具屋边肆虐逞凶时，有些人可能会怀疑，为什么要住在这儿？不过他们知道，他们真正想住的正是这里，而不是其他任何地方。

从斯德哥尔摩来的船现在每周只有一次。船上没有度假的客人，除了在船上工作的人以外，没有乘客。不过船上有尼塞要进的货，所以他还要准时准点地站在码头上接货。秋尔雯和水手长站在旁边，风雨无阻，尽管船靠岸的时候天已经很黑，佩勒也不在船上。

不过佩勒写信，因为他已经开始在斯德哥尔摩上学，能够写字了。他不是写给秋尔雯，而是写给小兔子约克。但秋尔雯还得到扬松的牛圈去，告诉约克信上写的是什么。当然，事先得由弗列迪把信念给秋尔雯听。

"小约克，"佩勒写道，"坚持，坚持，我很快就来。"

有一天早晨，当秋尔雯醒来的时候，所有她以前踩过的水坑都结了冰。她饶有兴趣地用很长时间把那些冰都踩碎了。但是第二天结的冰更多，天气变得越来越冷。一天夜里，海湾都封冻了。

"以往都没有今年结冰早。"麦塔说。

人们不得不开来破冰船，为客船开道，客船用了十个小时才通过浮冰到达群岛的各个岛屿。

圣诞节终于到了。格朗克维斯特家的商店里摆上了圣诞老人,各个岛上来的人都挤在柜台前购买鱼干、圣诞火腿、圣诞咖啡和圣诞树。

蒂迪和弗列迪放了圣诞假,她们在商店里帮忙。秋尔雯到处溜达。

"离平安夜只有几天,"她说,"我还没练会用耳朵扇风!"

最近一段时间她经常接触瑟德尔曼,他骗她说,圣诞老人特别喜欢会用耳朵扇风的人……他说用耳朵扇风非常好看,他本人就有这种绝招。但是他要到斯德哥尔摩去,在斯蒂娜家过圣诞节,那时候谁能在海滨乌鸦岛为圣诞老人用耳朵扇风呢?

"只有你啦,秋尔雯。"瑟德尔曼说。

就这样秋尔雯耐心刻苦地练起了用耳朵扇风。

圣诞节前三天,"海滨乌鸦1号"客船载着梅尔克松一家喷着白烟穿过破过冰的航道来了。他们一起站在船舷旁边,透过纷飞的大雪和冬天的薄雾,看着他们度过夏天的那个岛。那里银装素裹,寂静无声,呈现出一派寒冷而陌生的冬季美景。船具屋的屋顶覆盖着积雪,码头上空空荡荡,没有任何船只停泊在那里。那真的是他们夏天度假的小岛吗?一点儿也认不出来了。

不过他们还能认出木匠庄园,在挂满白雪的苹果树中,烟囱正冒着白烟。梅尔克激动得热泪盈眶。

"不管怎么说，还是像回到了家。"他说。

尼塞站在航道旁边的冰上，蒂迪和弗列迪踏着滑雪板飞也似的过来，扬松坐在马拉的雪橇驾驶座上，瑟德尔曼坐在车厢里，秋尔雯搭便车坐在后边。清脆的铃铛声传到他们耳朵里，佩勒被这铃声深深地感动着。现在真的是圣诞节了，很快，很快他就能见到兔子约克了！而水手长……它晃晃悠悠地从冰上走来。当他看见它的时候，眼睛一下亮了。秋尔雯一边挥手一边喊，但是他没有注意到，他只看到水手长。

"跟夏天相比，一切都变了。"这是约汉和尼克拉斯一致的看法。蒂迪和弗列迪当然没有变，她们又说又笑，高兴得像呱呱叫的乌鸦。谢天谢地，她们跟过去一样。不过其他地方都变了，他们好像来到了另一个世界。不管是约汉还是尼克拉斯都没有想过，他们怎么样在这个冰雪世界住下去，孤单、与世隔绝。不过，他们认为这儿冬天的景象、这儿与夏天的不同更加紧张、有趣，或多或少使他们更开心了。

客船平静地停在破过冰的航道上，它无法驶进码头。如果想下船，就要借助梯子爬到冰上。

"总算到北极了。"约汉说，"科考队员们请下船！"

他第一个爬下来，其他人跟在后面。比约恩从另一个梯子上下来，那个梯子架在为蒸汽船破冰的航道上方。那种梯子是一种相当危险的冬季临时用船桥，如果住在诺尔松德岛想到海

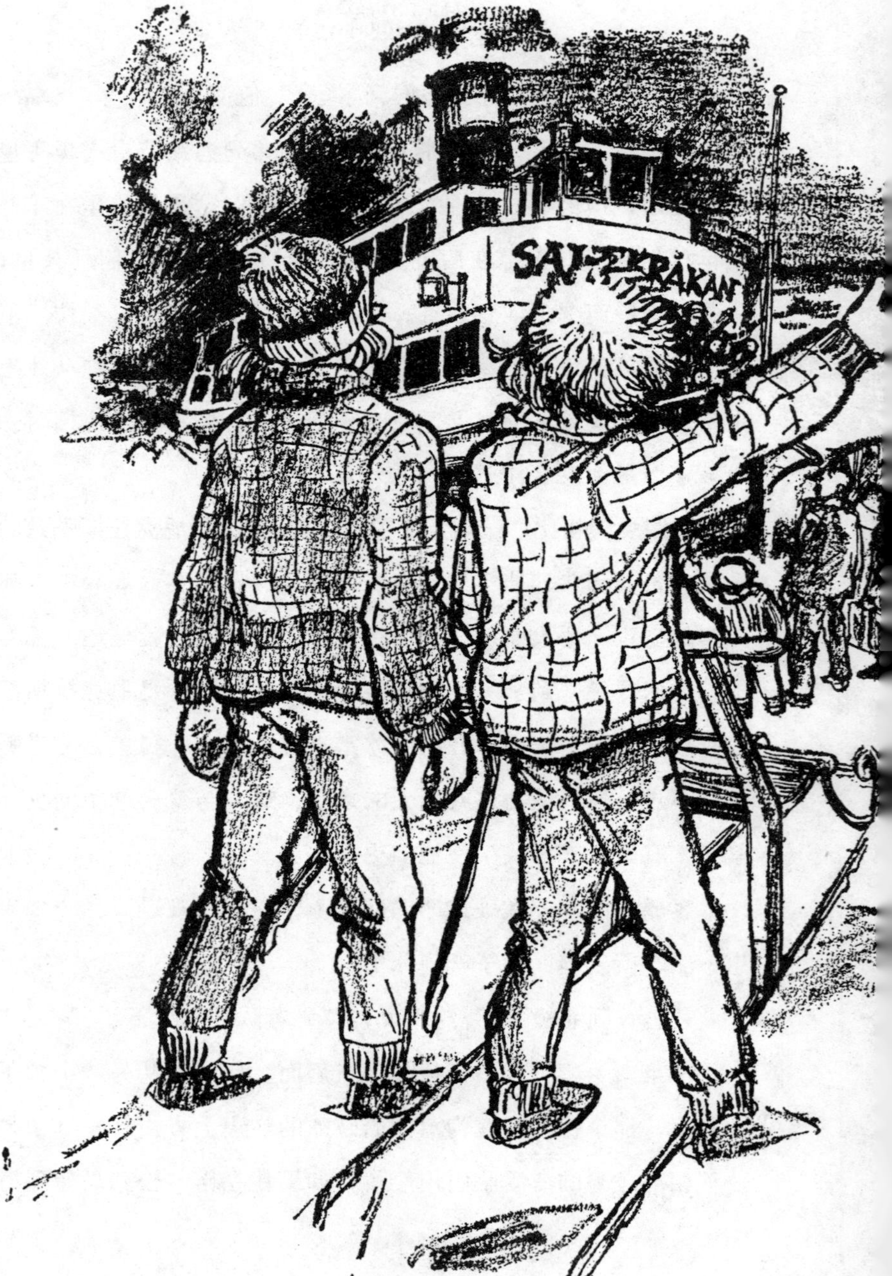

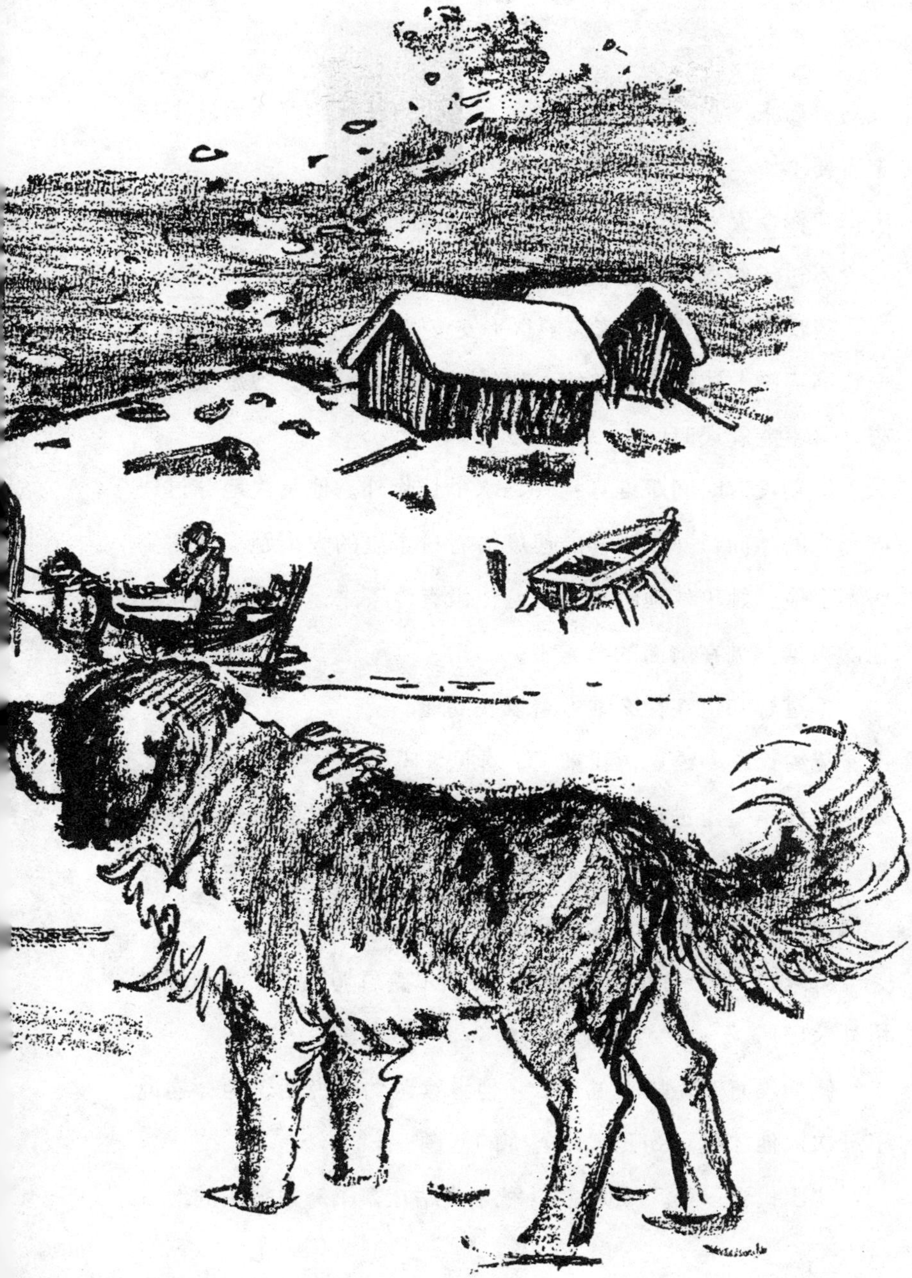

滨乌鸦岛来,必须得用那种桥。今天比约恩到海滨乌鸦岛来肯定有要事。

"你今天来有什么要事?"瑟德尔曼明知故问。

不过比约恩没有回答,因为此时他正看着马琳。

"哎呀,哈呀,大家来吧!平安夜啦,大家乐吧!"梅尔克一边高声喊一边拉住秋尔雯。但是她挣脱了,因为她想找佩勒去,可不能耽误时间。

佩勒没有时间跟谁打招呼,水手长除外。他飞快地穿过通向码头的冰面,并以同样的速度沿着村子里的大街跑。秋尔雯跟不上他。她生气地喊他,但是他没有停下来,眼睁睁地看着他的帽穗消失在前面的薄雾中。

不过她知道在什么地方可以找到他。

"约克,小约克,我来了,看见了吗?"

当秋尔雯走进扬松的牛圈时,佩勒抱着自己的兔子坐在那里。那里很暗,她几乎看不见他,但是她听见他小声地在跟兔子说话,好像兔子是一个人。

"佩勒,猜一猜我能做什么。"秋尔雯急切地说,"我可以用耳朵扇风。"

佩勒没有听见她在说什么,他继续跟约克说话。她一连说了三次,他才醒过劲儿来回答她的问题。

"让我看一看。"佩勒说。秋尔雯站在窗子旁边很暗的地方

展示自己的绝活儿。她疯狂地扭动着脸,然后满怀希望地问:

"怎么样?"

"不怎么样。"佩勒说。他完全不明白,她为什么要扇动自己的耳朵。秋尔雯向他解释说,圣诞老人最喜欢能扇动耳朵的人。佩勒大笑起来,他说,第一,世界上根本没有什么圣诞老人;第二,他不会偏爱会用耳朵扇风的人。因此,她应该学会更有用的东西,比如吹口哨。佩勒就会,他紧紧地抱住约克,为它吹起了"此时千百个圣诞烛光燃起"。他也在为秋尔雯吹,如果她愿意听的话。

佩勒不知道他讲圣诞老人的话闯了什么祸。秋尔雯天真的想法破灭了。怎么可能没有圣诞老人呢?平安夜越来越近,她变得越来越不安。佩勒可能是正确的。当平安夜那天早晨她坐下来准备吃粥的时候,她深深地陷入胡思乱想和彷徨中,她已经不相信有什么圣诞老人。一点儿意思也没有,没有圣诞老人过这种平安夜干什么呢?没有圣诞老人……早餐也别吃粥了!她厌烦地推开了粥。

"吃吧,小黄蜂。圣诞老人都知道,这是最好的粥。"她的母亲保证说。她不明白,秋尔雯的目光为什么如此暗淡。

"那就让他吃我的粥好了。"秋尔雯瓮声瓮气地说。她此时很生那位圣诞老人的气,一方面他根本不存在,另一方面他还

希望人们吃粥和扇耳朵。

"吃饭和相信圣诞老人,这成了小孩子唯一能做的事情。"她生气地说。

尼塞知道一定出了什么怪事。秋尔雯出了怪事,他大体上能猜出为什么。当秋尔雯瞪大眼睛看着他,直截了当地问"圣诞老人有还是没有"的时候,他知道,如果他直截了当地回答"没有,当然没有",那她的平安夜将失去一切光彩了。因此他拿出奶奶的那个旧木碗给她看,说每一个圣诞夜她都用这个木碗盛满粥,放在房子墙角给圣诞老人吃。

"啊,我们能不能也试一试?"尼塞说,"我们能不能就用你那碗粥放到外面给圣诞老人吃?"

秋尔雯的眼睛亮了,好像有人在她的心里点燃了一支蜡烛。如果爸爸的奶奶都相信有圣诞老人,那肯定是有!圣诞老人真的存在,并且在圣诞夜偷偷地来到房子墙角,多有意思啊!真不错,他也喜欢吃粥。现在一切都好了,她要把这些事讲给佩勒听。

秋尔雯是在漆黑的夜里见到佩勒的。当时他们站在木匠庄园冰雪覆盖的码头上,看见圣诞老人的马拉雪橇从大雪纷飞的海上疾驶而来。他拿一个火把给自己照明,看起来真像圣诞老人。他用的是扬松家的马和雪橇,秋尔雯看出来了。这没什么,一个圣诞老人运送很多圣诞礼品的时候需要跟别人借一匹

马使一使。

甚至连佩勒都哑口无言了。他的眼睛越睁越大,紧紧地靠在爸爸身上。圣诞老人往码头上卸下两大包礼品,一包给梅尔克松家,一包给格朗克维斯特家。他的动作很快,跟船工卸货一样迅速。随后雪橇就消失在黑暗中。

佩勒站在那里,心里琢磨这圣诞老人到底是怎么回事。这时候他看到约汉一边笑一边对尼克拉斯挤了挤眼睛,他真要生气了。他们真的以为他是一个可以任意欺负的小孩子吗?不过不管这事跟圣诞老人有什么关系,反正很有意思,站在黑暗中,听铃铛响,看火把消失在海上,感觉真是很奇特。除此之外,还有一大包圣诞礼品。

但是,最奇特的是佩勒在冬季海滨乌鸦岛上这几天的表现。马琳看到他四处漫步,喜气洋洋。有一天晚上,他们俩单独待在厨房里,她问什么事让他这么开心呀。佩勒缩在厨房的沙发上,考虑了一会儿,就向马琳讲起了开心事。

"比如……"他说,"每天早晨走到室外,当下了新雪的时候,帮着把通向水井和木柴屋路上的积雪扫净。看各种鸟儿在雪地上留下的脚印。往苹果树上挂圣诞谷穗,给麻雀、红腹灰雀和大山雀吃。跟大家到森林里砍回来一棵圣诞树。在外边滑完雪,黄昏时回到木匠庄园,在前廊掸掉身上的雪,走进厨房看炉灶里的火苗,欣赏厨房里的各种蜡烛。天不亮就醒了,

看爸爸生壁炉。躺在床上,看壁炉门后边的火焰。晚上去阁楼有点儿害怕,仅仅有一点儿怕!在冰上滑冰车,一直滑到蒸汽船走的破冰航道,那时候也有一点儿害怕。坐在厨房里和马琳说话,跟现在一样,吃肉桂面包、喝牛奶,一点儿也不害怕。还有,坐在扬松家牛圈里小牛吃草的食槽里,跟约克说话,这几乎是最开心的事。"

"不过你听说了吗?夜里狐狸又叼走了扬松的一只母鸡。"他对马琳说。佩勒很怕这只狐狸,一连两个晚上它都去叼扬松的鸡。叼鸡的这只狐狸也能叼兔子,想到这一点他就很害怕。这只狐狸四处偷偷地活动。吃掉秋尔雯圣诞粥的肯定也是这只狐狸,尽管她相信是圣诞老人。佩勒问马琳,她到底信谁的。

"可能是狐狸,也可能是圣诞老人。"马琳说。

那天晚上佩勒躺在床上久久不能入睡,他很担心自己的兔子。虽然他的兔子约克养在小牛的食槽里,但是狐狸诡计多端,谁知道它饿疯的时候,会不会去叼鸡和兔子呢?

"应该拿枪把狐狸打死。"佩勒想。他平时可没这么血腥,但是此时他躺在床上,好像看到了那只狐狸离开奶牛牧场里的窝,偷偷地穿过冰雪地来到扬松家的牛圈。佩勒躺在床上开始冒汗,整夜睡得很不安宁。

第二天早晨,他正巧碰上比约恩,他刚好从森林来,手里拿着一只刚打的野兔。佩勒闭上眼睛,不忍心看……可怜的小

野兔，为什么比约恩打野兔而不打那只愚蠢的狐狸呢？如果他改打狐狸，扬松肯定会高兴。比约恩听了事情的原委以后，也觉得有道理。

"我们一定要惩罚那只坏蛋狐狸。你可以和扬松打个招呼，告诉他们今天夜里就试一试。"

"我们什么时候来？"佩勒急切地问。

"我们？"比约恩说，"你可不能来，你一定要躺在床上睡觉。"

"我当然要来。"佩勒说。

这话他没有对比约恩说，而是过了一会儿对约克说的。因为跟约克说的好处是，它不会反对。

"你如果夜里听见枪响，不要害怕。"佩勒说，"我会待在你身边，对于这一点你放心好了。"

其实他也害怕，差一点儿违背了对约克立下的誓言！为了不让自己睡着，他不得不假装躺在床上跟眼皮斗争，直到约汉和尼克拉斯睡着了。他偷偷地穿过厨房……爸爸和马琳坐在起居室的炉火旁边，厨房的门开着，要让他们听不见他的动静真是一个奇迹。

然后……佩勒走进夜色和月光中，孤零零一个人沿着布满积雪的路奔跑。他来到漆黑的牛圈，这里一点儿也不像平时那样亲切。他一声不响地溜进去，免得让比约恩发现。啊，真是

吓人！佩勒慢慢凑到约克身边，"啊，小约克，你看，不管怎么说我还是来了！"

夜里的牛圈是一个很不同寻常的地方。这里静悄悄的，奶牛们在睡觉，偶尔能听到一些声音。奶牛动一动，缰绳就轻轻地响。母鸡时而会咯咯地叫，好像梦见狐狸来了。有时候能听见比约恩在远处的窗子附近一边擦猎枪一边吹口哨。月光透过窗子照进来，在地板上形成一条月光路。牛圈里的猫轻轻地走来，但是它很快就被黑暗吞没，只能看见它发亮的黄色的眼睛。所有可怜的老鼠都在活动！而可怜的兔子约克，如果没有佩勒，谁能保护它不受狐狸的侵犯呢！佩勒紧紧地抱住约克，它是多么光滑和温暖！他不知道这样还能持续多久，可能就在此时，狐狸离开自己的窝，偷偷地穿过雪地，朝扬松的牛圈走来了。

恰恰就在这个时候，梅尔克上楼看一看男孩子们睡觉的情况。他在佩勒的床上没有找到佩勒，只找到一张留言条，上面用大写字母写着：

我在外面，帮扬松猎杀狐狸。

梅尔克拿着纸条下楼找马琳。

"你对这事有什么看法？佩勒深更半夜的能去外面帮扬松

猎杀狐狸吗?"

"不行,他确实不应该。"马琳加重语气说。

坐在牛的食槽里,怀里抱着暖呼呼的兔子,很容易睡着。佩勒正犯困,突然清醒起来,他听到比约恩正在扣扳机。远处窗子附近的比约恩,在月光中轻轻举起枪瞄准。这时候,就在这时候……狐狸出现在林间空地上。它死到临头了,它的生命就要完结了,它再也不能回到自己的位于奶牛牧场的窝里——而这一切都是佩勒安排的!

佩勒尖叫一声,放下兔子,冲到比约恩面前。

"不要,不要,不要开枪!"

比约恩气得发疯了:

"你要做什么?躲开!我要开火了。"

"不行!"佩勒一边喊叫一边紧紧抱住他的大腿,"你不能开枪!狐狸也有生存的权利。"

多亏佩勒,这天夜里狐狸没有丧命。月光下已经没有任何狐狸的影子。相反,马琳滑着雪橇来了。比约恩吓得脸色刷白,想想多么可怕,如果他开了枪,想想多么可怕,如果佩勒不阻止他的话,后果不堪设想!

"啊,你当时来得正好!"当佩勒又躺在自己的床上时,他对马琳说。他向马琳保证,以后夜里再也不出去捕杀狐狸了。马琳说,只要约克睡在自己的窝里,狐狸就不可能把它叼走。

佩勒躺在床上,缩成一团。此时有一件比狐狸更重要的事困扰着他。

"马琳,"他说,"你将来和比约恩结婚吗?"

马琳一边笑一边亲他的面颊。

"不,我不会。"她发誓说,"狐狸不会叼走约克,比约恩就不会叼走马琳,只要我们待在我们这个小窝里。"

第二天佩勒已经忘掉了一切烦恼。因为在格朗克维斯特家码头外面的冰面上,冰车已经准备好。每年结冰的时候,尼塞都要把滑冰车装好放在那里,过去是他爸爸做这件事,冬季的时候人们可以在海滨乌鸦岛上玩冰车。

"人们为什么不继续从事这种有意思的活动呢?"尼塞说。

梅尔克赞成他的观点,他比孩子们的兴致更高。玩完后大家回家吃晚饭,每个人的脸都红红的,就像冬季的苹果。马琳为大家做了芥末汤炖鳕鱼。

"上午破冰钓鳕鱼,下午滑冰车——日子过得确实丰富多彩。"当他们坐在餐桌旁梅尔克说。

"你一个人在外面钓鳕鱼吗?"约汉问。

"不是,我和尼塞一起。"梅尔克说。

"你们钓了多少条?"尼克拉斯好奇地问。

"至少有十条。"梅尔克说,"还真不错!"

"你自己钓多少条?"约汉问。

"我们俩一样多。"梅尔克生硬地说,"滑冰车确实很有意思,你们不觉得吗?"他有意把话岔开,不过约汉穷追不舍。

"你自己钓了多少条?"

梅尔克狠狠地瞪了他一眼。残酷的现实是,尼塞钓了九条,他自己只钓上来一条。一条又小又可怜的鳕鱼,是十条当中最小的。不过梅尔克很难启齿。

"你大概一条也没钓上来。"尼克拉斯说。

梅尔克叹了口气。不过随后他就露出了灿烂的微笑,指着一条皱皱巴巴、茫然无助的小鳕鱼说:

"当然不是……这条!"

大家用同情的目光看着那条小鳕鱼和梅尔克。不过梅尔克很有自信地说,能不能钓上鱼全凭运气,跟钓鱼技巧没有什么关系,他们应该相信他。

"有时候运气好,有时候运气不好。我记得几年前,我和一位老朋友在海上破冰钓鳕鱼。我钓到二十六条,你们猜他钓了多少?一条没有!"

"是哪位老朋友?"约汉问。

梅尔克又瞪了他一眼。

"你在搞问答比赛吗?"

然后他皱起眉头,想了好长时间。

"啊,我的天呀,他叫什么来着……啊呀,我忘了他的

名字!"

"哎呀,哎呀,你为什么不再编一个瞎话呢?"佩勒给他出主意。

"哎呀,这孩子!"梅尔克说,"别忘了,你是在跟自己的爸爸讲话。"

于是佩勒用双手搂住他的脖子。

"我刚刚想起来……"

不过马琳赶紧给爸爸解围。他记不住跟他关系很好的老朋友的名字一点儿也不奇怪。

"你们知道爸爸有时候犯的毛病吧?他唯一记住的东西就是他忘了,但是他记住的东西又不知道叫什么。"

"哎呀,这孩子!"梅尔克又重复了一遍。

冬季白天很短,天黑得很早。漫长的夜里,温暖的厨房成了大家相聚的好地方。严格地说那里是整个木匠庄园唯一暖和的地方。

夜里很冷。男孩子们睡在阁楼里,穿着法兰绒睡衣和毛衣。梅尔克多亏睡在厨房旁边的小屋里,大体上还过得去。不过马琳只得搬到楼下来,睡在厨房的沙发上。

"我的阁楼里不能生火。"马琳说。她睡在厨房的沙发上觉得很舒服。

"这里唯一的缺点是,晚上大家都不想去睡觉。"她说。

因此大家都聚集在厨房里。尼塞和麦塔来了,为了聊会儿天、喝杯咖啡,蒂迪和弗列迪坐在那里跟约汉和尼克拉斯弹电子琴,秋尔雯和佩勒一边玩一边画画儿,水手长坐在墙角睡觉,马琳织毛衣,梅尔克唱歌、聊天,得意扬扬。

屋外是寒冷的冬天。寒星照耀着冰冻的海面,墙角被冻得嘎巴嘎巴直响。这时候躲在温暖的厨房真是舒服极了。佩勒很开心,他使劲往炉子里加木柴。天冷就需要这样,大家坐在一起暖暖和和地唱歌、聊天。直到他自己困得不行了,别人说什么他都听不清,只是一种嗡嗡声,他才晃晃悠悠地去睡觉。

平时佩勒大部分时间都在扬松家的牛圈度过。他不仅仅待在约克身边,还帮助扬松打扫圈粪。所以他回到家里时,满身都是牛圈的臭味,没有人敢靠近他。马琳不得不找出一条旧裤子和一件大人穿的上衣给他,他一回到家,先在前廊脱掉这套衣服,然后再进屋。

"我们离开这里的时候,把这两件衣服烧掉。"马琳说。

"不行,我想把它们带回城里。"佩勒说得很坚决,大大出人意料。因为马琳可能会破坏一件他已经想好的事情。他有点儿不好意思地向她解释自己的想法。

"我把它们放在一个特殊的柜子里。"他说,"当我特别想念约克的时候,我就可以走到那里闻一闻那些衣服。"

秋尔雯跟着他一起去过几次扬松家的牛圈，不过最后她厌烦了。

"我可不想整天跟奶牛在一起。"她说。

秋尔雯改滑雪了。她得到的圣诞节礼物是一副雪橇，她围着山坡不厌其烦地滑来滑去。当她摔倒在地的时候，自己很难站起来。她躺在那里，两条腿乱蹬，就像一只甲虫，直到蒂迪和弗列迪过来时，帮她站起来。不过现在她们很少在她身边玩。她们大部分时间都跟约汉和尼克拉斯一起到处疯跑，他们又开始神神秘秘的了。他们有一座每个人都能看得到的位于斯卡特岬角上的白雪城堡。他们整天待在那里。有时候待烦了就出去滑雪，滑得很远很远，穿过冰面到其他岛上去。有时候也和瑟德尔曼一起破冰钓波罗的海鲱鱼。瑟德尔曼从城里回来了，并发誓再也不去斯德哥尔摩了。

大家各忙各的事，秋尔雯仍然是一个孤单的秋尔雯，水手长是她最亲近的朋友。有一天特别寒冷，海滨乌鸦岛上的天空呈冰绿色，木匠庄园里的北欧白桦树布满了冰霜。马琳滑雪归来，看到了在瑟德尔曼家后边的山坡上哭鼻子的秋尔雯。她平时只在生气的时候哭，这次却是因为脚指甲裂了。加上在雪里困了几个小时，身体异常寒冷，而被困的地点偏偏在瑟德尔曼家而不是自己家，也不是木匠庄园，蒂迪和弗列迪早已经忘记照顾她的诺言，妈妈和爸爸又远在北台里叶，这种孤立无助的

感觉真让人伤心。因此秋尔雯一看见马琳就哭出声来,眼泪突然夺眶而出,好像刚才全堵在嗓子眼儿里。生活对于一个小孩子怎么会这样冰冷、残酷和孤独……啊,马琳总算来了!马琳把她抱进怀里,带她回木匠庄园。马琳一边抱着她走一边唱:

  一个可怜的小孩子,
  摇摇晃晃地走在路上,
  手和脚沾满白雪,
  双眼泪汪汪。

当她们回到木匠庄园的厨房时,马琳提了个建议,秋尔雯认为这建议有点儿奇怪。

"不能脱衣服,也不能大白天睡觉。"秋尔雯说。

"当然能,这是把小孩子的脚趾焐过来的最好办法。"马琳肯定地说。

她们俩躺在马琳平时睡觉的沙发上,那里很温暖,对于一个在雪里折腾了四个小时的人来说那里真是天堂。秋尔雯的眼睛开始发亮。

"你能感觉到我的脚趾吗?"她问。马琳打了个寒战,她肯定地说感觉到了。不过她的脚趾在这个沙发上已经暖和过来。

秋尔雯对于马琳的建议仍然感到惊奇,她不时地笑出声。

她从来没有经历过类似的事情。

"不能大白天睡觉。"她又重复了一遍。

"当然可以。'手和脚沾满白雪,双眼泪汪汪',在这种情况下必须躺下睡觉。"马琳说。

秋尔雯打了个哈欠。

"哎呀,别再唱这首听了让人伤心的歌了,"她喃喃地说,"唱一首听了让脚趾暖和的歌吧!"

马琳笑了。

"一首听了让脚趾暖和的歌?"

她躺在那里,看到窗玻璃上冻出的冰花,冬季惨白的阳光透过白桦树的树枝阴冷地照进来。太阳很快就要下山了,它将把海滨乌鸦岛留在黑暗和严寒之中。说得对,这里需要能使脚趾变得暖和的歌!

室外吹拂着夏日的风,
杜鹃在高高的菩提树上叫个不停。

马琳唱着,突然产生了对夏天强烈的向往,她唱不下去了。其实也不需要再唱了,因为秋尔雯已经睡着了。

跟所有中魔法的王子一边站着去

春季的一天,秋尔雯从停靠蒸汽船的码头上滚进海里。她曾确信自己至少会五种游泳姿势,掉到海里不会淹死,但此时她发现错了。不过她还是没有害怕,因为在她出危险之前,水手长在那里,及时把她拖上岸。当尼塞跑来时,她已经站在码头上,正拧头发里的水。

"你的救生衣哪儿去了?"尼塞严厉地问。

"爸爸,你知道吗?"秋尔雯说,"当水手长在我身边时,我几乎不需要什么救生衣。"

她用双手搂住水手长,把自己湿漉漉的头靠在它的头上。

"你,水手长,"她亲切地说,"你是我的宝贝狗狗。"

水手长一本正经地看着她,它可能真的像人一样能思考,它大概在想:

"小黄蜂,为了你我死而无怨,必要时你说句话就行了!"

秋尔雯抚摸着它,满意地笑了。

"爸爸，你知道吗？"她说，不过尼塞打断了她的话。

"好啦，秋尔雯，赶快回家换衣服吧，别再'你知道，你知道'说个没完了。"

"好吧，不过我只想说，到现在我已经掉进海里三次了……哈哈，斯蒂娜才掉进两次。"

秋尔雯得意地走了，浑身湿淋淋的，却因自豪而兴奋，她要在斯蒂娜面前显摆显摆。

瑟德尔曼在自家房子前的海边坡地上正给船涂沥青。船到下海的时候了。春天整个海滨乌鸦岛都处在大忙季节。大海波浪翻腾，所有的船只都要维修、整理，整个岛屿飘荡着沥青和各种颜料的气味。家家的院子里也在清理打扫，一堆一堆燃烧的树叶冒起股股黑烟。但是最浓的还是大海的味道，瑟德尔曼的鼻子感受到了。春光温暖着他的脊背，修过的船显得很新，他很满意。不过他开始觉得脑子很累。斯蒂娜坐在他旁边的石头上，给他讲故事，那些故事永远没有结尾。可怜的瑟德尔曼，他无法知道到底哪位王子被变成了一头野猪，哪位王子变成了一只雕。斯蒂娜还不时地要考他，她很严格，不许出错。

"请猜一猜，又有谁被施了魔法？"斯蒂娜说。不过这时候秋尔雯突然出现在她面前，浑身湿得像一条美人鱼。

"请猜一猜，谁又掉进海里了？"

斯蒂娜默默地看着秋尔雯。她不知道掉进海里这件事要显

摆什么,但是她看到了秋尔雯一副凯旋的表情,她很没有把握地说:

"请猜一猜,谁想星期天……掉进海里?"

"无论如何不是你。"瑟德尔曼说,"因为梅尔克松一家走了以后,我要在那天把你送回斯德哥尔摩。"

梅尔克松一家来的时候,是他们把斯蒂娜带过来的。春天到了,他们临时到这里玩几天,因为梅尔克仍然认为可不能花很多钱把整个木匠庄园租下来,却空空地放在那里没人用。除此以外,当桦树绽出翠绿的嫩芽、整个岛屿变成了五叶银莲花的花海时,海滨乌鸦岛是最美的。

"上帝帮助我拥有了如此美丽的瑞典春天。"梅尔克经常这样说,"寒冷、贫瘠,但是美得让人撕心裂肺!"

瑞典春天很冷,这一点秋尔雯知道。现在她就很冷,想回家换上干的衣服。但是她路过木匠庄园的码头时,看见梅尔克坐在船里正捣鼓船体外用发动机,便停下来,因为她不是特别忙。

梅尔克喜欢跟秋尔雯聊天。"据我所知,那是最开心的事。"他经常对马琳这样说,"很可惜,你无法听我们谈话,我们的谈话确实很有意思。我们谈得最投机的时候,是没有别人在场的时候。"

此时他们俩进行的简短的交谈就没有别人在场,当然很可

惜,马琳没有听到这二位十分有趣的交谈。

"梅尔克叔叔,我刚才掉进海里了。"秋尔雯说,不过她只听到一阵嗡嗡的声音作为回答。梅尔克正在拉启动发动机的绳子。他已经捣鼓好长时间了,所以他满脸通红,头发乱七八糟的。

"你没有那种巧劲儿,梅尔克叔叔。"秋尔雯说。

梅尔克抬起头看了看她,她正站在码头上。梅尔克微笑了起来。

"是吗,没有巧劲儿?"

"对,你应该这样拉。"秋尔雯一边说着一边用手演示给他看。

"你听着,如果你不离开这儿,我就猛地拉你。"梅尔克说道。

秋尔雯眨了眨眼睛,她对好心没好报感到很吃惊。

"我帮你出主意,你应该高兴呀!"

梅尔克又启动发动机。

"当然要谢谢,我如此高兴……高兴……高兴。"他一边保证一边启动发动机。但是那个该死的发动机只是"突突"响了两声就哑巴了。秋尔雯摇了摇头。

"你肯定是一位能干的男人,梅尔克叔叔,但是你可能不懂发动机这类东西。等一下,让我教一教你。"

这时候梅尔克吼叫起来:

"一边去！你是想再次被扔进海里，还是去跟佩勒玩……快走！"

秋尔雯显得很委屈。

"好吧，我去跟佩勒玩，不过我先得回家换衣服，这你应该知道。"

梅尔克点了点头，表示赞同。

"去换吧！把你所有的衣服都穿上！特别要穿上那些背后带扣的紧身胸衣。"

"紧身胸衣。"秋尔雯说，"我们不是生活在石器时代。"

遇到老古董蒂迪经常这样说。

梅尔克没有听见她在说什么，因为发动机又一次"突突"地响起来。他用期待的目光看着它，但无济于事。发动机响了最后一声"突"以后就不再响了。

"梅尔克叔叔，你知道吗？"秋尔雯说，"你写书的时候比较能干，对这类事你就不行了。顺便问一句，佩勒在哪儿？"

"可能在兔笼子旁边。"梅尔克没好气地说，然后他合掌祈祷，"我请求上帝保佑，他一定在兔笼子旁边，你快到那里去吧！"

"你为什么希望上帝一定要在兔笼子旁边呢？"秋尔雯颇感兴趣地问。

"我是说佩勒，"梅尔克大叫起来，"是佩勒应该在兔笼子

旁边……还有你,特别是你!"

"不对,你说你向上帝祈求,请他到兔笼子旁边去,"秋尔雯一开始这样说,但是看到梅尔克似乎气疯了,为了安抚他,她马上改口,"好,好,我现在就去!"

梅尔克的祈祷灵验了。佩勒就在兔笼子旁边,秋尔雯换好衣服以后也去了那里。

兔子约克有一个很好的笼子。"是梅尔克亲手造的。"笼子造好以后梅尔克吹嘘说。

佩勒也参加了,他钉钉子,尽管梅尔克让他小心。

"你只会砸中你的手指。"

"不会。"佩勒说,"秋尔雯可以把住钉子。"

梅尔克可没那么聪明。

"你为什么总是砸在大拇指上?"当梅尔克连续两次砸中手指后秋尔雯问。

梅尔克吮自己的大拇指。

"因为你,我的小秋尔雯,不为我把着钉子。"

不过兔笼子做好以后还是挺好看的,佩勒认为这是一个很有意思的兔子住的笼子。他满脸笑容,立即去扬松家的牛圈接约克,把它接到新家。

整个笼子放在丁香花丛后边,在一个非常安静的角落里,佩勒可以独自坐在那里,好像是世界上最幸福的兔子主人。笼

子是鸡笼式的,一端有一个带提梁的门,想抱它的时候可以从这里把约克提起来。另一端有约克的小房子,是一个带圆孔的盒子。

"下雨、天凉,你就可以跳进去。"佩勒对约克说。

当秋尔雯来的时候,他正抱着约克坐在那里。他们一起给兔子喂食,佩勒教秋尔雯照顾兔子的技巧,因为佩勒回斯德哥尔摩以后,她将照看约克。

"如果你不好好喂它,我永远都不会原谅你。"佩勒说,"你特别要注意,别让它跑了。"

可应该特别注意的是佩勒自己,因为他还没有说完,约克一下子就从他怀里跳了出去,穿过丁香花丛跑掉了。

佩勒和秋尔雯起身去追。水手长也跟着去追,还小声地叫着。

"不,水手长,你可不能动约克!"佩勒一边跑一边不安地喊。

这是很久以来秋尔雯听到的最愚蠢的一句话。

"水手长永远不会动谁,这一点你放心。它只是以为我们在玩游戏。"

佩勒有些不好意思。不过此时此刻他没有时间向水手长道歉,他必须马上抓住约克。

马琳、约汉和尼克拉斯正在木匠庄园后边晒被子,当约克

跑过来的时候，约汉往它身上扔去一条毯子。约克在毯子底下发疯似的乱跑，那毯子就像大海翻起阵阵波浪。不过约克还是跑了出来，它三步并成两步地消失在墙角后边。

还是斯蒂娜抓住了它。她当时正和大乌鸦卡莱坐在自家前廊的过道上，看见约克急匆匆地跑来。当秋尔雯和佩勒上气不接下气地追上来时，她正好抓住约克。

"啊，真不错，你抓住了它。"佩勒说。他抱着约克在斯蒂娜家的台阶上坐下来，温情地看着它，就像一位母亲看着新生的婴儿。

"有一只属于自己的动物特别有意思。"他说。

秋尔雯和斯蒂娜都赞同。

"特别是一只大乌鸦。"斯蒂娜得意扬扬地说，"它现在可能干了！"

"能干什么？"秋尔雯问。

"能说'一边站着去'，是我教它的。"

佩勒和秋尔雯似乎不相信她说的话，斯蒂娜生气了。

"你们等着瞧吧！卡莱，说'一边站着去'，快说！"

大乌鸦斜着头，就是不吭声。在斯蒂娜跟它唠叨了很长时间以后，它总算小声地叫了几声。不过要非常有想象力的人才能听出是"一边站着去"。斯蒂娜非常有想象力。

"你们听到了吧？"她兴冲冲地说。

秋尔雯和佩勒都笑了,斯蒂娜知趣地点了点头。

"你们知道我在想什么吗?我相信大乌鸦卡莱是一位被施了魔法的王子,因为它能说话。"

"嘘嘘!"佩勒说,"你听过哪位王子说'一边站着去'吗?"

"听到过,就是这位。"斯蒂娜一边说一边指了指卡莱。

刚才她讲给外公瑟德尔曼的童话中,至少出现过三位中魔法的王子。他们分别变成了野猪、鲨鱼和雕,为什么大乌鸦不可能是一位被施了魔法的王子呢?

"不对不对,只有青蛙是被施了魔法的王子。"秋尔雯肯定地说。

"你真的这么认为?"斯蒂娜说。

"没错,这是弗列迪讲给我听的!说的是一位公主,吻了一只青蛙,结果嘭的一声——青蛙变成了王子,站在她的面前!"

"那以后我也想试一试。"斯蒂娜说。

佩勒坐在那里微笑着。

"如果你得到一位王子,你拿他做什么?"佩勒问。

"让他和马琳结婚。"斯蒂娜说。

秋尔雯认为,这可是一个好建议。

"免得她总不结婚,孤身一人。"

没有任何东西比她们的建议更让佩勒生气了。

"跟你们被施了魔法的王子一边站着去吧!"他说,"过来,约克,我们走。"

秋尔雯和斯蒂娜目送他离开。

"他不愿意马琳结婚。"秋尔雯说,"大概是因为他没有妈妈。"

斯蒂娜严肃起来,她若有所思地皱起了眉头。

"他妈妈为什么要死呢?"她问。

这可不容易回答。秋尔雯想啊想啊,不知道人为什么要死。

"你知道,大概就像那首歌里唱的,"她最后说,"就是那么回事。"

随后她唱给斯蒂娜听:

> 世界是一个悲伤岛,
> 那里有生也有死,
> 最后回归泥土。

"真悲伤。"斯蒂娜说。

但是佩勒把约克放到笼子里以后,就一个人在这个美丽的晚上到水渠边去玩。他喜欢水渠,那里有很多好看的东西,有

各种昆虫和植物。但是最开心的是玩跳水渠，看能不能一蹦就过去。有的时候不行，因此晚上回家的时候，佩勒从头到脚浑身都沾了泥点儿。

马琳和梅尔克正坐在餐桌前面，梅尔克在拆那台发动机，他只想让发动机"突突"地转起来，别无他求。他相信只要把各个部件擦干净，它就会听话。但当他需要用那些大大小小的螺母和螺帽组合发动机时，它们却奇怪地消失了。遇到这种情况，梅尔克都要大发脾气。

"你们把螺母吃了？"他问趴在餐桌旁边看着他的约汉和尼克拉斯。受了几次类似的不公正的责怪以后，约汉说：

"走，尼克拉斯，我们睡觉去。让爸爸自己吃他的螺丝钉吧！"

他们刚刚离去，梅尔克就找到了他想要的东西。

"看，这就是我刚才要找的那个小玩意儿。"他说。

就在这个时候，浑身溅满泥点儿的佩勒疲倦地走进来。

"我要找的另一个小玩意儿也有了……不过你怎么这个模样，佩勒！"马琳说。

那个晚上木匠庄园的厨房里不仅需要清洗螺丝钉，马琳还不得不找出一个大洗衣盆，把佩勒整个人都放进去，进行一次彻底大清洗。

"你可别动我的耳朵，"佩勒嘟囔着，"我上星期六刚洗

过。"

但是马琳坚持认为,像佩勒这样的脏耳朵可不能不当回事。

"明天麦塔阿姨可能来这儿喝咖啡,如果她看见这么脏的耳朵……"

"你不是说可能吗……我们先等等看,看她到底来不来。"佩勒建议说。

马琳用求助的目光看着梅尔克,开玩笑似的说:

"你说是不是所有的男孩子都这么邋遢呢?你小的时候是否也是这样?"

梅尔克坐在那里,正在一堆螺丝钉中找东西,他得意地说:

"要有巧劲儿……这是秋尔雯挖苦我的……邋遢,我?"他说,"不对,我想我是一个非常干净的小孩子。"

佩勒从洗衣盆边上困惑地看着爸爸。

"对,很清楚,你是一个非常干净的小孩子,爸爸。"

"为什么呢?"梅尔克问。

"啊,是这样,因为你各方面都很优秀,听话,学习成绩很好,从来不说瞎话,或者别的什么。"

"是吗?"梅尔克一边说一边咧开大嘴笑,"那个时候我可能也说过一点儿瞎话。"

佩勒往他身上撩水。

"别撩,佩勒!"马琳说,"你可不能把整个厨房都弄湿了。"

"那他可以把自己的爸爸弄湿了,对吧?"梅尔克问。

"对,他可以。"佩勒平静而认真地说。

当佩勒盖着大浴巾坐在马琳膝盖上的时候,他想起了斯蒂娜那个愚蠢的建议:马琳跟那个中了魔法的王子结婚。他看着马琳,想想看,要是她像秋尔雯说的永远"孤身一人",她会多么伤心呢?

上次他们刚到海滨乌鸦岛,就听到了一个大好消息。比约恩已经和哈尔岛上的一位姑娘订婚了。佩勒曾经很担心马琳会为此很伤心,但是马琳笑着说:"没有,真是太好了,去年圣诞节我就跟他这么说过。"

但是不能因此就断定,她喜欢过"孤单一人"的生活!

"现在这台可爱的发动机由梅尔克亲手擦洗完毕。"梅尔克一边说一边拧上最后一个螺帽。他还唱了起来:"现在它有了正确的转速,我马上给你们演示。"

他是在佩勒的洗衣盆里演示。

转速正确。发动机喷着水,在洗衣盆里旋转。梅尔克激动地低着头朝盆里看,结果被一股水流溅了一脸。

"哎呀呀呀!"梅尔克叫了起来,还急着对马琳说,"马

琳,我自己擦干净身上的水。"

马琳说,她真是感激不尽,但如果整个厨房突然都要擦洗,她还是得干呀。

"不过小佩勒先要爬到被窝里。你冷吗?"马琳看见佩勒站在那里直打哆嗦。

"我真是冷死了!"佩勒说。上床后他还是冷。

"我认为你们晒被子晒得时间太长了。"他说,"见鬼,这里真冷!"

"说点儿新鲜的好不好?"尼克拉斯睡得迷迷糊糊地说。

佩勒平静地躺在自己的小床上,尽量为自己弄暖和一小块地方。

"要能在床上抱着一只身体暖和的兔子就美了。"他说。

约汉摇了摇头。

"抱一个加热器①,你疯了吗?你是指煤油加热器?"

"我是说一只兔子。"

"兔子……啊,你说的听起来一样。"他说。

随后他就缩到被子里睡着了。

但是佩勒躺在床上一直睡不着。因为他挂念着约克。想想看,如果夜里下霜,约克在笼子里挨冻怎么办?他自己躺在被

---

① 在瑞典文中,兔子 kanin 与煤油加热器 kamin 只有一个字母之差,读起来很相似。

窝里又暖和又舒服,而兔子要睡在又冷又小的笼子里,里边只铺一点儿草,真不公平。

佩勒叹了几口气。他深深地自责,最后再也忍不住了。他从床上跳下来,从窗子外边的一个梯子爬了出去,在那个寒冷的夜晚向兔笼子跑去。梅尔克多次上屋顶查看是否漏水,留下了那个梯子没有搬走。没有人发现他,不管是他跑到兔笼子那儿,还是抱着兔子偷偷从那里溜回来。可能只有那天晚上围绕海滨乌鸦岛转悠一小圈的狐狸例外。

约克对佩勒让它摆脱笼子的举动毫不领情,这出乎佩勒的预料。当佩勒把它塞进自己的被窝时,它拼命挣扎。它认为那里不是一只兔子应该睡觉的地方,它一步跳出去很远。

马琳和梅尔克坐在楼下起居室,突然听见楼上传来一声高叫。他们急忙冲上去,想看看出了什么事。他们找到了坐在床上、吓得浑身颤抖的尼克拉斯。

"这里闹鬼了。"他说,"一个讨厌、浑身是毛的魔鬼跳到我身上!"

梅尔克抚慰着他。

"人们睡觉的时候会梦见一些讨厌的东西,这种讨厌的东西叫梦魇。你不必为此感到害怕。"

"下流的梦魇。"尼克拉斯小声说,"它直接冲我的脸跳过来。"

但是在佩勒的被子底下,那个小"梦魇"被紧紧地搂在怀里,它躺在那里等待下一个机会跳出来"闹鬼"。

当整个房子里的人睡熟以后,佩勒重新爬出去,把约克放回它的笼子里。

"再也不会把你带到床上去睡了。"他说,"我宁愿搂着一个煤油加热器睡觉。"

海滨乌鸦岛上新的一天开始了,这是让人无法忘记的一天。因为摩西来到这个岛,引发了一系列事情。摩西是一只小海豹,是卡莱·维斯特曼在鱼礁岛撒网打鱼时捞上来的。他把它带回海滨乌鸦岛,因为他知道,大海对于被抛弃的小海豹来说很难生存。

"维斯特曼是我们这个岛上最不安分守己的人。"麦塔经常这样说。当岛民在商店聚会的时候,偶尔会发生吵嘴,每次都是维斯特曼挑起的——永远不会错。他有一个不安分的灵魂,"他就像石头周围的水,碰撞到石头时,总要发出声音。"他的妻子说,"对此,他自己全然不知。"她对想知道情况的人这样解释。他捕鱼、狩猎,不喜欢做其他的工作。他也有一个院子和一个小农庄,但大部分事情是由他妻子打理。她有时候抱怨很辛苦。维斯特曼经营得也很不好,他手头钱紧的时候,就去找尼塞借钱。但是最近尼塞不借给他了,因为他不按时还钱。

当维斯特曼从鱼礁岛回来的时候,秋尔雯正站在码头上。

当他把那只吱吱叫的小海豹放在她面前时,小家伙用湿漉漉的黑眼睛看着她。秋尔雯惊叫起来,这是她有生以来看到的最可爱的动物。

"啊,它多可爱呀!"秋尔雯惊叫着,"我能抚摩它吗?"

"请随意。"维斯特曼说。随后他说出了一句让人不敢相信的话:

"你完全可以带走,如果你愿意。"

秋尔雯直瞪瞪地看着他。

"你在说什么?"

"你可以带走。当然要你爸爸妈妈同意。我很高兴把它打发掉。你可以养着它,直到它长大有用为止。"

秋尔雯激动地喘着粗气。维斯特曼平时不属于她喜欢的人,但此时她很崇拜他。

"哦!"她脑子迅速思索——她怎样才能报答这种罕见的馈赠呢?

"我一定要为你做一件十字针脚的刺绣,你想要吗?"

维斯特曼不明白,秋尔雯怎么会有这么大的反应,他说:

"不,我不知道我是否需要这样的东西,不过请你带走小海豹吧,我他妈的不敢把一个小海豹拿回家让老婆看到。"

维斯特曼说完就走了,秋尔雯仍激动不已地站在那里。

"水手长,真不敢想象,"她说,"我们有了一只海豹。"

水手长闻了闻小海豹。它过去从来没看到过类似的东西，但这是秋尔雯想要的，它会成为这个躺在地上对它吱吱叫的奇怪的小动物的好朋友。

"不，请别吓唬它。"秋尔雯说着推开水手长。

然后她使足了劲喊：

"快来！大家赶快来！真不敢想象……我有了一只海豹！"

佩勒第一个跑过来，当他看见小海豹，听到那件简直让人不敢相信的事时——秋尔雯有了一只浑身长着灰色斑点的小玩意儿——激动得颤抖起来。它一边吱吱地叫，一边用笨拙奇特的小前爪在码头上转来转去。难道真有人这么走运，能得到一只海豹：

"啊，你真是太幸运了！"佩勒发自内心地感叹。

"对，真不敢想象，我总是这么走运！"秋尔雯非常赞同他的观点。

剩下的事就是要说服爸爸妈妈，让他们明白有一只海豹是多么好。

慢慢地大家都聚在码头上，惊奇地看着这只小海豹。

"我们很快就要在海滨乌鸦岛开一家动物园。"梅尔克说，"我现在只等着看，能不能先搞到几只价钱便宜点儿的小河马。"

但是麦塔举双手反对。她无论如何都不同意家里有一只海

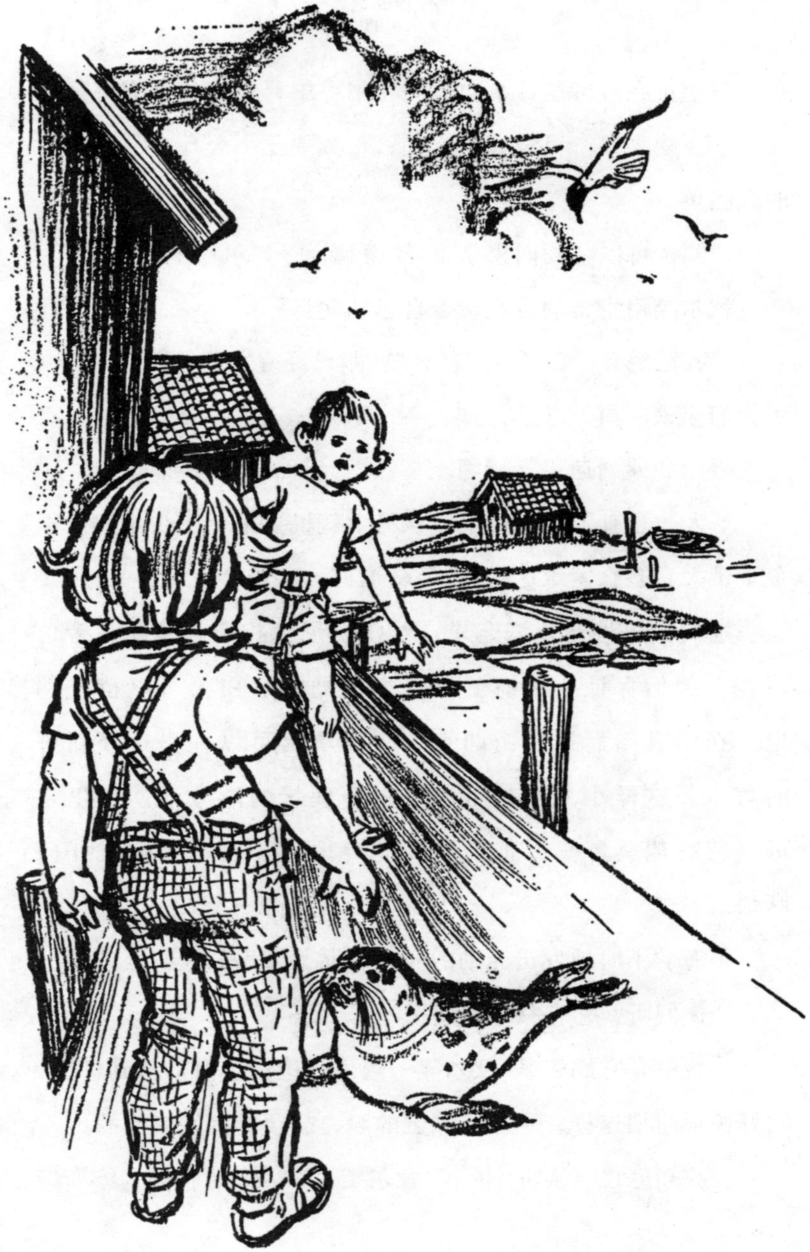

豹。尼塞也在思考这件事。他向秋尔雯解释养海豹会有多么麻烦：它要喝牛奶，再长大一点儿，每顿要吃一公斤左右的波罗的海鳕鱼。

"鳕鱼可以从我们家拿。"斯蒂娜说，"可以吧，外公？"

秋尔雯用责备的目光看着自己的父母。

"我已经有了它，"她说，"就跟已经有了孩子一样，这一点你们应该明白。"

蒂迪和弗列迪也支持她。

"人一旦有了孩子，不应该马上就说要消耗多少牛奶，把孩子带大有多么困难这类话。"蒂迪说。

她们不停地向麦塔乞求。约汉、尼克拉斯和佩勒在旁边帮腔。他们保证给小海豹修一个池塘，它白天可以待在那里。在船具屋后边的山凹有一个深坑，可以往里边灌新鲜的海水，这样小海豹就可以有一个理想的游泳池。夜里它可以待在船具屋里。他们异口同声地说，它不会造成任何麻烦。

小海豹不时地发出无助的叫声，斯蒂娜用胜利的语调说：

"你们听，它在喊'妈妈'吧？"

"我就是它妈妈。"秋尔雯一边说一边把小海豹抱到怀里，它好像很习惯这样。它舔了舔她的脸，胡须弄得她痒痒的。

"我知道它应该叫什么，"秋尔雯说，"摩西！因为维斯特

曼捡到它跟法老的女儿在芦苇丛里捡到摩西一样[①]——你记得吗,弗列迪?"

"我无法想象维斯特曼与法老的女儿一样。"梅尔克说,"不过摩西这个名字很好听。"

因为大家似乎都认为摩西应该留下,麦塔最后也赞成了。

"你可以留下它,直到它长大能够自理为止。"她说。所有的孩子都欢呼起来。

"你们知道我在想什么吗?"斯蒂娜说,"我在想,摩西是一个来自大海中了魔法的王子。"

"你就会说中了魔法的王子。"佩勒说,"摩西王子,对吗?"

秋尔雯坐在码头上,摩西躺在她的膝盖上。她抚摩着它,它舔她的双手。它的胡须又让她痒痒得笑起来,笑得浑身打战。

水手长站在那里看着。它静静地站了很长时间,用平时那种忧郁的目光看着秋尔雯。突然它转过身,慢悠悠地跑了。

秋尔雯既要照顾约克又要照顾摩西确实很辛苦。佩勒从斯德哥尔摩写信来,督促她好好照看他的兔子。

"给它很多蒲公英叶子。"他在信中说。

[①]《圣经》里的故事。

秋尔雯跟斯蒂娜抱怨说：

"很多蒲公英叶子，佩勒说得多轻松！我从来没看到过像它这样总是吃不够的兔子。"

不过约克还是一只很安静的动物，给蒲公英叶子和水就行。它独自呆着的时候也不叫。它不四处瞎跑，不咬桌布，不叼锅，也不撕爸爸的报纸。这些事摩西可全干，白天它应该待在池塘里，夜里应该待在船具屋里。可摩西既不想待在池塘里，也不想待在船具屋里。它想跟在秋尔雯脚跟后边，她上哪儿，它就跟到哪儿。她大概就是它的妈妈吧？她不是用奶瓶给它热牛奶和奶油吃吗？它也应该住在她的房间里。因此，每当晚上秋尔雯把它锁进船具屋的时候，它就高声喊叫、抗议。有一次它叫得比平时都厉害，她只好把它带进了自己的房间——当时妈妈正好到裁缝扬松夫人家里去了，所以她无法反对。

水手长睡在秋尔雯床边的一块垫子上。从它还是一条小狗的时候起，每天夜里都睡在那里。但是现在摩西来了，在地板上爬来爬去。

"水手长，夜里你只得到蒂迪和弗列迪那里去睡觉了。"秋尔雯说。

开始水手长没有明白她的意思，直到她牵着它的链子、把它领出房间，它才明白。

"只是今天夜里你在那里，明白吗？"秋尔雯说。

不过当摩西认识到睡在秋尔雯的房间有多么舒服的时候，就再也不愿意睡在陈旧的船具屋里了。

第二天晚上，当秋尔雯把它锁在那个仓库里时，它拼命叫喊，整个海滨乌鸦岛的人都能听到。

"人们可能认为我们要把它折磨死。"蒂迪说，"最好还是让它睡在秋尔雯的房间里。"

麦塔有些犹豫，不过还是同意了。一只小海豹是那么忠诚，它用一双聪明、美丽的眼睛看着你，好像什么都明白，你真不忍心伤害它。

那个晚上水手长主动睡到蒂迪和弗列迪的房间里。此后一直这样做。它不再与秋尔雯寸步不离，可能是担心踩着摩西。如今它几乎整天都静静地躺在商店的台阶旁边，把头放在两个爪子中间，好像一边睡觉一边看着进出商店的人。

"我可爱的宝贝狗狗，你怎么成了瞌睡虫儿？"秋尔雯一边说一边抚摸它。不过随后她就不得不起身去为约克采集蒲公英叶子，为摩西热牛奶。当个动物饲养员真辛苦，尽管有时候斯蒂娜会帮一把。

"不管怎么说，你只有一个大乌鸦艄公-卡莱。"秋尔雯说，"而我有两只动物要照看……还有水手长，这不用说。"

斯蒂娜认为，她只有一个大乌鸦艄公-卡莱一点儿好处也没有。她不能像秋尔雯用奶瓶给摩西喂牛奶那样喂它。多幸福

的秋尔雯!当她每次帮助秋尔雯给约克采集蒲公英叶子的时候,内心都渴望得到回报——能为摩西喂牛奶。但是秋尔雯很坚持,说摩西只希望由她喂,别人喂它不习惯。斯蒂娜只得坐在那里看,尽管她手指很痒痒,想夺过秋尔雯手里的奶瓶,不管摩西习惯还是不习惯。

不过对斯蒂娜来说好日子来了。她的外公买了羊,他花一点儿钱就从维斯特曼的牧场买来几只。此时正是产羊羔的季节,斯蒂娜每天都跟外公到牧场去,看有没有新羊羔产下。

"马堤亚斯们,马堤亚斯们!"瑟德尔曼高声对一群羊说,"过来,让我数一数你们,看看我是不是又富了。"

一只母羊确实让他增加财富了。有一天它在瑟德尔曼为保护羊群而造的羊圈里生下三只小羊。

"它没有那么多奶喂它们。"瑟德尔曼说,"其中一只要成为小可怜。"

瑟德尔曼说得对。一连几天他都和斯蒂娜去看那只最小的羊羔,它越来越消瘦,因为它无力跟其他两只羊羔争奶吃。

"我们得试试用奶瓶喂它。"瑟德尔曼说。

斯蒂娜一阵惊喜。有时候确实会发生一些意想不到的事情。她跟外公以极快的速度来到商店,瑟德尔曼认为太着急了。小羊羔只是躺在那里,还没有死。不过在斯蒂娜的命令下他还是买了一个奶瓶,跟秋尔雯喂摩西的一样。斯蒂娜心满意

足地笑了,这回秋尔雯没话可说了!

当斯蒂娜手里拿着奶瓶风风火火走过来时,秋尔雯正在喂摩西。

"你要干什么?"秋尔雯问。

摩西有一个备份奶瓶,在它特别饿的时候用。秋尔雯以为斯蒂娜事先不问一声竟敢拿走了。

"摩西已经饱了,"秋尔雯说,"它不能吃得太多。"

"这和我有什么关系,"斯蒂娜说,"我另有用处。"

秋尔雯惊奇地睁大眼睛。

"做什么用能举个例子吗?"

"我要去喂托迪森。"斯蒂娜自豪地说。

秋尔雯没有说话,她在思考。

"天啊,谁是托迪森?"她说。

她得到答案以后,立即与斯蒂娜一起跑到维斯特曼的牧场,热情地帮着喂小羊羔。不过斯蒂娜拿着奶瓶。

托迪森很快就变得像摩西一样温驯,斯蒂娜每天给它送好几次吃的东西。有时候她把它从牧场放出来,带它去散步。它忠诚地跟在她后面,像摩西跟在秋尔雯后边一样。

"这确实是一美景。"当尼塞走到台阶上看到秋尔雯和斯蒂娜带着摩西和托迪森走过来时这样说。

然后他弯下腰,抚摩水手长。

"你怎么样？看到不能和他们一块玩而躺在这里生气吧？"

秋尔雯和斯蒂娜坐在台阶上一边喂自己的动物，一边比它们两个谁最可爱。

"不管怎么说，海豹终归是海豹。"秋尔雯说。这一点斯蒂娜无法否认。

"不过一只小羊羔显得更可爱。"斯蒂娜说，"我相信不论是托迪森还是摩西都是中了魔法的王子。"

"嘘嘘！"秋尔雯说，"只有青蛙才是呢，我已经说过了。"

"你是说过了。"斯蒂娜说。

她默默地坐在那里想事情。对于维斯特曼牧场里的一只普通绵羊来说，可能不会变成一位中了魔法的王子，但摩西是挂在渔网上被捡到的，跟《圣经》故事里的完全一样。

"不管怎么说我还是相信，"斯蒂娜说，"摩西是海龙王的小儿子，是被一个讨厌的女妖施了魔法。"

"不对不对，它是我的小儿子。"秋尔雯一边说一边抱着摩西。

水手长抬起头看着她们。如果它真的能像人一样思考，它考虑的可能跟佩勒完全一样："跟所有被施了魔法的王子一边站着去！"

马琳真的不想找个新郎官吗

"现在我们的苹果树又开花了。"

马琳在日记中写道：

"它们在房子周围争奇斗艳，雪花似的花瓣慢慢地落在通向水井的小路上。我们的苹果树，我们的房子，我们的水井，啊，真漂亮！其实它们并不属于我们，但是我喜欢把它们想象成我们的，这是很自然的。一年前的这个时候，我还没有看到木匠庄园就感觉到，它好像是我在地球上的家。啊！我快乐的木匠，是你建造了这栋房子，如果是你现在造的，我真的会爱你，因为你在房子周围栽了苹果树，因为我们能住在这栋房子里，因为又是夏天了……不过这最后一点可不是你的功劳。"

"这是怎么回事，爸爸？"她问梅尔克，"你怎么又别出心

裁签了一整年合同?"

"还没签。"梅尔克说,"我正在等那个马特松,他答应找一天到这里看看。"

在他们等马特松的同时,梅尔克松一家已经为度夏收拾、整理木匠庄园。他们清除了院子里的落叶,把地毯拿到院子里敲打灰尘,晒被褥,擦洗窗子,拖地板,装上新窗帘。尼克拉斯把炉子擦得锃亮,约汉把餐厅的椅子都涂成蓝色。梅尔克没花多大工夫就组装好了供全家人夏天阅读的书架,还把从斯德哥尔摩带来的画儿挂在新粉刷的炉子上方。马琳给厨房沙发上的暗色靠垫套上了红格棉布外罩,佩勒只是转来转去。太难看和污渍过多的家具被搬到仓库里,佩勒把它们组成一个不太好看的小屋,目的是让它们知道有人仍然关注它们。除此以外,下雨的时候他还想跟约克坐在里边。

"好像在创造一个新天地。"马琳说着朝房子四周看了看,"我现在只想再要很多很多花。"

她从库房里取来快乐的木匠夫人用过的越橘花盆,擦掉上边的灰尘,插满丁香和盛开的野苹果树花。她还到扬松的牧场,那里疯长着很多铃兰,她采了一大捧。

在回家的路上她遇到了在桦树间穿来穿去、哇啦哇啦讲个不停的秋尔雯和斯蒂娜。她们看到马琳的时候一下子静了下来,用亲切、满意的目光看着她。她是她们的马琳,她抱着铃

兰走过来，显得那么靓丽迷人。

"你看起来像一位新娘。"秋尔雯说。

斯蒂娜的眼睛很快亮了起来，以前的一个想法在她的内心复苏了。

"你难道真的永远不找一个新郎官吗，马琳？"

秋尔雯大笑起来。

"新郎官，那是什么东西？"

"就是婚礼上要有的东西吧。"斯蒂娜没有把握地说。

马琳郑重其事地说，她很想找一个新郎官，但是不急，她还太年轻。

秋尔雯直瞪瞪地看着她，好像不相信自己的眼睛。

"太年轻？你？你都这么大了，真不可理解！"

马琳笑了。

"我必须先要找一个我真正喜欢的男人，你们知道吧？"

秋尔雯和斯蒂娜都赞成说，海滨乌鸦岛上合适的新郎官太少。

"不过你可以找一个被施了魔法的王子。"斯蒂娜兴奋地说。

"有这样的人吗？"马琳问。

"有，当然有，满水渠都是。"斯蒂娜说，"因为所有的青蛙都是被施了魔法的王子，这是秋尔雯说的。"

秋尔雯点点头。

"你只要亲吻一个——嘭——一位王子就会站在那里!"

"天呀,有这么简单!"马琳说,"那样的话我一定得给自己找一个。"

秋尔雯又点了一下头。

"对对……要抓紧时间,可不能耽误!在我老掉牙之前,我想我无论如何要结婚。"

"跟一个被施了魔法的王子?"马琳问。

"不不,我一定要找一个管道工。"秋尔雯说,"因为这年月他们能挣很多黑钱,这是爸爸说的。"

斯蒂娜也想找一个管道工,所以她赶紧说出来。

"我要和秋尔雯完全一样。"

"啊,那至少要有两个管道工才行呀!"马琳说完就走了。

"如果你们看见那个被施了魔法的王子,"她说,"请告诉他,我已经用我的两条老腿一瘸一拐地回家了。"

随后秋尔雯手拉着斯蒂娜一起在桦树间蹦蹦跳跳往前走,还扯开嗓子唱起:

　　如果我找到一个用脚走路的人,
　　我多么愿意结婚。
　　如果我夜里待在家里,

妈妈答应为我买鞋和袜。

她们跟马琳一样,本来也想去采铃兰,但是她们还没来得及开始,就发生了那件奇怪的事——她们为马琳找到了一个被施了魔法的王子——一只青蛙,谁能想得到啊!一只坐在湿地边上的青蛙,它看起来若有所思。

"它大概一直坐在这里等待马琳给它机会。"秋尔雯一边说一边美滋滋地看着双手捧着的那只一呼吸就鼓着气囊的小青蛙。"走,我们一定要找到马琳,让她亲吻它!"

但是马琳已经走了。她们拿着青蛙一直走到木匠庄园。可梅尔克说,马琳刚刚到瑟德尔曼家买鳕鱼去了。

"那就到我们家去吧。"斯蒂娜说。但是在那里也没有找到马琳。她买完鳕鱼就走了。

"我们坐在码头上等她。"秋尔雯说,"如果她不快来,就得不到王子了,因为现在我开始厌烦这只青蛙了。"

看样子这只青蛙对秋尔雯的厌烦程度绝不亚于秋尔雯对它,因为当她小心翼翼地张开手想让斯蒂娜看一下的时候,青蛙一下子蹦到码头上。如果不是斯蒂娜在最后一刻抓住它,它差一点儿就蹦到码头边上去了。

码头上停着一只陌生的船,一个人也看不见,不管是在船上还是其他地方。太阳火辣辣地照着,秋尔雯认为,坐在这里

等人又热又心焦,她已经没有多大耐心了。她很善于遇到困难找出路。

"我知道了。"她说,"我们同样可以亲吻它,知道吧。我们亲吻它后也可以出现一位王子,到时候我们跟他一起去找马琳,他自己也得做点儿什么。"

斯蒂娜觉得她的话很有道理。诚然亲吻青蛙有点儿恶心,但是为了马琳她什么事都可以做。很明显青蛙也认为被亲吻不那么舒服,它猛地一跳想逃脱,但是秋尔雯紧紧地抓住它。斯蒂娜吸了口气,把眼睛闭上。

"快亲呀。"秋尔雯说。

斯蒂娜照办了。她亲吻了青蛙。但是这个该死的动物拒绝变成王子。

"哎呀,现在看我的。"秋尔雯说。她亲吻时又多加了一些力气,但还是没有成功。她手里的那只青蛙依然鼓着气囊。

"愚蠢的青蛙,它不愿意。"秋尔雯说,"那你就滚蛋吧!"

她把青蛙放在码头上。那只意外获得自由的青蛙高兴得跳起来,恰好落在码头边上,直接落进那只船里。随后走出一个人。谁说青蛙不是被施了魔法的王子!嘭!一下子他就出现在那里!跟童话里说的情形完全一样!他从船篷里走出来,一步跳到码头上,站在秋尔雯和斯蒂娜跟前,怀里抱着一只棕色的小狗。

不管怎么说，总算出现了一位王子！秋尔雯和斯蒂娜睁着越来越圆的眼睛看着他。这位王子穿得很随意，普通的衬衣，普通的毛衣，普通的裤子。不过其他方面很像一位王子，蓝色的眼睛，洁白的牙齿，浅色的头发像金冠一样，啊，他完全配得上马琳。

"他至少应该戴一顶王冠。"斯蒂娜小声说。

眼球一动不动地看着王子的秋尔雯低声对斯蒂娜说：

"他可能只有礼拜天才戴。啊呀，马琳会有多高兴呀！"

直到这个时候秋尔雯才想起佩勒。他对这件事不会太高兴，可能对她们给马琳找到一位王子大发雷霆。上帝保佑，佩勒正从那边的坡上朝码头跑过来，他后边是马琳！秋尔雯感到身上直起鸡皮疙瘩，她小声对斯蒂娜说：

"现在好戏要开始了！"

她们把眼睛睁得更大了。毕竟不是每天都能看到马琳与王子相会。

王子很喜欢马琳，这一点很明显。他看着她，好像她是举世无双的。秋尔雯和斯蒂娜交换着满意的眼神，好像马琳那么可爱、那么温柔，秀发和连衣裙在风中飘动，都是她们的功劳。

王子似乎要对她讲什么。

"你听着，现在他开始求婚了。"秋尔雯小声说。

不过王子可没那么毛糙。

"我听说在海滨乌鸦岛这里有一个商店。"他说,"你可能知道……"

当然,马琳知道,她正在去那里的路上,如果他想顺路一起走,她就给他带路。

"啊,那我可以在这儿照料这只小狗。"佩勒说。

被施了魔法的王子是一样的,但有可爱的棕色小狗的被施了魔法的王子可完全不一样,他们更容易打交道。另外,佩勒并不知道他就是一位被施了魔法的王子。

"他以为这是一个普通的小伙子。"秋尔雯小声对斯蒂娜说,"我们没必要告诉他真相。"

不过这样做总是觉得有点儿对不住佩勒。秋尔雯用负罪的目光看着他,但是他并没有发觉。此时他只是关注那只棕色的小狗。

"它叫什么名字?"佩勒急切地问。

"它叫丘姆丘姆。"王子说,"我自己叫彼得·马尔姆。"

后边那句话他是说给马琳听的。

"彼得……真会忽悠,没有哪个王子叫这种名字。"秋尔雯小声说,她拉着斯蒂娜的手,"走,我们跟着他们,看最后会怎么样!"

王子把小狗交给佩勒。

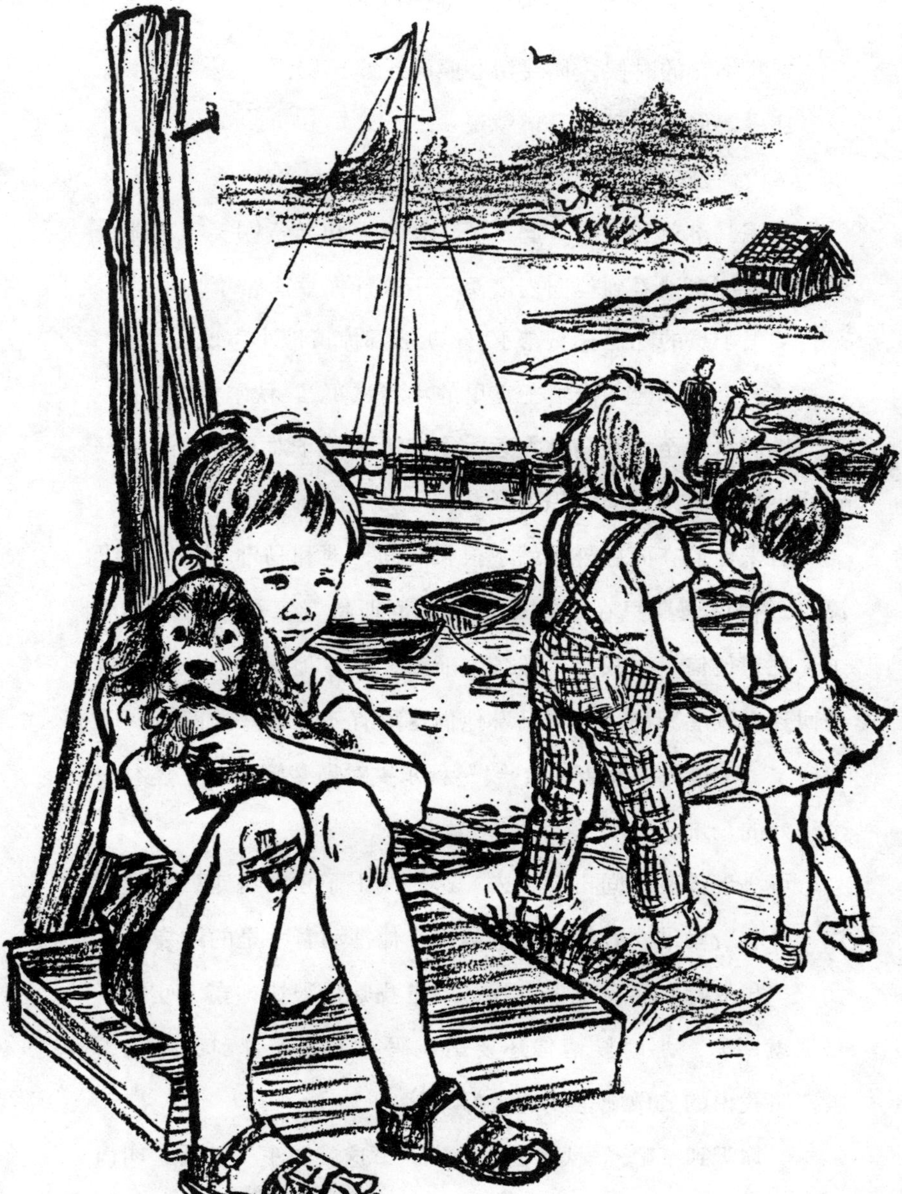

"我不在的时候,你要精心照顾丘姆丘姆。"他友善地说。

还没等佩勒回答,马琳就说:

"没问题,我保证他会。"

说完马琳就和王子一起走了。秋尔雯和斯蒂娜笑嘻嘻地跟到商店,惊奇地看到他向麦塔买了半公斤血豆腐布丁。

"王子真的吃血豆腐布丁?"斯蒂娜惊讶地小声说。

"不会吧,他大概给王宫里的小猪崽买。"秋尔雯说。

她们自始至终跟马琳很近,能够听到王子对马琳说的每一句话。看得出来,他不想离开她。

后来他们在商店外边站了很长时间,他和马琳不停地说呀说呀。他说假期里在斯德哥尔摩的厄斯特曼家租了一套小房子,现在他借了一只船,准备去航海。不过他又说,他很快就会回到海滨乌鸦岛,因为马琳他们这里有一个很好的商店。

"一个很好的商店,哈哈!"秋尔雯对斯蒂娜说,"还有一个很好的马琳,对吧?"

可马琳没有时间再待下去,这时候王子才准备走。他从后边一直看着马琳,好像永远看不够。他挥动着手里的纸袋说:

"我带着血豆腐布丁走了。不过我吃得很快,布丁吃完了马上就回来。那时候请你还要站在码头上,不管刮风还是下雨,照我说的去做吧,我的大好人!"

"你听到了吧。"秋尔雯小声说,"这就叫王子调情,明白

了吧。"

"我们的井里有一只青蛙。"那天晚上佩勒上床睡觉的时候告诉马琳,"我是从彼得的船上找到的,他说我可以把它拿走,因为青蛙不喜欢坐船。他跟我的想法一样。"

佩勒一头扎到床上,继续兴奋地说:

"那个彼得跟我一样,特别喜欢动物。他是科学家。他一直跟动物打交道,专门调查动物各方面的情况。我长大了也想成为这样的人。"

什么工作也不想做的佩勒,突然听说还有这样一种工作,专门考察动物的各种情况。这件事好像在巨大的黑暗中投入一道亮光。七岁的佩勒一直默默地担心自己的未来。如果长大了什么也不做他怎么生存呢?现在他有了想做的工作,感到轻松很多。

"彼得,他有一份很有意思的工作,你用不着怀疑。"他向马琳解释,"猜一猜,他平时做什么?举个例子。他把小发射机装在几只海豹身上,以便知道它们在水下做什么,游到什么地方去……非常有意思,对吧?"

突然他搂住马琳的脖子。

"不过,哎呀,马琳,如果我有一只狗就好了!有兔子约克当然很有意思,但是它只能整天待在笼子里。想想看,如果有像丘姆丘姆那样一只小狗,我走到哪儿它就跟到哪儿,该多

好啊!"

"我也希望你有一只狗。"马琳说,"不过你暂时还是安于要约克吧。"

"还有水手长、托迪森和摩西。"佩勒说。

对佩勒来说,水手长仍然是世界上最好的狗。那次佩勒来到海滨乌鸦岛时,水手长用高声喊叫欢迎他。它肯定也知道谁是世界上最好的佩勒,现在它总跟在佩勒的脚跟后边到处走。有时候摩西跟着他,有时候托迪森也跟着他。佩勒散步的时候就像一个杰出的驯兽大师,秋尔雯都不免嫉妒得吓一跳。不是因为摩西跟着他,而是因为水手长跟着他。这时她赶紧跑过去,一把搂住自己的狗,一边抱着它转圈儿一边说:

"水手长,你可是我的宝贝狗狗,这事你是知道的!"

水手长看着秋尔雯,它好像在想:

"小黄蜂,我可没有三心二意!"

它马上离开佩勒。除了它还有谁能重新跟在秋尔雯的脚后边?直到那个摩西爬过来,加在他们之间。

摩西变得越来越娇惯。有时候秋尔雯都觉得它太麻烦。有一天晚上它特别过分,竟爬到床上去了。从此它就不想再睡在箱子里,而是睡在秋尔雯的脚边。她把它推下去,但无济于事,它会固执地爬上去,秋尔雯也同样固执地把它再推下去。

"我们整夜都在进行爬上来推下去的活动。"她说。她的妈

妈不满地摇着头。

"这只海豹本来就不应该到我们家来!"

不过现在小海豹喜欢在池塘里游泳,自从约汉、尼克拉斯、蒂迪和弗列迪在池子周围钉了一个围栏以后,秋尔雯想安静一下,或者想自由活动而不希望有一个小海豹跟在身后的时候,她就把摩西关在里边。

不过摩西仍然占了她很多时间,给她带来了很多快乐,得到她很多的爱。当她和小海豹玩耍取乐时,水手长就走开,躺到商店的台阶旁边。特别是佩勒不在身边的时候,比如佩勒坐在码头上与丘姆丘姆一起玩的时候……佩勒经常与丘姆丘姆一起玩。

如果一个人住在斯德哥尔摩又特别喜欢吃血豆腐布丁,他就必须到海滨乌鸦岛去。因为那里有家商店,他要反反复复到那里去。他每一次都要带那只棕色小狗,他只需放在码头上,佩勒就会跑过来跟小狗玩。当佩勒跟小狗玩的时候,他会不知不觉地得到很多信息。

比如他问:"今天马琳在哪儿?"

"她坐在家里的台阶上,正收拾鳕鱼。"佩勒回答。

或者:

"她到斯卡特岬角,与蒂迪和弗列迪游泳去了。"

或者：

"我想，她买东西去了。"

当他得到了他想知道的一切后，他就把小狗交给佩勒照看，自己赶紧去找马琳。每见一次面他就对马琳有了更多的了解和更多的爱。更多的爱？好像是命中注定的！第一次看见她站在码头上的时候就铁了心——非她不娶！

六月的一个星期三，一个永远值得纪念的星期三。彼得在海滨乌鸦岛的商店里找到了马琳。不仅仅找到了她，还有一只海豹。千真万确，那里有一只小海豹在地板上爬来爬去，正跟两个小姑娘玩。佩勒说这个岛上有一只被人驯养的海豹，这消息确实是真的。

商店里挤满了人，摩西觉得很开心。它咬人的裤腿，特别是秋尔雯的。秋尔雯一边躲一边笑着说：

"不，摩西，别咬，不然的话妈妈会说不能把你放出来！"

"是你的海豹吗？"彼得微笑着问。

"对，当然是我的。"秋尔雯说。

"你大概不想把它卖掉吧，如果我没猜错的话？"

"永远不会。"秋尔雯说，"你要海豹做什么？"

"不是我要，"彼得说，"是我的研究需要。"

研究……王子们真会兜圈子！

"我在动物研究所工作。"王子解释说,秋尔雯对此没什么了解。

"工作?"她随后对斯蒂娜说,"他纯粹说瞎话。王子没有工作。他是为了感动马琳,才说自己是一个普通小伙子。"

彼得抚摩着摩西。

"它是一位好伙伴,我能理解。"他说。

他逗摩西玩,直到他必须走的时候。真奇怪,他要走的时候正好马琳买完东西。

"我很愿意帮你把这个篮子拿到木匠庄园,不管你愿意不愿意请我喝茶或别的。"他对马琳说。

"我请你喝茶,"马琳说,"我可有一副好心肠。跟我走就是了!"

正巧维斯特曼从商店里出来,他叫住了彼得。

"我说先生,"他说,"我能不能跟你说几句话?"

当彼得听到粗声粗气、有点儿乞求的声音时,他转过身来,看见那个喊他的人,一个身材不高的强壮汉子,脸上带着某种粗野的表情。

"你要我做什么?"彼得惊奇地问。

维斯特曼把他拉到马琳听不到他们说话的地方。

"啊,是这么回事,我在商店里边无意间听到您想买这只海豹。"维斯特曼以一个粗人能使用的讨好人的口气说,"实

际上那是我的海豹,如果把话说开了的话。是我从鱼礁岛捡来的。先生想出多少钱?"

他走近彼得,急切地看着他的脸。彼得倒吸了一口气。此时他不想做什么买卖,他唯一想做的就是盯住马琳,所以他赶紧说:

"啊啊,大概一二百克朗吧……不过价钱不由我定。另外,我先得知道到底是谁拥有这只海豹。"

"对,对,它是我的,"维斯特曼在他身后喊着,"是我的。"

当秋尔雯和斯蒂娜带着摩西从商店里出来时,他跟秋尔雯讲了相同的话。

"你听我说,我现在想收回我的海豹。"维斯特曼说。

秋尔雯看着他,完全蒙住了。

"你的海豹,这话是什么意思?"

维斯特曼显得有点儿难堪,为了表示没有生气,他朝远处吐了口唾沫。

"我的意思就是我说的。海豹已经跟了你很长时间了,但那是我的海豹,现在我想把它卖掉。"

"卖掉摩西,你是在犯傻吧?"秋尔雯大声说。

维斯特曼解释说,他难道没有说过,她可以领养小海豹,直到它长到能派上用场的时候吗?

"带着你的一切谎言一边站着去!"秋尔雯喊叫着,"你说,我可以完完全全拥有它,这话是你说的!"

听了秋尔雯的话,维斯特曼恼羞成怒。他说海豹是他的,想卖就卖,用不着要秋尔雯同意,此事到此打住。可秋尔雯不肯让步,维斯特曼又特别需要钱,他决定跟她爸爸去谈。

"我自己去说。"秋尔雯哭着说。

"你愚蠢!"斯蒂娜一边说一边用自己的小细腿朝维斯特曼的方向踢了一脚。维斯特曼转身走了。

"等着瞧吧,我会跟尼塞谈这件事。"他说。

秋尔雯站在那里,气得直喘粗气。

"永远也不会。"她喊叫着,"你永远也不会得到摩西!"

随后她跑了出去。

"过来,斯蒂娜,我们去找佩勒!"

商店里挤满了顾客,她不能跟爸爸妈妈说这件事,但是在危难时刻,佩勒是一个可以依赖的人,这一点秋尔雯心里明白。一定要让他知道正在发生的这件可怕的事情。

当佩勒听了这条可怕的消息时,阴郁地摇了摇头。

"跟你爸爸说这件事没用。"他说,"因为你不能证明维斯特曼过去答应把摩西完完全全给你,尼塞叔叔不知道应该怎么做。"

斯蒂娜觉得有道理。

"她可以去问麦塔阿姨。"

但是佩勒还是摇头。他说只有一个办法,就是把摩西藏到维斯特曼找不到的地方去。

"比如藏到什么地方?"秋尔雯问。

佩勒思索了一下,突然想到了一个地方。

"死亡海湾。"他说。

秋尔雯用充满钦佩的目光看着他。

"佩勒,你知道吗?"她说,"你比任何其他人的主意都好。"

佩勒说得对,确实很对。爸爸妈妈别掺和这件事。如果维斯特曼找到他们问摩西的事,他们可以干脆地回答:"我们不知道摩西在什么地方。你自己去打听吧!"

对维斯特曼来说,找到摩西将会很困难,啊,别提会有多困难!

一百多年以前,海滨乌鸦村不在现在的位置,而是在岛西部的一个海湾附近。在一次战争中,俄国人把整个村庄都烧毁了,为了安全,村民在岛的对面建了新房。昔日村庄的遗址只留下几处旧的船具屋,直到今天,在那个小海湾的周边仍然能看到一排古老的灰色的船具屋。过去那里的码头停靠渔船和拖船,海滨乌鸦岛村勤劳的祖先在光秃的海岸峭壁上晒渔网,如

今那里已经没有渔船,只有一只被弃置在那里的破旧的大拖网船,见证着海湾最后一个泊位。孩子们称这个海湾为"死亡海湾"。它死气沉沉,没有生机,有一种奇怪的寂静。佩勒有时候一个人散步到那里去。他背靠着洒满阳光的船具屋的墙,一坐就是个把小时,看蜻蜓在码头飞舞,计算着鲈鱼在明亮的水面上跳跃时掀起的水波数。

对佩勒来说,死亡海湾是一个充满宁静和幻想的地方。但也有人认为那里平静得让人害怕,好像有什么鬼怪。他们可能认为,在那个被废弃的船具屋的昏暗角落里,隐藏着最黑暗的秘密,很少有人会到那里。那将是摩西最安全的藏身之地,不会有人到那里去找摩西。

秋尔雯有一个小车,如果路太远而她又没有耐心跟摩西一块儿慢慢走的话,她就用车拉着它。这次路就很远,所以她把摩西连同它睡觉用的箱子、斯蒂娜从她外公那里要来的鳕鱼都放在小车上拉着走。

正在木匠庄园后边踢球的秘密四人组看到了他们,蒂迪问秋尔雯:

"你们到哪儿去呀?"

"我们就散一会儿步。"秋尔雯解释说。"不行,水手长,你最好待在家里。"当秋尔雯看见水手长走过来想跟着去的时候说。散步意味着要在森林和原野上走很长的路,水手长有些

吃不消。

秋尔雯对它说的时候，它停下了脚步。它静静地站在那里，看着远去的她、佩勒、斯蒂娜和小车里的摩西。后来它走了回来，躺在台阶旁边的老地方。它把头埋在两个前爪之间，看起来好像在睡觉。

一条弯弯曲曲、半荒凉的古道通向死亡海湾。维斯特曼的庄园就坐落在去那里的路上。因为无法在坡地上拉小车，他们只好抱着摩西经过那里。很不舒服，但没有别的办法。

"如果他看见我们，那就完蛋了，"当他们走到维斯特曼庄园大门口时秋尔雯说，"那时候他就直接把摩西抱走。乖乖考拉，你能不能安静点儿！"

后边这句话她是对维斯特曼的猎犬考拉说的，考拉正站在围栏前叫唤。考拉一叫维斯特曼就会出来看狗对着谁在叫！"说得对，那就完蛋了。"斯蒂娜说。

但是维斯特曼并没有出现。只是他的夫人背对着他们，往墙角外边的一根晾衣绳上晾衣服，她的脖子后边大概不会长眼睛。

他们还经过了维斯特曼的牧场，斯蒂娜外公的羊就养在这里。斯蒂娜叫了一声托迪森，一只小羊马上跑过来，以为要给它吃的东西。

"不对，我只是跟你打个招呼，看你生活得好不好。"斯蒂

娜说。

摩西也很开心。它坐在车里,一路上都很高兴。它大概以为它是跟大家在外边游玩。但当它突然连同睡觉的箱子和其他东西被放进一个完全陌生的船具屋时,它开始明白了,他们在欺负它,它可不想忍耐。它立即发出几声愤怒的叫喊,在寂静的死亡海湾听起来令人毛骨悚然。

"摩西,你吵闹的声音全岛都会听得到。"佩勒用责备的语气说。

他们三个人围着海豹坐下。船具屋里很昏暗,他们抚摩着它,试图让它明白,这一切都是为了它好。

"就很短一段时间,你明白吧。"秋尔雯说,"肯定会有办法,那个时候你就可以回家了。"

究竟是什么办法,连秋尔雯自己也还没想出来。不过根据以往的经验总会有办法解决,她希望这次也如此。

摩西渐渐在箱子里平静下来,嘴里塞满了鳕鱼。

"这么好的船具屋你过去从来没有住过。"秋尔雯说,"你在这里不会感到不舒服的。"

"不过这里真不怎么样。"斯蒂娜颤抖着说,"我觉得这里似乎有点儿诡异。"

她很不喜欢船具屋里奇怪而暗淡的光线。斜阳透过墙上的缝隙照射进来,外面海水哗哗地响着。

"我出去一下。"她一边说一边推开那扇沉重的吱吱响的大门。她走了。

斯蒂娜认为这里很不怎么样,而佩勒却觉得很惬意,全身心都陶醉其中。

"我自己都想住在这里。"他一边说一边环视了一下最后一位主人留在船具屋里的那堆破烂东西。有各种各样的破渔网,一个散了架的鱼篓,都被岁月磨得发灰了。还有几个吓唬鸟儿的稻草人、测冰镐、戽斗、船桨、木桶、洗衣板和一个锈迹斑斑的船锚,一个古老的木轨滑冰车。在远处的墙角还有一个陈旧的摇篮,上面刻有姓名和年代。佩勒认出了上面的字。摇篮上写着"小安娜"。年代看不清。

"很久以前小安娜躺在这个摇篮里。"他说。

"你觉得小安娜如今在哪里?"秋尔雯问。

佩勒陷入了沉思。他在那里站了很久,看着那个陈旧的摇篮,想着那个小安娜。

"她现在肯定是死了。"他默默地说。

"不,我不愿意那么想……知道吗,多让人伤心啊!"秋尔雯说。

随后她唱起了一首歌:

世界是一个悲伤岛,

那里有生也有死，

最后回归泥土。

佩勒拉开门，冲到外面的阳光里。秋尔雯急忙跟摩西说再见，并郑重保证她每天都会给它送来鳕鱼，然后赶紧去追佩勒。

沐浴在午后阳光里的死亡海湾显得寂静而充满迷幻。佩勒深深地吸了口气，随后好像有一股疯狂充满他的全身，他大吼一声就开始奔跑。他不停地在船具屋和船坞之间跑进跑出，在腐朽的码头和光滑的圆木上蹦来蹦去，好像被人在追赶。秋尔雯害怕了，不过她还是紧跟着他，像他一样在船坞摇晃的木板上冲浪一般地跑来跑去。黑色的海水哗哗地冲刷着底层的圆木。佩勒在无言的愤怒中蹦跳着，秋尔雯也一句话不说，因为她很害怕。但是她还是跟着他做，没有多想什么。

终于，他们气喘吁吁地坐在阳光下的码头上。

"斯蒂娜在哪儿？"佩勒这时候开口了。

他们想起来了，已经很久没看见她了。他们喊她，但是那里没有人回答。他们开始寻找。他们一边叫一边找，叫喊声在死亡海湾上空回荡，然后就静了下来，静得让人害怕。

佩勒脸色特别难看。斯蒂娜出什么事了？想想看，如果她从哪个码头掉进……如果她被淹死？小斯蒂娜和小安娜……可

能都死了,他暗想。

"啊,我为什么不把水手长带来呢?"秋尔雯含着眼泪说。

他们忧心忡忡地站在那里,突然听到斯蒂娜的声音。

"猜一猜,我在哪儿?"

他们用不着猜,已经看到她了。她坐在一只旧的大拖网渔船桅杆的顶上。天啊,她怎么爬到那里去了!秋尔雯气坏了,她愤怒地擦干眼泪。

"该死的小孩子,"她高喊着,"你在那上边做什么?"

"我想下来,但是下不来。"斯蒂娜皱着眉头说。

"就是因为下不来,你才爬上去的?"佩勒问。

"不对,为了看风景。"斯蒂娜说。

"好,那你现在就看个够吧。"秋尔雯说。

谁能想得到,一个这么小的孩子,在这儿一点儿一点儿爬上去看风景,而没有葬身大海。啊,真幸运,但是她在那里还是被吓坏了。

"你没有听见我们喊你吗?"秋尔雯生气地问。

斯蒂娜惭愧地坐在那里。她当然听见了,但是她觉得他们找不到她好玩。她在与他们玩捉迷藏,尽管佩勒和秋尔雯并不知道。现在她发现,一点儿也不好玩了。

"我下不来了!"斯蒂娜喊叫着。

秋尔雯恶狠狠地点了点头。

"好呀,那你就好好坐在那里吧。我们回家给摩西拿鳕鱼,绑几条在钓鱼竿上递给你吃。"

斯蒂娜开始哭了:

"我不想吃鳕鱼,我想下来,可是下不来。"

还是佩勒可怜她,不过此时,他处境困难。爬到桅杆顶上并不困难,他知道斯蒂娜都爬上去了,但是她说:"我想下来,可是下不来。"佩勒几乎也下不来。他紧紧地抱住斯蒂娜的腰,闭着眼往下爬,暗暗给自己鼓劲儿说,这里还没有家里的餐桌高。

斯蒂娜刚一站在码头上,又恢复了往日的勇敢。

"小心点儿就没关系,那上边的风景可好看了。"她对秋尔雯说。

秋尔雯瞪了她一眼。

"我们必须赶快回家,马上就六点钟了。"佩勒说。

"哎呀,时间可别过得这么快。"斯蒂娜说,"因为外公说,我四点钟必须到家,我没有做到。"

"你自己快一点儿吧。"秋尔雯说。

"好吧,不过我相信外公不会发现早一两个小时还是晚一两个小时。"斯蒂娜自我安慰说。

但是她错了。瑟德尔曼正在牧场给他的小羊羔们喂清水,当他看见斯蒂娜蹑手蹑脚地走来时说:

"天啊，你整天都在做什么？"

"没什么特别的。"斯蒂娜说。

瑟德尔曼不是严厉的外公，他只是摇了摇头：

"我觉得，你没做什么特别的，但用的时间可够长啊。"

当秋尔雯回家的时候，看到爸爸在码头上，她跑了过去。

"啊，我们总算看到秋尔雯了。"尼塞说，"你一整天都在做什么？"

"没什么特别的。"秋尔雯说的跟斯蒂娜一样。

而马琳从佩勒那里得到了同样的回答。当全家人坐在餐桌周围的时候，佩勒轻手轻脚地走了进来。

"啊，我没有做什么特别的。"佩勒说，他说得很真诚。

七岁是危险的年龄。在童年的国度里，秘密与野蛮的事情可能是最危险的，而他们却认为没什么特别的。

当佩勒看见晚饭是菠菜煎鱼的时候，他做了一个鬼脸。

"我觉得我还不想吃饭呢。"他说。

不过约汉竖起食指说：

"不想吃就别勉强！我们会帮着把菜全吃掉。是爸爸做的晚饭。马琳坐在那里跟新的帅哥男朋友聊天。"

"聊三个小时。"尼克拉斯说。

"好啦好啦好啦。"梅尔克说，"你们让马琳安静会儿吧。"

但是尼克拉斯穷追不舍。

"我真不知道哪里有那么多话要讲三个小时呢?"

"'乱爱',这你还不明白!"约汉高兴地说。

马琳笑了。她拍了拍约汉的肩膀。

"他不是什么'帅哥男朋友',我们也没有谈'乱爱',啊,我们要真谈倒好啦!不过他觉得我很淑女,你们觉得呢?"

"你当然淑女,小马琳。"梅尔克说,"难道不是所有的姑娘都这样吗?"

马琳摇了摇头。

"不,彼得不这么看。他说时下的女孩子们如果知道自爱的话,她们可能会淑女一些。"

"那就直接跟她们说吧。"尼克拉斯说,"请淑女点儿吧,不然我就打你!"

马琳看着他笑了。

"好啦,你再长大几岁,就知道做女孩有多好啦。快吃饭吧,佩勒。"

佩勒用亲切的目光看着梅尔克:

"晚饭真的是你做的吗,爸爸?你真能干!"

"对,是我自己把菠菜上的冰化开。"梅尔克说,然后像女主人似的撇了撇嘴。

"除了菠菜你难道就不能把别的东西化开吗?"佩勒皱着眉头说。

"你听着,我的好儿子,"梅尔克说,"有一种东西叫维生素,你大概听说过,对吧?A、B、C、D等等,按字母顺序排列!身体里一定要有这类东西,你必须知道。"

"菠菜里含哪种维生素?"尼克拉斯抱着急切的求知欲问。

梅尔克不记得了。

佩勒看着自己盘子里那堆绿色的东西。

"我认为那是狗屁维生素。"他说。

约汉和尼克拉斯嘲笑他,但是马琳严厉地说:

"不要这样,佩勒,在我们家里可不能说这样的脏话。"

佩勒不说话了。不过当他吃完晚饭手里拿着很多蒲公英叶子来到兔笼子旁边时,便用鼓励的语气对约克说:"你要相信,这可不是狗屁维生素。"

他从笼子里拿出约克,抱着它坐下。他这样坐了好长时间,突然听到马琳走到台阶上,说了他不喜欢听的话。

"爸爸,我出去一下。"马琳高声说,"彼得在等我。你能哄佩勒上床睡觉吗?"

佩勒迅速将约克塞进笼子里,冲到马琳身边。

"我上床睡觉的时候,你不能待在家里跟我说晚安吗?"他不安地问。

马琳站住了,她有些犹豫。彼得的假期结束了,这是他最后一个晚上,以后她可能再也见不到他。她不应该因为佩勒今

晚就待在家里。

"我可以就在这儿跟你说晚安。"她说。

"不行,你当然不能。"佩勒生气地说。

"当然可以,如果我认认真真地说。"

她用力吻他,一连串轻柔、欢快的吻,几乎落在每个地方:额头、耳朵和柔软的棕色头发。

"晚安,晚安,晚安,看到了吧,我能。"她说。

佩勒笑了,不过随后他严肃地说:

"可不能回家太晚!"

彼得坐在码头上,在他等马琳的时候,他也被吻了,不过不是被马琳吻的。

那天晚上,秋尔雯和斯蒂娜拉着玩具车和玩具娃娃露维萨贝特在外边散步,她们看到了彼得。当秋尔雯看见那位被施了魔法的王子时,愤怒油然而生。摩西孤零零地待在离这儿很远的死亡海湾的船具屋里,难道不是他的错误?她们确实没有想到,她们劳神费力找到的王子,却到处买海豹。

"你这个笨蛋,"秋尔雯说,"为什么别出心裁让我们亲吻那只青蛙呢?"

"我?"斯蒂娜说,"是你!"

"想想看,如果当时不那么做该多好。"秋尔雯说。

她不满地看着她们给马琳找的那位王子。他的样子很潇

洒，深蓝色上衣，头发油亮。但是不管怎么打扮，他还是大灾难。

秋尔雯思索着。遇事她很习惯找到办法。

"想想看，如果……"她说，"不过可能不行。"

"什么事？"斯蒂娜说。

"如果我们再亲吻他一次呢？他可能重新变成一只青蛙，不知道结果怎么样。"

彼得坐在那里，当然不知道要大难临头。他用急切的目光搜索着木匠庄园，马琳怎么还不来呀？这是他唯一想知道的。

直到她们站在他面前的时候，他才看见她们——他在商店里曾经碰到过的那两个小女孩。

"请静静地坐一会儿，闭上眼睛。"那个叫秋尔雯的说。

彼得笑了。

"这是干什么……做游戏吗？"

"我们没说做游戏。"秋尔雯生硬地说，"照我说的，闭上眼睛。"

马琳的王子顺从地闭上眼睛。她们愤怒地吻他，先是秋尔雯，然后是斯蒂娜。随后她们迅速地跑开，直到她们跑到离码头很远的船具屋附近才停下脚步。

"好啦，但愿我们能如愿以偿。"秋尔雯沮丧地说。

随后她们对那个不愿意变成青蛙的王子高喊：

"你一边站着去!"

时下的女孩子不像她们应该做的淑女那样了,这是彼得的一句箴言。

彼得惊奇地看着远去的吻过他的两个愤怒的小女孩。但是当他看见马琳走过来时——她像六月的夜晚一样温柔——迅速闭上眼睛。

"你坐在这里闭眼干什么?"马琳一边说一边捏他的鼻子。

他睁开眼睛,一边说一边叹气:

"这只是一种痴心梦想。我想,在这个海滨乌鸦岛上可能有一种习俗,只要你静静地坐下来闭上眼睛,所有的姑娘都会亲吻你。"

"你疯啦?"马琳说。但是彼得还没来得及解释,秋尔雯就从远处的船具屋附近喊道:

"马琳,你知道吗?你要对他多加小心。他实际上只是一只青蛙。"

那个晚上水手长重新回到秋尔雯床边的那块地毯上睡觉,当全家像往常那样对最小的孩子秋尔雯道晚安的时候,她向他们讲了摩西离家的原因和维斯特曼是一个坏蛋的事。

"他和埃及的法老一模一样。"秋尔雯说,"那个故事你一定记得,弗列迪,所以他们一定得把所有的摩西都藏起来。"

"你的摩西呢，你把它藏到哪儿去了？"蒂迪和弗列迪都想知道。

"这是秘密。"秋尔雯说。

蒂迪有秘密，弗列迪有秘密，这个家里很多人都有秘密！

"一切都保密。"秋尔雯说，"摩西待的地方，你们永远永远也别想知道！"

尼塞似乎在想什么。

"不过关于维斯特曼，我们总该知道一点儿吧。"

随后他挠了挠水手长的脖子。

"现在，水手长，你该高兴了。"

秋尔雯靠在床边上，深情地看着水手长。

"我的宝贝狗狗，"她温情地说，"现在我们该睡觉了，你和我。"

不过可能是因为太兴奋了，水手长睡得很不舒服，夜里十二点钟它就把秋尔雯叫醒，想出去玩。

"你怎么啦，水手长？"她喃喃地说。

不过随后她就磕磕绊绊地回到床上，还没躺好就睡着了。

水手长在外面溜达。六月的夜空月光如洗，人和动物的心里都产生了一丝忧愁。马琳看到它了，在她出去的时候，和两个小时后回来的时候，都看到它了。因为她站在木匠庄园的大门口和彼得道晚安。有时候道晚安要花去差不多两个小时。六

月的夜晚不是用来睡觉的,彼得说。夜是那么短,有很多话他都来不及说。

"不错,我见过很多姑娘,"彼得照实说,"有几个我曾经喜欢过。不过真正的爱,那种死去活来的爱,我只有一次。"

"你现在还在爱她吗?"马琳说。

"对,我还在爱她。"

"到现在已经有很长时间了吧?"马琳问,她的声音听起来有点儿不安和失望。

"让我看看。"彼得看自己的手表,然后默默地算。

"正好十天十二小时二十秒。砰的一声,到此为止。你可以看我的航海日记,如果你愿意的话。在那上面写着:'我今天见到了马琳。'更多的内容没有,也不需要更多的内容。"

马琳对着他笑了。

"如果事情来得这么快的话,那么不会持续多久。砰——就结束了。"

彼得严肃地看着她。

"马琳,我不是那种随便动感情的人,你可以相信我。"

"你真的是?"马琳说。

就在这个时候,他们听见远处的狗叫,马琳喃喃地说:

"水手长到底怎么了?"

不管是不是六月的夜晚,老站在大门口说得没完没了也不

行，双腿最后会发酸。彼得亲吻了马琳，她恋恋不舍地离开他。他站在那里，目送着她。这时候她又朝他转过身来。

"我觉得，你可以在航海日记中再写一件事。"她说，"今天马琳见到了彼得。"

然后她消失在苹果树的树影中。

六月的夜晚不是用来睡觉的，这是彼得说的。很多人有同感，他们在外边溜达。不过最后他们都回家了。当马琳跟彼得说了最后一次晚安时，水手长也正好回家。而住在扬松奶牛牧场的那只狐狸此时也回到了自己的窝里。由于天太亮，夜里很难睡着的瑟德尔曼刚刚到自己的绵羊那里转了一圈，抱着绵羊托迪森也回家了。

还有一个家伙在这个六月的夜晚在外边溜达。约克……哎呀，佩勒没有把它关好！可怜的小约克也到外边去溜达。但是它始终没有回家。

悲喜同行

悲喜同行——有些日子充满黑暗和痛苦,它们来的时候人们完全没有意识到。

第二天一大早,瑟德尔曼就走进了尼塞和麦塔的商店。他满腹忧伤,讲了一些悲惨的事情。

"我像往常那样转了一圈,你们知道我听到了什么———只狗在叫,还有我的小羊羔们惊恐地咩咩叫个不停。我从远处看见它们不停地跑来跑去,好像有人在追它们。当我走近牧场的时候,你们猜,看见我以后疯狂逃离的是谁——啊,是水手长!"

当瑟德尔曼说这件事的时候,那样子好像要天塌地陷一样。不过尼塞看着他,满头雾水地问:

"是这样……到底是谁在追赶羊?"

"你没听见我在说什么吗?是水手长!托迪森躺在我家里,一条腿被咬坏了。"

"耳朵没掉下来之前要仔细听。"麦塔说,"不过说水手长

咬伤了羊,你永远也无法让我相信。"

尼塞摇着头。对于这种疯狂举动的控告他无法回答。水手长——世界上最安静、驯服的狗,从来没有动过任何人。任凭你把小孩子、小猫咪和小羊羔放在它嘴底下,它都不会动它们!水手长去追逐羊群——永远不会有这种事!

但瑟德尔曼咬定有。马琳来了,她要买土豆。紧随其后的是维斯特曼,他本来想跟尼塞讲摩西的事,但此时他没开口。

"考拉也有可能参与这件事。"当尼塞看见维斯特曼时说。

海滨乌鸦岛上只有两只狗,维斯特曼的考拉和秋尔雯的水手长。

不过维斯特曼生气了,他肯定地说,与一部分人不同,他一直用链子锁着狗,马琳可以作证。至少昨天晚上十一点左右当她和彼得经过那里时,考拉像往常一样站在窝旁边叫。

"此外,"马琳不情愿地说,"水手长夜里出来和回家的时候,我都看见了。我听见它在叫,啊,确实如此,我说的是真话。"

瑟德尔曼伤心地看着尼塞,听到如此不幸的消息心里真不是滋味。

"水手长平时根本不叫,这你是知道的,尼塞。你要听我在说什么,我看见它直接从羊群里走出来。"

尼塞紧咬牙关:"如果事情真照你说的,那就只有一件事可以做。"

这时候麦塔开始哭。她没有试图掩饰自己，她伤心地哭着，极为惆怅。她在想一个比她自己反应会更加激烈的人，她怎么把这件事告诉秋尔雯呢？

秋尔雯没在家里。此时她正四处跑，寻找兔子约克。大家都在帮佩勒寻找那只失踪的兔子，当然包括约汉、尼克拉斯、蒂迪、弗列迪和秋尔雯。他们四处寻找，就是不见约克的踪影。佩勒一边找一边哭，他对自己大发雷霆。昨天晚上为什么不插好插销呢？为什么那么毛手毛脚呢？养兔子的时候，可不能毛手毛脚的。可怜的约克，想想看，它永远也回不了家了怎么办呢！

后来他们找到了约克。是蒂迪找到的。当她在离养羊的牧场不远处的橡树丛底下看到这只浑身是伤、已经断了气的小兔子时，她喊叫起来：

"哎呀！"蒂迪叫着，"哎呀！"

有人从她背后走来。她回过头一看，是佩勒。她发疯似的喊道：

"佩勒，请不要过来！"

但是已经晚了。佩勒已经看到了。

他看到了自己的兔子。

大家无助地围着他站成一圈。他们当中没有一个人亲身遇到过这么悲伤的事，不知道像佩勒这样脸上如此忧伤的人到底

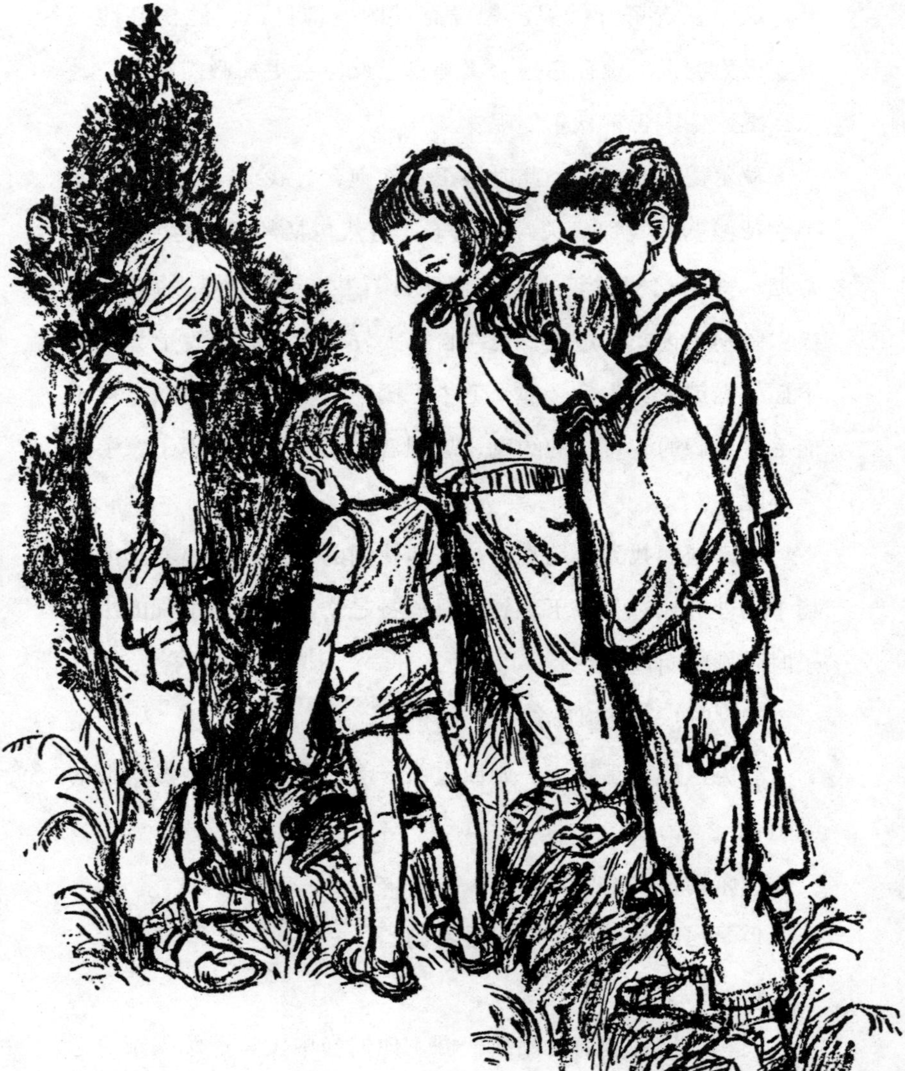

应该怎么去宽慰。

约汉哭了。

"我要把爸爸找来。"他喃喃地说,随后撒腿就跑了。

当梅尔克看见佩勒时,他的眼里也含着泪。

"我可怜的小佩勒……"

梅尔克走近佩勒,然后把他搂在怀里,一直把他抱回木匠庄园,抱到马琳身边。佩勒没有哭,他只是闭着眼缩在爸爸的肩膀上,他再也不想见世界上任何东西了。

人有生也有死……但是约克——他的兔子,他唯一的小动物,为什么不能好好地活呢?佩勒趴在自己的床上,把头埋在枕头里。他终于哭了,那是一种让马琳撕心裂肺的低声却无助的哭泣。她坐在他身边,感到很无奈。世界上没有任何人比躺在那里哭泣的小可怜更让人心疼了,面对如此大的悲伤,他显得太瘦小了。她帮不上什么忙,虽然她想让他从巨大的痛苦中有所解脱,但是做不到,真是太残酷了。她捋着他的头发,告诉他为什么她无能为力。

"生活当中就是这样,你要知道,有时候很艰难。甚至小孩子也如此,像你这样的小男孩也要经受痛苦,你必须自己闯过去。"

这个时候佩勒从床上爬起来,脸色苍白,沾满泪水。他双手搂住马琳,紧紧贴在她身上,用沙哑的声音说:

"马琳,请你向我保证,你一定要活到我长大!"

马琳发誓,庄严发誓,她将尽力做到。然后她安慰说:

"我们可以给你再买一只兔子,佩勒。"

但是佩勒摇了摇头。

"除了约克,我再也不想要其他兔子!"

还有一个人在哭,不过不像佩勒那样默默地哭泣,而是呼天抢地地哭,很远就能听到。

"这不可能是真的,"秋尔雯喊着,"这不可能是真的!"她双手扑打向她说明事情原委的爸爸。他不可以,他不可以跟她说这种可怕的事情……水手长……不可能,永远不可能!伤了托迪森、咬死约克,爸爸说的这种事,永远、永远也不可能!啊,可怜的水手长,她一定要带着它远走高飞,永远不再回来。但是首先她要敲一敲每一个说这种话人的脑袋……

她愤怒地甩掉鞋,疯狂地看向周围,看敲谁的脑袋……不能敲爸爸……敲谁……敲谁?谁都行,但是她不知道到底要敲谁,于是她尖叫一声,捡起鞋朝墙扔去。

"我一定不放过你们!我一定不放过你们!"她喊叫着。

她怒气冲冲地站在那里,看见爸爸已经把水手长拴在台阶上。她长长地叹了口气。

"你的意思是要永远把它拴在这里吗?"

尼塞叹了口气。

"秋尔雯,我可怜的孩子,"他一边说一边坐在她面前,每当他想让秋尔雯仔细听自己的意见时就经常这样做,"秋尔雯,现在我一定要告诉你一件非常非常伤心的事情。"

秋尔雯哽咽着说:

"我已经伤心了。"

尼塞又叹息起来:

"这我知道……这件事对我来说也很困难。不过你要看到,秋尔雯,一只狗咬伤了羊,咬死了兔子,它无论如何不能再活下去。"

秋尔雯静静地站在那里看着他。她好像没有听见也没有明白他说的话,只是叹了口气跑着离开了他。

她跑到自己的床上,把头深深地埋在枕头底下,度过她生命中最漫长最痛苦的一天。

蒂迪和弗列迪走来走去,眼睛哭得红肿。她们像秋尔雯一样伤心,但当她们看见秋尔雯躺在那里时,心里充满怜悯。可怜的秋尔雯,心里最难过的还是她!她们来到秋尔雯身边坐下,尽量和她说话,尽量说一些能使她宽慰的话,但是她好像没有听见,她们听到她说的唯一一句话是:

"走开!"

她们哭着离开了秋尔雯。麦塔和尼塞也试图跟她讲话,但

是他们得不到任何回答。时间一小时一小时地过去，秋尔雯躺在床上一言不发、一动不动。麦塔不时地打开她的房门，有时候能听到轻轻的叹息，大部分时间都很沉静。

"我忍不住了，"麦塔最后说，"走，尼塞，我们再去试一试！"

他们尝试着，尝试着在爱与绝望中想出各种办法。

"秋尔雯，"麦塔说，"想想看，如果你能去斯德哥尔摩一趟，看望一下外婆有多好啊，你愿意吗？"

没有回答，只是有一点儿干巴巴的呜咽。

"或者，如果我们给你买一辆自行车好不好？"尼塞说，"你不想要吗？"

新的呜咽，别的没有。

"秋尔雯，你什么都不要吗？"麦塔无可奈何地说。

"当然想要，"秋尔雯喃喃地说，"我想要死。"

她猛然从床上坐起来，从嘴里蹦出这样一句话。

"一切都是我的错。因为我没有像我应该做的那样关心水手长，我只是忙于照顾摩西了。"

她想得非常周到，啊，她带着绝望想得多么认真！事情肯定是这样。这是她的错。水手长过去从来没做过任何坏事，如果它真的伤了托迪森、咬死了约克，那也是因为水手长本身遭到不公正待遇，在这种情况下，它也就不顾及后果了。

"对，是我的错。"她哽咽着说，"你们最好射杀我而不要

射杀水手长。"

随后她又扎进枕头里。她想起了在死亡海湾的摩西,不过它已属于另一个世界,她无暇顾及。此时她唯一关心的是水手长,她一想到它心里就难过。它被拴在台阶旁边,爸爸很快就会拿来猎枪,把它带到森林里去。

"把水手长带过来。"她脸顶着枕头喃喃地说。

尼塞面露难色。

"亲爱的秋尔雯,此时你还是不见水手长为好吧?"

秋尔雯吼了起来:

"把水手长带来!"

蒂迪把水手长带来了,秋尔雯把大家都赶出了房间。

"我想单独和它待一会儿。"

秋尔雯单独和自己的狗待在了一起。她扑到水手长的脖子上,哽咽着说:

"请原谅我水手长,请原谅我,请原谅我!"

水手长用它一贯忠诚的目光看着她,它可能在想:

"小黄蜂,我对此事一无所知,不过我不希望你为这件事如此悲伤。"

她用双手抱着它巨大的头,看着它的眼睛,寻找这桩无法辩白的事情的答案。

"这不可能是真的!啊,水手长,你要是能把这一切解释

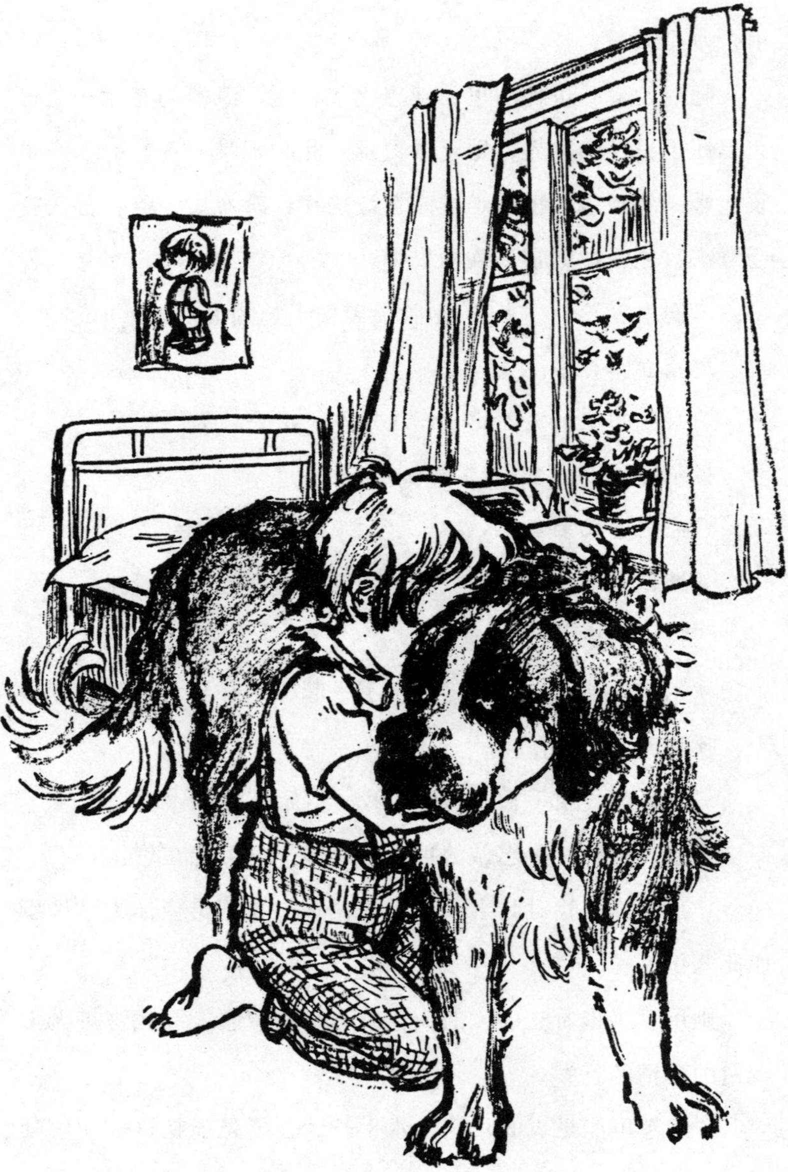

清楚该多好啊!"

啊,要是水手长能讲话就好了!如果它能讲话该多好!

可怜的摩西,它被锁在死亡海湾附近的船具屋里,谁想着它呢?是斯蒂娜。她也哭过。为了托迪森,为了约克,为了水手长。今天海滨乌鸦岛上所有的人都哭了。不过托迪森可能很快就会好起来,这是外公说的,尽管这是一个大灾难,但是摩西也不能因此饿死。

"佩勒和秋尔雯只是躺在床上哭呀哭呀,只有我想着摩西了。"她说,"给我几条鳕鱼,外公!"

她把鳕鱼装在一个篮子里上路了。瑟德尔曼继续忙自己的事。这时候维斯特曼来了。他对尼塞大发雷霆,因为他竟敢说自己的狗考拉做了坏事。

"竟敢责怪我的狗。"他气愤地对瑟德尔曼说。

他已经没有心思跟尼塞讲谁拥有那只海豹而谁不拥有它的事。现在只有一个办法,那就是坚决夺回那只海豹,把它放到一个安全的地方,直到他找到那个想买海豹的愣头儿青小伙子。但是那只坏蛋海豹在什么地方呢?池塘里空空如也,维斯特曼能够找到的地方都没有,他找了整整一个早晨。

"你知道那群孩子把海豹弄到哪儿去了?"他问瑟德尔曼。

瑟德尔曼摇了摇头。

"丢是不会丢。因为斯蒂娜刚才还在这儿要给它鳕鱼吃。"

他刚一说完，就想起了斯蒂娜说过的事。维斯特曼想从孩子们那里夺走海豹，然后把它卖掉。

"顺便说一句，那只海豹已经跟你没什么关系。"瑟德尔曼说，"你别不知道好歹。"

维斯特曼骂了一通就走了。他很生气、很失望。他生孩子们的气，生尼塞、瑟德尔曼和这个岛上每一个对他发脾气的人的气，他认为整个海滨乌鸦岛都应该漂走。他气急败坏地朝家走。半路上他看见斯蒂娜在他前面不远的地方走着，手里挎着鳕鱼篮子。他加快速度，大步赶上她。

"你到哪儿去，小斯蒂娜？"他用讨好的口气说，因为他心怀鬼胎。斯蒂娜对他微笑着，一种友善、温和的微笑。

"哈哈，你说的话跟那个狼外婆说得一模一样。"

维斯特曼一时摸不着头脑。

"那只狼……哪只狼？"

"小红帽和大灰狼，你大概知道……你想听这个故事吗？"

维斯特曼不想听这个故事，也不想听别的故事，但是不想听还不行。斯蒂娜是海滨乌鸦岛上最执著的讲故事专家，维斯特曼不得不把小红帽的故事从头听到尾。然后他才有插话的机会。

"这些鳕鱼给谁吃呀？"他说。

"给摩……"她刚一开口就停住了，因为她想起她在跟谁

谈话。

维斯特曼没有善罢甘休。

"你说给谁吃？"

"给外婆。"她肯定地说，随后开心一笑，"'外婆，你的嘴可真大。'小红帽说。'嘴大才能更好地吃鳕鱼。'外婆说。哈哈，这回你还有什么好说的，维斯特曼？"

她对着维斯特曼笑了，笑得极为开心，极为得意，然后跑了。

她像小红帽一样天真无辜，就像小红帽帮狼找到了外婆家一样。斯蒂娜无忧无虑地径直走向死亡海湾，脑子里没有多想什么。如果她稍微思考一下，可能会发现维斯特曼的蛛丝马迹，他偷偷地在后边跟着她。其实他用不着偷偷摸摸的，因为谁也没有斯蒂娜更缺乏警惕性了，此时她正急急忙忙赶到摩西那里去。

她刚一走进大门，摩西就对着她大声喊叫，但是当它看见鳕鱼时，马上安静了下来。斯蒂娜坐在它身边，一边抚摩它一边喂它吃。

"你可能会问，我为什么一个人来吧？"她说，"不过我不能说，免得你知道了会伤心。"

伤心？不是有人早已经很伤心了吗？摩西不喜欢这个地方，不想独自待在这里。但斯蒂娜已经来了，它得让她留下

来。它心里很明白,怎么样才能使她留下来。很简单,坐在她身上。它刚一吃完,马上就毫不犹豫地爬到她的膝盖上。它趴在那里很舒服,当她试图把它推下去时,它冲着她大叫,意思是别这样,如果它要待在这个船具屋里,她也不能走!斯蒂娜感到双腿有些麻,她不安起来。谁知道摩西想在她的膝盖上待多久呢?可能直到仲夏吧?那时候她和摩西大概都会饿死。想到这点心里真不是滋味儿,她用乞求的口气说:

"好心的摩西,快从我膝盖上下来吧!"

但是摩西不愿意。她又试图把它推下去,但它只是对着她大叫。

这时候旁边的篮子里只剩下一条鳕鱼了。这可是一根救命稻草。她拿起那条鱼,高高举起,想方设法不让摩西够着。她用力把鱼扔出,落在远处的一个角落里。摩西贪婪地扑过去,当它回来时,看见这里已经不再有可坐的膝盖时,气愤地大叫起来。

"再见吧,摩西。"斯蒂娜一边说一边关上门。她插好插销,相当满意地离开那里。她既没朝左看,也没有朝右看,所以她没有看见躲藏在船具屋内一个过道里的维斯特曼。

尽管斯蒂娜像小红帽一样天真无辜……但还是很幸运,如果那时她不去给摩西送鳕鱼,摩西不坐在她的膝盖上,她在回家的时候不经过养着羊的牧场,她就没有机会看见那只为非作

歹的狐狸。那是一只夜里没有捕到猎物的饥肠辘辘的大狐狸,它没有抓到一只小羊羔,连一只兔子也没有抓到,因为一只愤怒的狗一直把它赶到自己的窝里。

此时它比任何时候都饥饿难耐,多想吃一块羊羔肉!但偏偏在这时候来了一个人类的小孩子,这个扯开嗓子高喊的小姑娘肯定不是好惹的。它被吓破了胆,匆忙钻过牧场围栏的一个洞跑到大路上,然后溜进边上的杉树林里。

狐狸像一道闪亮的红光从瑟德尔曼老头儿的脚下跑过。他来这里是为了看一看,水手长是不是像他夜里发现的那样,继续在他的羊群里作孽。当他看见那只狐狸从他身边一闪而过的时候,立即停下了脚步。

"狐狸!"斯蒂娜高声叫道,"外公,你看到狐狸了吗?"

"那还用说,"瑟德尔曼说,"这是我有生以来看到的体形最大的狐狸。这回我明白了,是这个坏蛋伤害了我的小羊羔!"

"而你偏说是水手长。"斯蒂娜加重语气说。

"对,我是说水手长。"外公一边说一边挠了挠脖子。他已经老了,犯糊涂了,这事怎么能跟水手长挂上钩呢?虽然他夜里曾经看到水手长。他从来没听说过狐狸敢闯进羊群里,但是很明显还是有个别的家伙敢这么做。是狐狸跟水手长狼狈为奸,一块儿追捕羊羔……不,这不可能!瑟德尔曼突然想明白了。狐狸夜里追捕托迪森,而水手长追赶狐狸!水手长保护了

他的羊羔,这才是水手长做的。瑟德尔曼以怨报德,还要把它打死……哎呀哎呀哎呀,瑟德尔曼忙碌起来!

"你站在这儿,"他对斯蒂娜说,"看见狐狸就使劲儿喊叫!"

他自己马上去找尼塞,立即就得走。他跑了起来。瑟德尔曼已经很多年没有跑了,来到商店的时候,他已经上气不接下气了。

"尼塞,你在里边吗?"他不安地高声问,这时候麦塔泪流满面地走出来。

"没有,尼塞牵着水手长到森林里去了。"说完她双手捂着脸又跑回屋里。

哎呀哎呀哎呀!瑟德尔曼站在那里,好像挨了当头一棒。他又跑起来,一边唉声叹气一边跑,他真的要跑不动了。但是他必须得跑,他一定要找到尼塞,这可不能耽误。

"你在哪儿,尼塞?"他喊着,"你在哪儿?可别开枪!"

这天森林里很平静,一点儿声音都没有。远处一只杜鹃在鸣叫,不过它很快也不出声了。瑟德尔曼在森林里跑,只听见自己喘气的声音和不安的呼叫。

"你在哪儿,尼塞?可别开枪!"

没有人回应。瑟德尔曼在杉树和松树林里跑着,到处静悄悄的。这时候传来一声枪响……啊,那声音很清脆,在森林里回响!瑟德尔曼停住脚步,摸着胸口。他还是来晚了,事情已

经发生了！哎呀哎呀哎呀，他再也没脸见秋尔雯了！一个多么悲惨的日子，一场多么大的灾难！瑟德尔曼闭着双眼，静静地站在那里。这时候他听见脚步声，抬头一看，尼塞肩上扛着猎枪走过来，身边……瑟德尔曼瞪大眼睛，下巴都要掉下来。尼塞身边跟着水手长！

"不是你……开枪？"他结结巴巴地说。

尼塞惶恐不安地看了他一眼。

"上帝保佑，瑟德尔曼，我不能那样做！但愿是扬松，他今天出海打黑背鸥。"

悲伤和快乐总是在一起的，有时候悲伤转瞬间就烟消云散。一个气喘吁吁的老头儿含泪讲述了牧场附近的那只狐狸的事以后，真相大白了。

尼塞拥抱了瑟德尔曼。

"除了你没有任何人让我这么高兴过，瑟德尔曼！"

尼塞牵着自己的狗从森林里回家，没有谁比他更快乐。他很高兴，虽然夜里他躺在床上久久不能入睡，难以忘记森林里那艰难的时刻。最难忘的是水手长的眼睛，当时它坐在杉树林里的一块石头上，等待着射杀它的子弹。那目光令他彻夜难眠。不过此时他很高兴，他叫秋尔雯：

"秋尔雯，快来！小黄蜂，到这儿来，有好消息告诉你！"

不要这样,佩勒,世界不是悲伤岛

"我真忍不住想哭。"秋尔雯惊奇地说。

她坐在地板上,紧靠着水手长,水手长吃着肉泥。它得到整整一公斤精品肉泥,大家都对它表示歉意。全家围了它一圈坐着,赞扬它、抚摩它,秋尔雯觉得一切都是那么美好。

"不过一想起来,我真忍不住想哭。"她一边气愤地说一边用手抹去几滴泪水。

她记得刚过去的几个小时自己胡思乱想的事情。她有想错的地方,水手长没有咬死羊,即使她照看十个摩西,水手长也不会去捕杀羊。它心地善良。不过她也有想对的地方,一切都会变得在摩西到来之前和没有造成麻烦之前那样。

摩西,啊!她不知道它在远方船具屋里过得怎么样。她突然想起了约克。还有佩勒,那个可怜的佩勒,当她自己快乐的时候,为什么他不能也快乐呢?现在大家都应该快快乐乐的。

当佩勒得知水手长是无辜的时候,他当然也高兴,特别是

人处在痛苦的时候,很容易产生这种感觉。他也曾为水手长感到悲伤,就像对约克一样。当他知道夺去约克生命的不是水手长时,对他来说是一个很大的安慰。

"当我知道不是水手长干的时,我的心情好多了。"他这样对梅尔克说。但随后他便把头转向远方并低声说:

"不过对约克来说,不管是谁干的,结果都一样。"

夜里他梦见约克了,梦见它又活了,走过来要蒲公英叶子吃。但是天亮的时候,约克不见了,连它的笼子也不见了。约汉和尼克拉斯把笼子拿走了,免得佩勒触景生情。他们是他的好哥哥,特意送给他一些东西。有尼克拉斯造的一个精美的小船模,还有约汉的一把古老的带鞘的小刀。佩勒非常感激,他都要乐坏了。不过这仍然是一个难熬的早晨,他不知道会不会总这样下去,他不知道自己能不能承受得住这漫长的日子。

晚上他们把约克埋葬在扬松的牧场里,那是一块长着青草和杏花盛开的林间平地,周围是高大的桦树。

佩勒在一块木条上工整地写上:

约克在此长眠

然后他跪在那里把约克坟墓上的草皮压紧,秋尔雯、斯蒂娜和水手长在旁边看着。约克当然可以在这里很好地安息,头

上有杏花摇曳,晚上有画眉鸟儿为它歌唱,就像现在这样。

秋尔雯和斯蒂娜也想为它唱歌。这是葬礼中的一部分。她们多次为死去的鸟儿唱葬歌,唱的歌永远一样。此时她们要为约克唱。

> 世界是一个悲伤的岛,
> 人有生也有死,
> 最后回归……

"停下,我们不应该唱这个。"秋尔雯急忙说。

佩勒怎么啦?他为什么哭?刚才还没哭,可是现在他坐在远处的一块石头上,背对着她们,小声地抽噎。她们互相看了看,不知道是怎么回事。斯蒂娜不安地说:

"他可能是因为听见世界是一个悲伤的岛才哭的吧?"

"不是那么回事。"秋尔雯说。她对佩勒高声说:"不要这样,佩勒,世界不是一个悲伤的岛,我们仅仅是为约克唱的。"

她不愿意,绝对不愿意再有更多的哭声。她要想方设法看到佩勒高兴。突然她知道应该怎么做了。

"佩勒,如果你保证不再伤心,你可以从我这里得到一件东西。"

"什么东西?"佩勒刻薄地说,连头也没有回。

"你可以得到摩西!"

佩勒一下转过身来,他在哭,疑惑地看着秋尔雯。但是秋尔雯保证说:

"没错,我把它给你!"

从约克消失的那个悲痛时刻到现在,佩勒第一次笑了:

"你真好,秋尔雯!"

她点一点头。

"对,是这样。给了你以后,我还有水手长。"

斯蒂娜开心地笑了。

"现在大家又都有动物了。我们一定要去告诉摩西!"

大家看法一致。一定要让摩西知道,它现在的主人是谁。此外,它还要吃饭,这个可怜的摩西!

"再见吧,小约克。"佩勒温情地说。然后他就跑开了,再也没回头看。

佩勒内心的枷锁好像突然放松了。他变成了另一个佩勒,狂野、盲目和乐观,一路蹦蹦跳跳朝死亡海湾奔去,甚至倒在地上,顺着坡滚向船具屋。

"就因为你得到了摩西才这么高兴,对吗?"秋尔雯说。

佩勒想了想。

"我不知道……可能。不过你看到了,生气是很不好受的,人不能老是那个样子。"

"等到你看到摩西就行了。"秋尔雯一边说着一边打开船具屋的门。

他们站在那里,惊愕地看着空空如也的船具屋。那里没有摩西,它不见了。

"它逃跑了。"秋尔雯说。

"逃跑?随后它自己还能给门插上插销,能有这样的事吗?"佩勒说。

摩西没有逃跑,是有人把它带走了。

秋尔雯转向斯蒂娜问道:

"你昨天来这里的时候,有没有人看见你?"

斯蒂娜想了想说:

"没有,没有人。只有维斯特曼。他实际上是想听小红帽的故事。"

"你真是笨!"秋尔雯说,"啊,那个维斯特曼,他是一个坏蛋!"秋尔雯把摩西睡觉用的箱子一脚踢到墙上。

"我一定要揪住他的头发!他是一个小偷,我要把他毙了!"她气愤地喊叫着。

"我知道我们应该怎么做。"佩勒说,"把摩西抢回来。我保证,他肯定把它关到自己家的仓库里,那里只有门上的一个插销。"

秋尔雯的气消了。

"今天晚上……等维斯特曼睡着了。"她急切地说。

斯蒂娜也很心急,只有一件事让她心里不踏实。她说:

"不过,想想看,如果我们先于维斯特曼睡着了怎么办?"

"我们不会。"秋尔雯气呼呼地说,"我们这么生气能睡着吗?"

很明显斯蒂娜不是特别生气,所以她不会睡不着。不过秋尔雯和佩勒可睡不着,更奇怪的是,他们俩偷偷地从家里走出来时,没有人看见。

这个晚上海滨乌鸦岛的人都赶狐狸去了。大家联合起来要把那只狐狸从它的藏身处吓跑。不过狐狸没有被射杀,因为当他们把它逼到斯卡特岬角时,它走投无路,扑通一声跳到海里游走了。它是一只能在临危时刻逃生的狐狸,到最近的一个岛没有多远的距离。

尼塞朝它打了一枪,不过没打着。

佩勒听说没打中,心里很满意。

"我认为狐狸也有生存的权利。"他说,"不过诺尔松德已经没有兔子、没有羊,也没有鸡。"

"所以它在那里等着挨饿吧。"秋尔雯满意地说,"这个坏家伙,它为什么一定要咬死约克呢?"

"这是狐狸的本能,"佩勒向她解释,"作为一只狐狸它必然要这样做。"

"它是一狐狸,它可能要这样做,不过它也可以像人那样做事呀!"秋尔雯说,她一点儿也不谅解狐狸。

再说了……像人那样做事?比如,像维斯特曼?会更好吗?把一只可怜的小海豹偷来卖掉!不过秋尔雯保证,这事不会得逞,维斯特曼跳得越高摔得越惨。

"只要他的狗考拉不叫就行。"她说。

考拉真的叫了。当它看见秋尔雯和佩勒偷偷走来时,它拼命叫。不过佩勒事先预料到了。木匠庄园晚饭吃的是炖牛肉。佩勒送给它几块上好的牛骨头,亲切地跟它说话,它马上就不叫了。但不管怎么说他们还是很担心,不知道会不会有人出来,看一看狗为什么要叫。他们趴在大门旁边的丁香花丛后边等了很长时间,当没听见什么动静的时候,他们才小心翼翼地潜入院子里。他们要经过前边小山坡上的房子,才能到达仓库。周围寂静无声。那栋房子像一座漆黑、充满危险的灯塔一样坐落在岩石上,头上是明亮的夜空。一个人影也没有。

"他们睡得像小猪一样。"秋尔雯满意地说。不过她说得太早了点儿,因为此时那座房子的一个窗子突然亮了起来。秋尔雯倒吸了一口气。当维斯特曼夫人点亮桌子上的煤油灯时,他们正好看到了她。他们拼命朝窗子底下跑,趴在紧靠墙根儿的地上。他们惊恐地等待着。她是否看到他们了呢?在她点灯之前,可能已经站在黑暗的屋里,从窗帘后边往外看,看到他们

从大门进来。在明亮的六月的夜空下,谁也无法在这个小山坡上藏着,那里没有多少像树丛之类的可躲藏的地方。

不过维斯特曼夫人没有冲出来,所以他们又来了勇气。他们紧靠窗根儿底下,如果她不直接探身子往下看,是看不到他们的。他们内心多么希望她别这样做——因为,如果她真的叫起来,那可不是几块牛骨就能解决问题的,这一点他们心里很清楚。他们不敢动一下,不敢小声说话,甚至不敢大声出气。他们只是静静地趴在那里。他们听到维斯特曼夫人在屋子里走动。窗子开着,她离他们很近。他们伸手就可以够着窗户框,对着她说"你好,你好",如果他们愿意的话。她在屋里嘟囔着什么,然后开始读书。啊,她真的开始小声朗读起来!秋尔雯趴在那里,轻轻地呻吟一下。如果维斯特曼夫人读《北台里叶报》上的什么消息或其他类似的东西还行,但是像龙虾似的卧在那里听别人读完全不懂的东西实在让人感到厌烦。

佩勒也不懂,但听起来好像是《圣经》,这是他的感觉。她读的声音很单调,但是不打磕巴。佩勒仔细听。就在这个时候,从不可理喻的朗读声里蹦出几句话,意思开始变得明朗起来,好像为他拨云去雾,啊,听起来多么美妙!

"如果我能有黎明的翅膀,我就在大海上建一栋房子……"维斯特曼夫人读着,她叹了口气,然后继续读。

佩勒没有再关注她下边读的内容。仅仅这几句话就使他永

生难忘!他小声地重复着。

"如果我能有黎明的翅膀,我就在大海上建一栋房子……"比如像木匠庄园,就是大海上的一栋房子。他很想待在那里。他回到城里时会想念那个地方,想想看,如果他有一对黎明的翅膀,就可以穿过高山和大海飞到那里去。啊,那有多好啊!到自己在大海上的房子……木匠庄园!

佩勒沉醉在幻想当中。他趴在那里喃喃自语,直到秋尔雯推他一下,他才发现维斯特曼夫人已经安静下来。此时会发生什么呢?她把灯熄灭了,屋里一片漆黑。突然佩勒听到自己的头上有人沉重的呼吸声。他不敢往上看,但是他知道,维斯特曼夫人就站在那扇开着的窗子跟前。他蜷缩在那里,静静地听,等待着。真够残酷的。此时……此时她就要发现他们了,他敢肯定!就在他感到一秒钟也忍耐不下去的时候,窗子咚的一声被关上了。他们吓了一跳,他和秋尔雯静静地趴了一会儿,听见自己的心咚咚地在跳。然后他们连滚带爬地迅速转过墙角,朝仓库跑去。

"摩西,你在那儿吗?"秋尔雯小声说。

很明显,摩西在那里,因为它像魔鬼一样叫起来,秋尔雯打开大门。

第二天,当他们把这一切讲给斯蒂娜听的时候,她吓得直

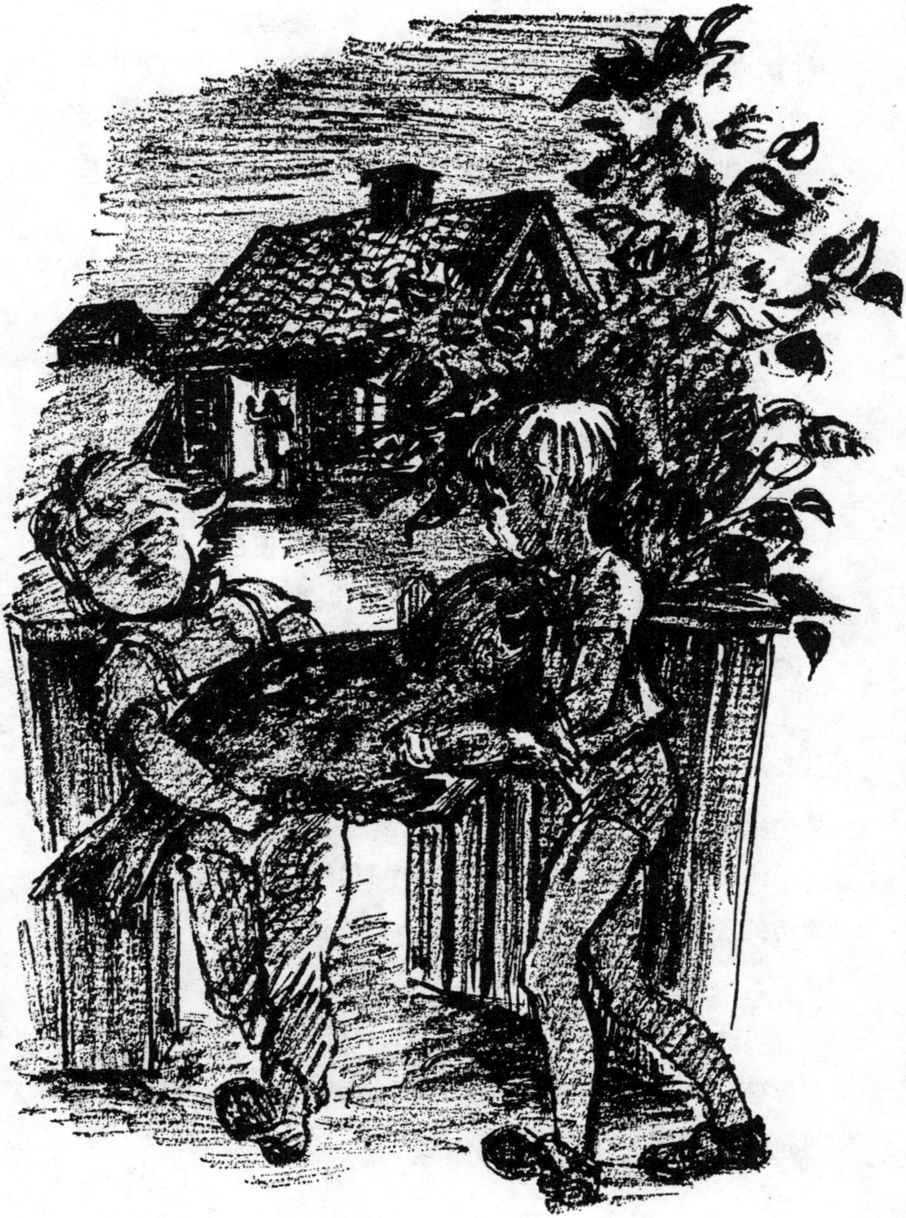

打战。他们讲摩西怎么叫,他们怎么拖着它;正当他们要出大门的时候,维斯特曼怎么穿着衬衣出来在后边骂他们,考拉怎么样狂叫;他们怎么样最终把摩西装上小车迅速回到木丘庄园,而维斯特曼站在大门口朝着他们吼叫:

"你等着瞧,秋尔雯,等我抓到你再说!"

"多亏我没有参加,"斯蒂娜说,"不然我会马上被吓死。"

晚上摩西睡在佩勒的床边。约汉和尼克拉斯早上醒来的时候,又看到了自己的新室友。他们大吃一惊,但没有丝毫的不满意。

"我一定要把它放在这里,免得维斯特曼把它偷去。"佩勒解释说,"不过现在你们得帮我跟爸爸说。"

他们的爸爸确实不赞成。

"你从秋尔雯那里得到摩西肯定很好,"梅尔克说,"不过从长远看,你们俩和维斯特曼像一群盗匪,夜里互相偷海豹,这不是好办法。"

他们一起动脑筋,必须想出一个更好的办法。当全家坐在厨房的餐桌旁边吃早餐时,他们听到摩西在楼上走来走去的声音。

马琳对这位新房客不是特别喜欢,但是考虑到佩勒,她只得容忍它。佩勒此时需要摩西,这一点她心里明白,连维斯特曼也表示谅解。

"他只想要钱。"约汉说,"你难道不能给他几百克朗,那样佩勒就可以有自己的海豹了。"

"你自己给他几百克朗,那时候你就可以看到,事情解决了。"梅尔克说,"不管怎么说,我们大家要齐心协力。你们平时不习惯自己挣钱,万事开头难,放手去做就是了!"

说干就干。海滨乌鸦岛上每个孩子都自愿参加了这个被梅尔克称作"摩西工程"的活动。整个过程好像是一个游戏。给草莓地除草、担水,修船,给码头刷沥青和为度暑假的人拖行李。一切突然变得比以前有意思了,因为他们知道要把挣来的每一克朗集中起来,为摩西赎身。

当维斯特曼来到商店听说"摩西工程"的时候,他狡黠地笑了。

"我很愿意。"他说,"谁买海豹我就卖谁。不过要价200克朗,要买就在这个星期,不然的话我就卖给其他人。"

"一边站着去吧,维斯特曼。"秋尔雯认真地说。

这时候维斯特曼扔给她一枚25厄尔的硬币。

"为摩西做点儿贡献。"他说,"这肯定有必要,因为我不相信星期六之前你们能筹集到200克朗。我不能老等下去。"

"一边站着去。"为了保险秋尔雯又说了一遍。不过她拿起那个25厄尔的硬币,装进柜台上的摩西储币罐里。

"不,秋尔雯,这种话我们可不能说。"尼塞严厉地说。

然后他转向维斯特曼,"你实际上是一个笨蛋,维斯特曼,你知道这一点吗?"

维斯特曼只是奸笑。

"摩西工程"在继续,一天比一天火暴。

"你往这儿看,摩西,为了你我的手都磨出泡了。"当弗列迪花了整个上午用棍子敲打地毯上的尘土后说。

不过摩西该怎么活着还怎么活着,一点儿不关心其他人的事情,它完全不在意什么"摩西工程"。很明显它在仓库里度过的孤独时光感觉很不好。它变得让人们几乎认不出它来。它容易紧张、暴躁,甚至愤怒。它比过去吵闹得更凶,有时候还想咬人。

"它跟我喜欢养的家畜不完全一样。"马琳说。不过她说的话不能让佩勒听到。

佩勒完全像宠爱约克一样宠爱摩西,当摩西对着他吼叫时,他只是抚摩它。

"可怜的小摩西,你怎么啦?在我身边你不适应吗?"

看来摩西已经不是在什么地方不适应的问题。它绝对不想待在仓库里,但也不喜欢待在池塘里。它最喜欢待在海边,不过佩勒不敢把它放在那里,因为尼塞警告过他:

"把它养在池塘里,不然总有一天它会逃掉。"

佩勒把摩西关在池塘里。他很伤心,思索着怎么样做才能使一只动物不愿意逃跑。约克曾经逃跑——最后遭到不幸——不过佩勒希望摩西不会如此。可怜的摩西,它为什么会变得如此焦躁不安呢?

托迪森的腿差不多好了,不过它还没有搬回牧场,跟着斯蒂娜到处走。水手长想跟着秋尔雯,但它暂时还没有那样做,因为它不是那种喜欢夹在别人中间的狗。它现在还不知道应该怎么做。它静静地趴在台阶旁边的老地方,直到秋尔雯过来,双手搂住它。

"好啦,水手长,你不需要再趴在这里了,永远也不了。"

这时它才站起来,从此再也不离开她寸步。

秋尔雯和斯蒂娜走到哪里,后边都跟着自己的动物。但是佩勒的脚跟后边没有动物跟着。

"不管怎么说那还是你的海豹。"秋尔雯说。

佩勒好像在深深地思索。

"我开始觉得,摩西属于它自己。"他说。

时间又到了星期六,这是维斯特曼要200克朗的日子。

海滨乌鸦岛的商店里气氛很紧张。现在到了交钱的时刻。商店里挤满了人,因为这件事引起了全岛人的兴趣。大家都认为一个硬币也不能给维斯特曼,他们支持秋尔雯,他们自己的

秋尔雯,他别想得逞!他们都支持她。

维斯特曼感觉到了这一点,因此显得比平时更理直气壮。他准时来到商店,挤到柜台跟前。柜台后面所有的孩子排成行看着他,梅尔克松全家和格朗克维斯特全家。秋尔雯最愤怒。因为这只海豹他已经给了她,她给它喂了很多牛奶、鳕鱼,还无微不至地照看它,现在却要向他付钱,真是太过分了。

维斯特曼对她不自然地笑着,还开着玩笑。

"你的目光看起来真够温柔的,秋尔雯。好啦,你觉得你能不能得到海豹呢?"

"我们等着瞧吧!"尼塞一边说一边把储币罐里的钱往柜台上倒。当他数钱的时候,四周鸦雀无声,只有哗哗的数钱声和尼塞喃喃的低语。

佩勒蜷缩在柜台后面的一个装植物黄油的箱子上。听到哗哗的钱币声他心里特别不舒服。想想看,如果钱不够怎么办!可怜的摩西,如果维斯特曼拿走摩西把它卖给彼得怎么办呢?

他想起了一件让他有点儿伤心的事。买下摩西可能更糟糕,这句话是谁说的来着?让摩西戴着无线电发报机在大海上游来游去,比让它待在海滨乌鸦岛上的池塘里可能更有意思。不过佩勒觉得不戴发报机或别的东西,像其他普通的海豹一样在大海里自由地游来游去,当然最有意思。

就在他陷入沉思的时候,他听到了尼塞的声音:

"167.8 克朗。"

海滨乌鸦岛的商店里传来一阵惋惜声。大家都瞪着眼看着维斯特曼，好像储币罐里的钱不够是他的错。尼塞用恶狠狠的目光看着他。

"你大概可以砍点儿价吧？"

维斯特曼还以恶狠狠的目光。

"你大概经常可以砍价①吧？"

这时候秋尔雯突然站到了维斯特曼面前：

"维斯特曼，你知道吗？我从来没跟你要过那只小海豹，是你给我的，你还记得吗？"

"别再提这件事了。"维斯特曼说。

秋尔雯把他从头到脚打量了一番。

"你真是一个笨蛋，维斯特曼，这一点你要明白。"她说。

这时候麦塔插了进来。

"不，秋尔雯，你不应该这么说话！"

"是的，不过这话是爸爸说的。"秋尔雯说。大家都开心地笑了。

维斯特曼气红了脸。他什么事都能容忍，但不能容忍别人取笑他。他说：

---

① 此处的"砍价"不是指动物，而是指人，类似汉语里的"掉价"、没品位。

"海豹在哪儿？我要把它带走！"

"别来劲，维斯特曼。"到目前为止没有说一句话的梅尔克说，"我把不足的钱付上！"

但维斯特曼生气了，他恶狠狠地说：

"你也别充什么好人了！我有另外的好买主。"

说来也奇怪，就在这个节骨眼儿上门开了，有人走进了商店。不是别人，他正是维斯特曼的另一个买主——彼得——站在门口。马琳的王子来了。当马琳看见他时，激动得直打战。自从他上次走了以后，她是多么想念他，特别是在佩勒陷入苦恼的这些日子。因为她认为，一定要让彼得知道现在的情况，不管他在什么地方。此时他就站在这里，他已经回来了。这表明他也想念她。

"你住在这个商店里啦？"彼得问。他拉住她的手，显得特别高兴。因为他曾到木匠庄园找过她，但是没有找到。现在总算找到她了，谢天谢地，她在这儿。她看他的时候，目光明亮而热情，但她的第一句话听起来好像是在责怪他：

"彼得，你真的非要买一只海豹吗？"

彼得还没来得及回答，维斯特曼就凑了过来，满脸堆着微笑。现在全岛的人都在这里看着，他要让他们见识见识，他卡莱·维斯特曼是怎么样做买卖的，海豹想卖给谁就卖给谁，用不着征得岛上任何人的同意！

"先生来得正好。"他说,"你现在可以买这只海豹了。300克朗,我们成交吧!"

彼得对他友善地笑了:

"300克朗,一只海豹要这么高的价是不是有点儿贵了?我绝对不想付这么多钱。"

秋尔雯和斯蒂娜看了他一眼,表示她们的不满。啊,她们为什么要吻这只青蛙呀!

"好吧,那就卖200克朗。"维斯特曼急切地说。

彼得还是友善地对他微笑,因为他是一个心地善良的人。

"是吗?我花200克朗就能买下,真便宜。不过我没兴趣买什么海豹。"

"没兴趣……"

维斯特曼目瞪口呆。

"啊,不过你曾经说……"他开始责问。

"谢谢,我实在没兴趣买什么海豹。"彼得说,"至少没兴趣买这只。"

商店里爆发出一阵欢呼声,维斯特曼愤怒地朝门口走去。

"这回你对这个价钱满意了吧,还是把这些钱拿走吧!"尼塞高声对他说。

然而此时的维斯特曼对任何海豹的生意都失去了兴趣,他也感到很害羞,不是因为小气而害羞,而是因为大家站在那里

认为他小气。他不想要什么钱,不想要海豹,什么都不想要了。他唯一想做的就是,走出商店,别再见到任何一位海滨乌鸦岛上的人。

"带走你的臭海豹吧,秋尔雯。"他说,"我再也不要它,也不想再理你们所有的人!"

随后他就走了。

这下佩勒可来了精神。

"不行,他一定得收钱,不然的话我不会觉得摩西是我的海豹。"

他把尼塞装钱的袋子拿过来,上路去追维斯特曼。

大家都紧张地等待着。过了一会儿,佩勒回来了,他满脸通红。

"啊,最后他还是收下了。因为他说他需要钱。"

马琳抚摩着他的面颊。这是一种爱抚,充满温情。

"好啦,佩勒,这回摩西总算属于你了。"

"总算可以消停一会儿啦。"蒂迪说。

马琳在日记中记下了随后发生的事情:

摩西自由了,它畅游大海!昨天晚上佩勒把自己的海豹放生了。他刚放完,我们就来到码头上,爸爸、彼得和我。当时

他还站在那里，我心爱的小弟弟，眼睛亮亮的，他目送着自己的海豹游向远方的大海，直到影子也看不到为止。

"不过为什么，佩勒，我的天呀，为什么……"爸爸问。

佩勒用沙哑的声音说：

"我不希望我的动物背井离乡。现在摩西去了海豹应该待的地方。"

我感动得哽咽了，我看见爸爸哽咽了两次。我们谁也没再说话。秋尔雯和斯蒂娜也在那里，秋尔雯说：

"佩勒，你知道吗？海豹白给你了，没起什么作用。不管怎么说你现在还是没有动物。"

"我有自己的黄蜂。"佩勒说，他说话的声音更加沙哑。

就在这个时候奇迹发生了。啊，彼得，我会终生祝福你！彼得怀里抱着狗狗丘姆丘姆站在那里，平静地说：

"不过我认为，佩勒不仅仅要有黄蜂，他应该拥有丘姆丘姆。"

他走到佩勒跟前，把那只小狗放到他手上。

"丘姆丘姆不会感到背井离乡。"彼得说。

"对，因为这只小狗会被照看得很好。"秋尔雯说。她真是百事通。

佩勒站在那里，脸色苍白。他温情地看着彼得，温情地看着丘姆丘姆。他没有说谢谢，他什么也没有说。不过当时我的反应令我事后自己也不能理解。我朝彼得跑过去，亲吻他，我

亲吻完了以后,又亲吻一次……然后又一次!

看样子他很得意。

"想想看,一只小狗有那么大的作用。"他说,"早知如此,我干吗不把整个犬类繁育场都搬来呢?"

秋尔雯和斯蒂娜开心地看着我们,我想她们一定认为这是一出非常有趣的戏。

"别亲吻太多,马琳,因为谁都永远不会知道,他会不会重新变成一只青蛙。"秋尔雯说。

小孩子们的圆脑袋里确实会有各种奇思妙想,我不知道他们是从什么地方获得的。但是秋尔雯和斯蒂娜看上去完全相信,彼得是一只被施了魔法的青蛙,它来自一条水渠。在斯蒂娜可怜的小脑袋里尽是被施了魔法的王子、灰姑娘、小红帽和一些我不知道的东西。当她看到摩西消失在大海中的时候,她对秋尔雯说:

"我无论如何都相信,摩西是海龙王的小儿子。摩西王子在那边游泳呢!"

对,它在那里游泳,我衷心希望摩西王子像佩勒想象的那样幸福快乐。

"你会看到,佩勒,摩西有时候会来看望你。"彼得说,"它毕竟是一只被驯养过的海豹,随时都有可能再回海滨乌鸦岛转一圈儿。"

"如果海龙王肯放他来的话，对吧。"斯蒂娜说。

好啦好啦，不管海龙王肯不肯放摩西来，佩勒此时都是一个非常幸福的佩勒。

而我是一个幸福的马琳。虽然刚才彼得乘"海滨乌鸦1号"蒸汽船已经回斯德哥尔摩了，不过，不管怎么说……想想看，此时我总算知道了离别是一番什么滋味！简直要把人难过死了。这种感觉会存在多久？彼得说，他是一个感情专一的人。我是一个感情专一的马琳吗？我怎么样才能知道这一点呢？不过我希望我能。我相信这一点。不管怎么说，有一件事是确定无疑的。佩勒需要一个感情专一的马琳，不管出现什么情况，他一定会找到。佩勒喜欢彼得，这是真的，怎么会有另外的可能呢？但同时他也有点儿担心。昨天晚上他上床睡觉时，把丘姆丘姆放在床边，他很开心，却突然严肃起来，双手抱住我的脖子。

"不管怎么说，你是我的马琳吧？"

对，我心爱的小弟弟，我是。虽然秋尔雯和斯蒂娜认为，我一定要抓住一个被施了魔法的王子，但是我自己认为，这位王子要等我一两年。这话我已经跟他说了，他一定要这样做。

一个新的六月的夜晚已经降临海滨乌鸦岛。现在我要睡觉了。明天醒来时我一定照样幸福。我坚信无疑，啦啦啦，啦啦啦！

秋尔雯挣了3克朗

星期一早晨，因为丘姆丘姆的叫声，佩勒很早就醒了，他把狗狗抱到床上。狗狗的鼻子对着他的鼻子很快又睡着了，但是佩勒却睡不着。他躺在床上，从头到脚充满幸福。当他一想到紧紧靠近自己的柔软、温暖的丘姆丘姆就是他的狗狗，哪能睡得着呢？除非发疯了。想想看，此时能有如此的幸福简直让人感到可怕！在他沉浸在幸福中时，他还记得摩西。可真有点儿不公平，他没有像他应该做的那样想念摩西。

"不过，"他向熟睡中的丘姆丘姆解释，"摩西也不想念我，这一点你用不着怀疑。它大概正和其他几只海豹游泳、做游戏呢，要多开心有多开心。"

忽然间他又想起了兔子约克。他有点儿伤感。可能不是因为约克，但这使他想起了随时可能发生的不幸，这世界有时候不可避免地成为悲伤之岛。他不愿意再想这类事情，要做到并不困难，因为此时丘姆丘姆醒了。它立即活跃起来，闻佩勒的

脸,舔他,咬他的睡衣,在床上又叫又跳。佩勒笑个不停。这是一种充满幸福的笑,马琳在楼下听到以后,感动得流泪了。她停下烤面包的活儿,就为了欣赏佩勒的笑声,啊,佩勒,放声笑吧,好让马琳确切地知道,你又会笑了!

新的一天从一位男孩幸福的笑开始。天气宜人而美丽,这难道不是人们所期待的吗?最近一周非常压抑,刮风、下雨和寒冷的天气,突然有了一个这么美妙的早晨——马琳决定到院子里吃早餐。

她的爸爸已经醒了,正在厨房旁边的小屋里穿衣服。他一边穿衣服一边唱歌。

"这是周一的早晨……而我感到如此的高——高——高兴……"

"你可不要空着肚子唱歌。"马琳对着他高声说,"那样的话,到了晚上你就该哭了,你难道不知道这个传说?"

"迷信、荒谬。"梅尔克一边说一边唱着歌走进厨房。

"你不觉得哭得太多了吗?"他说,"现在该结束吵闹了。"

他们一齐动手在靠近山墙的桌子上摆好早餐。马琳站在厨房里,把各种东西从窗子递给梅尔克。一切准备就绪以后,梅尔克朝周围看了看。

"我那三个饥肠辘辘的小儿子哪儿去了?"

两个大的从海边走来。他们很早就起床钓鱼去了。虽然他

们什么鱼也没钓到,但是他们还是坐在阳光下的鲈鱼礁附近。这可不是白白浪费时间,这样做可以增加食欲。

"啊,马琳,你烙薄饼了?"

尼克拉斯看着姐姐和薄饼心里特别舒服。

"对,我之所以这样做就是要感谢这周一宜人、美好的早晨,真是万事顺利。"

梅尔克点点头,表示赞成。

"对,这是一个美好的早晨,这一桌美好的早餐是我梅尔克亲手端上来的。薄饼、热巧克力、咖啡、酸奶、烤面包、黄油、奶酪、果酱、果汁和黄蜂,我能为诸位效劳吗?"

"是你把黄蜂也端上来了?"约汉问。

"不是,是这些坏蛋自愿来的。想想看,我们今年还是不得不容忍这个黄蜂窝!"

梅尔克把果酱瓶上的几只黄蜂赶跑。尽管佩勒膝盖上趴着世界上最珍奇的小狗,但他的内心世界仍然为普天下的其他动物和昆虫留了很大空间,他用责备的口气说:

"别动我的黄蜂,爸爸!它们肯定也想住在木匠庄园,你大概能够理解,跟我们完全一样!"

梅尔克当然知道大家都想住在木匠庄园。

"真奇怪,这栋破旧的房子把大家都吸引住了。"马琳说。

她身后的墙,就是木匠庄园红色的山墙,散发着一股温

暖,马琳认为不完全来自阳光。她把整栋房子视为一个生命体、一个能保护家人安全、舒适和温暖的生命体。

"破旧……哎呀,此话不假。"梅尔克说,"木头屋顶这里或那里都需要修一修,房子是由古老的材料造的。这事我包了,我负责把它修好,保证让你们目瞪口呆。"

佩勒想,在大海上给我弄一栋房子,加上新的屋顶,天啊,真了不起!

"像这个院子,"梅尔克说,"几乎是绝无仅有的。"

大家坐在院子里,吃着薄饼,看着自己的院子和自己的木匠庄园,觉得这里的一切都是独一无二的。山梅花盛开,散发着沁人心脾的幽香,蔷薇花,含苞欲放。郁郁葱葱、鲜花盛开的院子就像坐落在人间的天堂乐园,海滨、码头到处海鸥飞翔、鸣叫,真是人间美景。

"想想看,一位普普通通的木匠竟能恰到好处地将自己的房子建在这里,"梅尔克说,"库房建在左右两旁。这一切像不像是自己从地上长出来的?造在这个地方,这位木匠应该获金质奖章。"

"爸爸,我们能永远住在这里吗?"佩勒说,"我的意思是每一个夏天都住在这儿。"

"没问题。"梅尔克说,"今天马特松来,他已经打电话跟商店里的人说了,总算又可以签新的合同了。"

在梅尔克松一家人坐在那里吃早餐时，秋尔雯带着水手长在外边散步。她走到码头上喂天鹅。它们每天早上都来吃秋尔雯给的过期面包，一只天鹅爸爸，一只天鹅妈妈，七只圆乎乎的灰色小天鹅。就在秋尔雯站在那里的时候，一只摩托艇朝码头开来。艇上有三个人，其中一个人她过去看见过，就是每年来一两次的那位马特松先生。但是另一位，那个开摩托艇、头戴游艇帽的大胖子，过去从来没到过海滨乌鸦岛，他旁边的那位姑娘也没来过。

"把缆绳扔过来。"秋尔雯说。马特松便把缆绳扔给她，她把艇泊好。

"看啊，你多么能干。"当那个戴游艇帽的人跳上岸以后说，"结的那个扣真漂亮。"

秋尔雯笑了：

"什么扣！那是卷结，知道吗！"

"天啊！"那个戴游艇帽的人说，"什么时候学会这种本事的？"

"我一直就会。"秋尔雯说。

这时候他从口袋里掏出一枚锃亮的 1 克朗硬币给了她。她吃惊地看着这枚硬币，并对他微笑：

"一个卷结值这么多钱？"

不过此时他没再听她说什么，也没有再注意她。

"走，洛塔！"他高声说，那位姑娘跳上了岸。

秋尔雯认为她很漂亮，瘦瘦的浅蓝色长裤、白色毛衣，梳得平展展的棕色漂亮头发。尽管她的头发很整齐，但是她跟蒂迪的年龄差不多。她很羞涩，没有跟秋尔雯打招呼，不过她怀里抱着一只白色的小狮子狗。秋尔雯找了一下自己的水手长。对水手长来说，与一只狮子狗见见面可能很有意思。但水手长已经沿着海岸跑远了，再有一半路就到斯卡特岬角。啊，不能见面确实应该全怪它自己了，因为洛塔抱着自己的狮子狗正走在岸上。

马特松要到木匠庄园去，秋尔雯知道。为什么要带另外两个人呢？她不明白，也不大关心这类事。不过她学着他们的样子跟在后面，因为她本来就想到那里去找佩勒。

"好啊，我们总算把马特松先生盼来了。"当梅尔克看见来访者走进大门的时候说，"请进，我们把桌子收拾一下，然后就可以在这儿签合同。"

马特松是一个矮胖子，是一位很神经质的先生。他穿的那套西装令马琳忍俊不禁，她认为这套花格子衣服奇丑无比。不过可能不仅仅是因为这身衣服让她觉得很不舒服，还有跟着他的另外两个人。

马特松介绍自己的同行者。

"这是卡尔贝里经理和他的千金……他们想看一下木匠庄园。"

"当然可以啦。"梅尔克说，"不过他们为什么要看呢？"

马特松进行解释:"是这样,舍布鲁姆夫人想卖掉木匠庄园。她年龄大了,对于租来租去的厌烦了,所以……"

"听我说,这事且慢。"梅尔克说,"我已经租下这里,而且我又没什么不当之处。今天我想再签一年的合同,对不对,马特松先生?"

"很遗憾,不行。"马特松说,"舍布鲁姆夫人想卖掉它,所以没有讨论的余地。如果你们还想住在这里,那就干脆买下来,当然你们得出比卡尔贝里经理更好的价钱。"

梅尔克打起战来——一股怒气油然而生,他几乎喘不过气来。怎么会有人来到这里用几句话就毁掉他们的一切呢?对他和他的孩子们来说真是这样。仅仅在两分钟之前,他们还坐在这里又高兴又幸福,转眼之间一切都要化为灰烬,都将成为过眼云烟。把这地方买下——真荒谬!上帝怜悯,凭他的收入连一个狗窝也买不起!一年的租金他还勉强可以凑一凑。他不是没本事的男人,他怀着宽慰的心情渴望能在木匠庄园多住几年。他总算找到了一个孩子们很适应的地方,他们可以在童年时代度过自己无忧无虑的夏天。他自己曾经有过,对夏天的美好记忆毕生都不会忘记。突然来了一个人,说了几句话,就使一切都结束了!他没有勇气看自己的孩子,但是他听到佩勒颤抖的声音:

"爸爸,你不是说,我们会永远住在这里吗?"

梅尔克用力咽了一口唾沫，啊，他怎么没说过呢！他说过他们会永远住在这里！他当然也说过用不着再吵吵了，但此时他站在这里，多么想像一只疯狗一样喊叫、吵吵起来！马特松在离他两米远的地方靠在那棵北欧白桦树上，这情景看起来就像极为平常的一天发生了一桩极为普通的小事。

"您的意思……"梅尔克刻薄地说，"您的意思确实是要我们离开这里，我和我的孩子们？"

"当然不是现在。"马特松说，"不过，如果卡尔贝里经理买下了——他或者其他人——那你们就得跟那位新的主人签订你们究竟还得住多久的合同。"

卡尔贝里经理避免看梅尔克。他在跟马特松讲话，好像根本没有其他人在场。

"啊，没关系，我肯定想买，如果我们说好价钱的话。房子不是太好，这一点我一眼就看出来了，不好没关系，我们可以拆掉它。不过像这样的院子，可不是每天都能找到的。"

梅尔克听到孩子们沙哑的讲话声，他把牙咬紧。

这时候洛塔也加入了谈话。

"啊，爸爸，这栋房子确实很可怕，不过我们可以建一栋漂亮的'班加鲁'①。你知道，就像卡莱和安娜-格丽达他们

---

① 班加鲁是建在海边的一种高级别墅。此时孩子们还不明白是什么意思。

家那样的。"

她的爸爸点了点头,不过似乎有点儿为难。他可能认为,在这时候就把卡莱和安娜-格丽达家高级别墅的事扯进来有点儿早了。

秋尔雯也这么认为。她认为事情走得太远了。她心里早就有个想法。那个洛塔,她坐在木匠庄园的台阶上,那样子好像已经拥有了整栋房子!秋尔雯叉开腿,站在她的正对面。

"洛塔,你知道吗?"她说,"我觉得你整个儿像一栋'班加鲁'!"

洛塔开始明白了,她已经有了一位敌人。其实不止一位,站在那边瞪着她看的那帮孩子都是她的敌人。对此她没有什么不愿意的,相反,她求之不得。因为她觉得自己有优势,她的爸爸可以决定这帮孩子能否继续住在这里。正好借机教训教训他们。他们确实用不着对她说三道四,这事怨不着她。

"我们当然有权买下这块地方,如果我们愿意的话。"她趾高气扬地说。

"当然。"蒂迪说,"建一栋像卡莱和安娜-格丽达家那种的'班加鲁',建吧,没关系!"

"那样破旧的狗屁'班加鲁'我们可以拆掉。"弗列迪说,"动手就是了!"

蒂迪和弗列迪刚刚跑过来,她们一听到这边正在发生什么

事情立即就来了。商店里的人对于这个岛上发生的一切事情,都有一种超自然的先知先觉。蒂迪和弗列迪在关键时刻一定会站在朋友一边,不然要朋友做什么?她们从来没有看见过约汉和尼克拉斯如此的消沉和沮丧。还有佩勒!他仍然坐在早餐桌旁边,脸色苍白。他旁边坐着马琳,她抱着佩勒,脸色也很苍白。一切都那么可怕和不可忍受,而那个势利眼的姑娘一来就喊建什么"班加鲁",蒂迪和弗列迪怎么能不生气呢!

"'班加鲁',到底是什么东西?"秋尔雯问比自己要聪明的两位姐姐。

"可能是某种不三不四的东西。"弗列迪说。

"绝对不伦不类,跟站在那边那位一样。"蒂迪一边说一边用手指朝洛塔的方向指了指。

一想到洛塔将取代约汉、尼克拉斯、佩勒、马琳和梅尔克成为她们的邻居时,真觉得太可怕了。

"我大概可以看一看室内的情况吧。"卡尔贝里经理说。这是他第一次跟梅尔克说话,"梅尔克先生允许吧?"他成功地使自己说话的声音听起来既客气又高傲。

当然,梅尔克会答应。他能有别的选择吗?他处于弱势,这一点他明白。他跟他们走进去,马琳也跟进去了。她的爸爸没必要单独对付要把他的木匠庄园拿走的那两位先生。另外,她也不想让外人在他们家里乱走,把他们喜欢的东西说得一无

是处。这是适合他们居住的家，不容别人说三道四，这是他们的！他们全家人一齐动手把这里变成了一个明亮的、充满夏天气息和生活氛围的地方，木匠庄园已经回报给他们温情和舒适，这一点马琳心里明白。木匠庄园和梅尔克松一家已经融为一体。但此时来了外人，他们大概会不停地挑毛病，说地板有的地方摇晃，窗子有点儿歪，还漏风，说天花板上几处有霉点儿。可怜的老木匠庄园，马琳觉得，她有必要保护它，不让它受侵犯。因此她站在那里，为这几位不速之客和自己可怜的父亲开门。马琳拍了爸爸一下，暗示自己的安慰，而梅尔克则用感激和愧疚的目光看着女儿，他无可奈何的微笑几乎令她难以承受。

洛塔没有跟进去。如果爸爸把这栋房子买下，无论如何都要把它拆掉。她愿意待在外边，在孩子们中间享受自己的优越感。虽然他们有六个人，但如果她一次能对付六个敌人那才过瘾呢。她很善于应对这类事情，因为她很老练，从来不愁找不到敌人，在这方面她不缺少训练。此外，她还有狮子狗默塞，不是特别孤单。而默塞至少跟她自己完全一样，认为洛塔是特别优秀和高人一等的，对此它坚信不疑。

洛塔抱着默塞，免得它扑向佩勒的小狗。她哼着小调，围着房子转了一圈儿，好像在观察，但是她的真正目的是要惹怒静静地站在那里瞪着她的那帮孩子。她趾高气扬地在他们眼前

走来走去,如果她不觉得自己高人一等的话,她肯定不会这样做的。一群小乡巴佬儿值得她那么关注吗?

"亲爱的默塞,"她说,"你喜欢夏天住在这里吗——当然是住在一栋真正的房子里,不是这个东倒西歪的房子!"

她用力抓住窗台,想告诉默塞她指的是哪栋破房子。这个窗台跟厨房的窗台连在一起,是活动的。梅尔克家的孩子都知道,但洛塔不知道。当她手里突然拿着这个铁皮窗台的时候心里有点儿害怕了。她急切地想把窗台放回原处,但没能做到,直到尼克拉斯从她手里接过来。他熟练地装好窗台并一本正经地说:

"你听我说,至少要等到你们把这块地方买下你再拆这栋破房子吧!"

洛塔一副满不在乎的样子,但是已经不像刚才那么神气了。为了掩盖这一点,她试图与佩勒搭话——他也有一只狗,说到狗人们总有说不完的话题。

"哎呀,你有一只小猎犬?"她说。

佩勒没有回答。他有什么样的犬跟她没关系,此时他正陷入痛苦之中,什么犬甚至跟他自己也没什么关系。

"啊,它们都很可爱,但这类狗不是特别聪明。"洛塔说,"狮子狗更聪明一些。"

佩勒还是没有回答,这使得洛塔有些尴尬。不应该这样屡

问不答呀,这场面使她有点儿琢磨不透,因此她转向秋尔雯。

"你大概也想有一只小狗吧,如果我没猜错的话?"

秋尔雯看着她,目光比其他人的更愤怒,但随后她笑了,她真的笑了。

"我已经有了一只小狗。"她说,"你想看一看吗?"

洛塔摇了摇头。

"不想,别再往这里带狗了。那样的话默塞会生气,它会扑到它身上。"

"那它也是一个'班加鲁'。"秋尔雯说,"不过我敢打赌,它不会扑向我的狗。"

"你那么自信?好吧,"洛塔说,"你不了解默塞。"

"我们打赌吗?"秋尔雯说,"赌1克朗。"她一边说一边举起她从洛塔爸爸那里挣的1克朗硬币。

"我愿意奉陪。"洛塔说,"不过后果自负!"

她发现所有的孩子都充满期待。好吧,他们那么钟情打赌,她很快就会让他们清醒一点儿。默塞确实小了点儿,但它是暴脾气,见火就着,它在与比自己个子大的狗打架时一向奋不顾身。它的个子确实小了一些,但北台里叶小镇里的阿姨们认为它是该镇的凶神恶煞。"它在四周溜达,真以为自己是一只警犬。"昨天一位阿姨这样说。当时默塞正追逐她的拳师犬。不管怎么说,这群孩子很想看狗打架,那他们就等着瞧吧!默

塞一直无往而不胜。

"让你的小狗躲开,"洛塔对佩勒说,"因为现在我要放开默塞!"

她说做就做,放开了默塞。

现在只等着那只默塞要对付的狗过来。

水手长躺在丁香花丛的阴凉处睡觉,不过当秋尔雯把它叫醒的时候,它还是顺从地起身。它威风凛凛地站了起来,又威风凛凛地顺着墙角走过来。

它在那里遇到了默塞……

这时候人们听到一声叫喊和喘气声,这声音来自默塞的女主人。看到一个庞然大物靠近自己,默塞静静地站了两秒钟。随后它叫了一声,便一股白烟似的跑了。

水手长在后边惊奇地看着它,它为什么这么慌张?至少先打个招呼再走呀。水手长自己很绅士,它有礼貌地走过去与洛塔打招呼。洛塔尖叫一声,躲到墙后边那棵北欧白桦树旁。

"快把你的狗拉开,"她疯狂地喊叫着,"快拉开它!"

"你叫喊什么?"秋尔雯说,"水手长不会扑向任何人,因为它不是什么'班加鲁'。"

躺在草地上的佩勒哽咽着笑了。他本来想哭,现在反而哭不出来了,他不停地笑。

"啊呀,秋尔雯,"他哽咽着,"啊呀,秋尔雯!"

秋尔雯惊奇地看了他一眼,随后就转向洛塔。

"我赢了!快给我1克朗!"

当洛塔听见水手长不危险的时候,她走了过来。但此时她恼羞成怒,不想再玩下去。她很不情愿地从口袋里掏出钱包,给了秋尔雯1克朗。

"谢谢!"秋尔雯说。她站在那里,斜着脑袋看洛塔。

"这类赌你可不能随便打,"她说,"这是我和梅尔克叔叔玩的。"

洛塔不耐烦地看着木匠庄园的大门。爸爸为什么不快点儿出来,赶快走掉呢?她可不想再待在这儿了。

"请你猜猜,有一次梅尔克叔叔赌什么?"秋尔雯说,"尽管这是很久以前的事。"

对于梅尔克叔叔很久以前做了什么,洛塔已经不感兴趣,不过秋尔雯对她是不是有兴趣并不在意。

"他跟另一位叔叔打赌,他能十四天不吃饭、十四个夜晚不睡觉,你说最后谁赢了?"

"真荒谬。"洛塔说,"他根本做不到。"

"他当然做到了,"秋尔雯用得胜的口气说,"因为他白天睡觉,夜里吃饭!哈哈,这回你还有什么可说的?"

"啊呀,秋尔雯!"约汉抱怨说。

但随后他就不笑了,因为卡尔贝里经理与马特松一同从台

阶上走下来,约汉听到了他们讲的可怕的事情。他们大家都听到了。

"这栋房子已经没什么价值,不过我还是决定买下。我觉得,连同这院子这是一笔不错的交易。"

在台阶前边他的脚绊上了秋尔雯。他差点儿把秋尔雯绊倒,这使他很生气。但是秋尔雯异常平静。

"卡尔贝里经理,你知道吗?"她说,"我会一首很有意思的诗,你想听吗?"

卡尔贝里经理还没来得及回答,她就开始朗读起来:

  天堂里的亚当和夏娃
  屠宰自己的小肥猪,
  他们把肉卖掉,
  他们把尾巴留下……

"这也是一笔不错的交易。"秋尔雯说。

卡尔贝里经理露出惊讶的神色。

"那东西我不明白。"他说。不过他把手伸进口袋里,拿出1克朗硬币。这个小姑娘很可爱,她给他朗诵诗歌,另外他刚才踩了她一下。他很忙,想往她手里塞1克朗便脱身。

"谢谢你。"他说。然后他转向马特松。

"我得先跟我夫人商量一下。"他说,"我们先说好,明天下午四点钟我去你的办公室,合适吗?"

"很好。"马特松说。

晚上大家坐在木匠庄园的厨房里,有格朗克维斯特一家和梅尔克松一家。过去有很多晚上他们都这样坐在一起,但是从来没有这样消沉和平静。大家能说什么呢?梅尔克沉默不语。他不能讲话,胸口痛得不能讲话。尼塞和麦塔不敢看他。他们竭力让他明白,他们也为此事伤心,他们会十分想念他和他的家人。但是梅尔克是那么绝望,他们只好告辞了。夏季黄昏的薄暮怜爱地笼罩在厨房上,梅尔克松一家静静地坐在那里,都在想自己的心事。

马琳想,这是一个多么美好的夏天。前一天还平安无事,怎么突然就变成了这样?真是天壤之别啊!彼得在的时候她感到无限幸福和欢乐,但转眼间就充满泪水和绝望。开始佩勒和兔子约克玩得高高兴兴,最后的结局却让人痛苦不堪。啊,那结局确实让人不堪回首!

把水手长带在身边的秋尔雯眼睛看着地板,佩勒膝盖上放着丘姆丘姆,背靠着木柴箱。对于佩勒来说仍然像通常那样,生活在天壤之别的巨大差异之中,有时候开心,有时候悲伤。而此时他的心境就处在谷底,尽管有丘姆丘姆在他身边。最难

过的是看到爸爸那么绝望。他什么都能忍受,就是不能看到爸爸不高兴,也不能看到马琳或者约汉或者尼克拉斯不高兴。他们绝对不能伤心痛苦,佩勒承受不住,不管发生什么事,都不能!他把丘姆丘姆靠在自己的脸颊上,希望从它温暖的身体上得到一点儿安慰,但无济于事。

秋尔雯默默地哭着,她又伤心又生气。早晨她还兴高采烈,因为当时她还不知道将要发生的事情。现在她知道了,这事真要把人的肺气炸了!她是那么同情佩勒,也同情自己。人怎么会遇到这么多的麻烦事呢?先是维斯特曼,现在是那个肥胖的卡尔贝里和他愚蠢的女儿洛塔,让他们统统一边站着去!人为什么总得不到安宁呢?总是灾难不断!可怜的佩勒,她多么想给他一些东西让他快乐起来。但她已经没有海豹了,她一无所有。

这时候她听见弗列迪在远处的角落里说:

"钱,钱,钱——钱那么重要吗?真不公正,那个下流的卡尔贝里!"

秋尔雯突然想起来——谁没有钱呀?她自己就挺有钱。她有3克朗,啊,真的!

"佩勒,你可以从我这里得一些东西。"秋尔雯小声说,免得被其他人听到。她哗啦哗啦地把自己的3克朗给了他。她有些不好意思,尽管这钱不少,但像佩勒这样不高兴的时候,这

些钱远远不能使他高兴起来。

"你真好秋尔雯!"佩勒用沙哑的声音说。他也不认为在他这么伤心的时候3克朗能起多大作用,但是秋尔雯的善意还是有些帮助。

秘密四人组独自坐在角落里,已经不再神秘兮兮的,他们满脸忧郁。他们为这个夏天筹划了很多活动。他们将在克诺尔根岛重新建起一座草棚;他们将造一座新的更大的木排;他们将带着帐篷到群岛去远航,要去整整一周;他们要借一个船体外装螺旋桨,一直航行到斯卡特岬角,去看那里的大岩洞。比约恩还答应带他们去钓鱼。他们还设想过在木匠庄园的阁楼里为自己的秘密小组建立指挥部。趁约汉和尼克拉斯还住在木匠庄园,做这件事还不晚,如果他们愿意的话,什么事都能做成。但是现在他们觉得没意思了,兴趣全没了。

"真奇怪。"约汉说,"我觉得做什么都没意思了。"

"我也是。"尼克拉斯说。

蒂迪和弗列迪叹了口气。

夜深了。格朗克维斯特一家早已回去,男孩子们都入睡了,但是梅尔克和马琳仍然坐在厨房里。此时那里很暗,除了清晰地映在墙上的窗框和从炉门后边冒出的火光,别的什么都看不见。他们能听到的只是木柴在炉子里噼噼啪啪的燃烧声,

没有其他的声音。马琳还记得梅尔克第一次生炉子的情形。那是很久以前的事，那时候一切都那么有意思！

整个晚上梅尔克都沉默不语，不过这时候他开始讲话了。他把一肚子苦水都倒了出来：

"我是个失败者，这我知道。非常的失败。秋尔雯说过一句至理名言……我缺少那股巧劲儿！"

"别胡思乱想。"马琳说，"你当然有那股巧劲儿，我心里很清楚。"

"我真的没有。"梅尔克肯定地说，"因为如果有的话，家里出了这种事，我就不会坐在这里一筹莫展。一个失败的作家！我为什么不当局长呢——那样的话我们就能拥有这个木匠庄园了。"

"我不希望我们家里有位局长。"马琳说，"我们当中没有人希望有局长。我们希望有你！"

梅尔克苦笑了一下。

"我，你们要我有什么用？我连让我的孩子们过平静、有趣的夏天都做不到。我曾经希望给你们很多，这是真的。马琳，我曾经希望把生活中的一切美好、有趣和奇妙的东西都给你们……"

他的声音断了，他再也讲不下去了。

"但是你已经尽力了，爸爸。"马琳平静地说，"我们已经

得到了生活中一切美好、有趣和奇妙的东西。从你那里,都是从你那里!你很关心我们,这是唯一有意义的东西。我们随时都能感受到你对我们的关心。"

梅尔克哭了。马琳说的那句话灵验了——到晚上你会哭的!

"对,我是哭了。"他哽咽着说,"我是关心你们!如果能有什么意义的话……"

"这最有意义。因此,"马琳说,"我不愿意坐在这里听你说,你是一个失败的爸爸,随后又说要什么木匠庄园。"

远方海岛上的一栋房子

第二天早晨,大家带着同一件心事醒来了——今天下午四点钟,卡尔贝里将到马特松在北台里叶的办公室商议买下木匠庄园。

不过大家仍竭力保持平常的心态,装作这是一个普通的日子。在这个极普通的日子他们以极普通的方式在室外的桌子上吃早餐。平日的黄蜂围绕着果酱瓶转。可怜的黄蜂,佩勒很同情它们!

"想想看,卡尔贝里拆掉木匠庄园的时候,这个蜂窝也完蛋了。"

"对,这是去掉它的唯一方式。"梅尔克生硬地说,"他要拆掉整栋房子……我们没有想过!"

然后是长时间的沉默、思索。后来秋尔雯来了:

"梅尔克叔叔,你耳朵聋吗?要让我说多少次你有电话才行呀?"

梅尔克松一家除了使用商店里的电话以外,没有自己的电话。梅尔克赶紧放下手中的咖啡,跑着去接电话。秋尔雯跟在后边。

过了几分钟,她又回来了。她的样子很吓人:

"马琳,你最好去一下。大概又出什么事了,梅尔克叔叔很伤心。"

马琳立即跑过去,不是她一个人,还有约汉、尼克拉斯和佩勒。

他们在商店里找到了可怜的爸爸,他正站在地板上,尼塞、麦塔、蒂迪和弗列迪不安地围着他。他确实很悲伤,眼泪顺着脸颊往下流,他用很低的声音说:

"这不可能!不,这不可能!"

"爸爸,是什么事?"马琳惊慌地问,此时此刻她再也承受不住更多的伤心事,"爸爸,告诉我,到底出了什么事!"

梅尔克深深地吸了一口气。

"就是……"他刚一开口就好像说不下去了。

"就是我很幸运地获得25000克朗的国家奖励基金。"

整个商店里鸦雀无声。大家愣愣地站在那里,好像挨了当头一棒。唯一保持理智的是秋尔雯:

"为什么你会得到那个……就是刚才你说的那个?"

梅尔克看着她,露出了胜利的微笑。

"我告诉你,小秋尔雯,因为我有那股巧劲儿,知道了吧,谢天谢地,我有了它!"

"他们打电话,就是告诉你这个?"

"对,类似的话吧。"

"那你为什么还撇大嘴呢?"秋尔雯问。

这时候大家好像突然明白了,这是一桩喜事。

"爸爸,那我们现在发财了吗?"佩勒问。

"不完全是。"梅尔克说,"不过可以借此机会……"

他突然停下了,孩子们不安地看着他。他大概不想再哭了,但此时他确实不应该再撇大嘴。

梅尔克突然喊叫起来:

"你们明白这意味着什么吗?我们可以买下木匠庄园……如果为时……如果为时不晚的话!"

他看了看表,就在同一时间"海滨乌鸦1号"船鸣笛起航,离开了码头。

"快跑,梅尔克!"尼塞说,"快跑!"

梅尔克起身就跑。一边跑一边喊:

"快来,约汉和尼克拉斯!快来!站住!"

最后"站住"这句话他是对那条船说的。当他气喘吁吁地跑过去时,跳板已经收起。但是他狼狈不堪、伸出双手向苍天祈祷的样子,感动了瞭望塔上的船长。跳板重新被放下,梅尔

克匆忙登上船。

他头也不回地继续喊：

"快来，约汉和尼克拉斯！你们快一点儿！"

直到船已经离开码头好几米远的时候，他才发现，他带着的不仅有约汉和尼克拉斯，还有佩勒和秋尔雯。

"你们干吗去呀？"梅尔克用责备的口气说，"这跟小孩子没多大关系。"

"哎呀，"秋尔雯说，"我们也想去。我好久没到北台里叶了。"

梅尔克感到没有办法，总不能把孩子们扔到海里去吧？今天获得了国家奖励基金，他一定要表现得高尚、温良。此外，一场百米赛跑以后他已经气喘吁吁，没力气再责备什么。

"我刚才像鹿一样奔跑，"他喘着粗气说，"当然不像我在学校时跑得那么快了，当时我的百米跑 12.4 秒。"

约汉和尼克拉斯互相看了看，约汉摇了摇头。

"你真奇怪，爸爸，你越老越说自己跑得快，你上学时肯定没那么快，你一定记错了。"

不过对梅尔克来说能够像鹿一样奔跑确实不错。这一次他不得不跑。

从海滨乌鸦岛到北台里叶，确实要花很长时间。先乘船到陆地上的一个码头，在那里要等一个小时。一个小时以后开往北台里叶的汽车总算来了。路上它要停很多站，它一点儿也不

着急，因为它是按时刻表开的。按规定一点钟到北台里叶，它准时到。

梅尔克下汽车时，以为自己的头发都白了，后来他才反应过来，哎呀，仅仅太阳穴周围有点儿白！不管怎么说，在漫长的旅途中，人们会想很多令人不安的事情。他一次又一次地警告自己：什么也别想，你不会得到木匠庄园，对不起，别再瞎想！

不过说实在话，他还是应该争取，他一定要争取！他带着一帮孩子匆忙赶到马特松的租赁与不动产公司。

马特松不在公司，只有一位胖乎乎的女打字员。她显得很友善，但一问三不知。

"马特松先生在哪里？"梅尔克问。

她虔诚地看他：

"我怎么知道？"

"那他什么时候回来？"

"我怎么知道？"

她的眼睛大而单纯，很明显，她真的什么也不知道。就在这个时候，她拿出一面小镜子，仔细地看了看镜子里圆圆的脸，她来了精神，突然话多了起来：

"他总是在外边跑。我觉得他好像说过，他要去买大黄①。

---

① 一种蔬菜，有酸味。

他也可能在家里。有时候他也去城市大饭店喝酒。"

除此以外他们没有从她那里得到更多的信息,他们匆匆地走出去,就像他们匆匆地走进来一样。

梅尔克看着自己的手表,已经两点多了。马特松在什么地方?在这个可爱的小镇,那个该死的马特松能在什么地方呢?他们一定要找到他,越快越好。买大黄,他可能到露天市场去买吗?不过现在可不是买不买大黄的问题,马特松先生,而是买木匠庄园!

梅尔克由于紧张,身体直发抖,他不喜欢带着佩勒和秋尔雯一块儿走。在那些狭窄的街道上一大群人一起走非常不方便。梅尔克决定采取行动。

"你们想吃冰激凌吗,孩子们?"他说。

他们当然想。梅尔克到一个冷饮亭买了蛋卷冰激凌,他每只手里都举着冰激凌,把佩勒和秋尔雯吸引到一小块树荫地,那里有靠背椅。

"你们坐在这儿吃吧,"梅尔克说,"你们在这儿慢慢吃,等我们回来。"

"不过冰激凌吃完了干什么?"秋尔雯说。

"吃完了也要坐在这儿。"

"坐多长时间?"秋尔雯问。

"坐到你们身上开始长苔藓。"梅尔克毫不留情地说,说完

就跑了。约汉和尼克拉斯在后边追。佩勒和秋尔雯留下来,坐在靠背椅上吃冰激凌。

有时候人在梦里跑来跑去地找人。他必须要找到一个人。他心情非常急切,简直是性命攸关。他心急如焚地跑,沮丧地找呀找呀,但总也找不到他想要找的那个人,一切都白费力。梅尔克和他的两个儿子花几个小时找马特松的经历就是如此。

他没在露天市场。他当然来过,其中一位在市场上做买卖的夫人这样说,不过是在好半天以前。那他的家呢?他的家在什么地方?在小镇的另一边。那里也没有马特松!他真的坐在城市大饭店里喝酒吗?没有,这是误导,他根本没去那里喝酒,那里连马特松的影子都没有。

突然梅尔克觉得自己是一个不开窍的傻瓜,他拍打着自己的额头说:

"我真是一个不开窍的傻瓜。"他高声说,"我们为什么不坐在马特松的办公室里等而偏要到处跑把脚后跟都磨破了呢?"

就在这时候,偏偏在这时候,他有了一个惊人的发现。他的手表已经停住不走了。城市大饭店里的钟正指着四点过五分,不是他那块该死的手表所指的是三点半。这真是残酷的瞬间。

"我警告你,梅尔克,你别胡思乱想了。你连几点钟都不

清楚，还想买什么木匠庄园呢？现在为时已晚，亲爱的梅尔克！此时卡尔贝里经理嘴里叼着香烟正坐在马特松的办公室里，心里美滋滋的。"

梅尔克在心里把眼前的一切想得清清楚楚，他绝望了。约汉和尼克拉斯很可怜他，但同时也很生气。为什么一切总是那么磕磕绊绊、到处受阻、挫折不断呢？约汉气得咬牙切齿。

"他也有可能迟到。我们打的去，爸爸！"

他们上了一辆出租车，四点十分到了马特松的办公室。

但是卡尔贝里经理可不是一个会迟到的人。他的手表走得很准。那情景跟梅尔克事先想象得一模一样。他坐在那里，嘴里叼着香烟，一副满意的表情。梅尔克绝望了。

"慢着！"他高声说，"慢着，我现在也是买主！"

卡尔贝里经理露出了真正友善的微笑：

"我担心，你的想法晚了一点儿。"

梅尔克把求助的目光转向马特松：

"不过，马特松先生，您大概是有良心的吧？如您所知，我们喜欢木匠庄园，我的孩子和我。您可不能没有心肝呀！"

马特松不是没有心肝。他只是无动于衷，一副商人的面孔。

"那你们为什么不早点儿来呢？做买卖讲究快。在这方面不能偏袒谁，有先来后到。你们来晚了，梅尔克松先生。"

"你们来晚了,梅尔克松先生——我耳朵里听到的这些话一辈子也不会忘记。"梅尔克想。无奈之中他又把求助的目光转向卡尔贝里经理:

"为了我的孩子……您能不能放弃这笔买卖?"

卡尔贝里经理好像受了委屈:

"我也有一个孩子,梅尔克松先生,我也有一个孩子!"

说完他转向马特松:

"走,我们去找舍布鲁姆夫人。我现在就想签合同。"

舍布鲁姆夫人?那位快乐的木匠夫人——果真是她吗?大概可以让她发一发善心,马特松不能一手遮天!梅尔克咬了咬牙,他必须去争取舍布鲁姆夫人。他不是十分有把握,但是他不想放弃任何尝试。当最后一丝希望破灭时,就是他开始咀嚼那些话时——"你们来晚了,梅尔克松先生!"

"走,孩子们。"他小声说,"我们跟着他们去找舍布鲁姆夫人。"

"直到你们身上长出苔藓。"——这是梅尔克说的,他们真要坐在靠背椅上等那么长时间?秋尔雯不喜欢这么等,佩勒也不喜欢。一个冰激凌很快就吃完了,苔藓长得很慢,他们已经等了很长时间,肚子也饿了。佩勒很紧张,他无法安静地坐着。爸爸怎么老不来呀?他觉得身上好像有蚂蚁在爬,肚子也痛。

秋尔雯很不满意。她和爸爸妈妈一起多次来过北台里叶，这里很有意思，她知道有很多有趣的东西可以看，怎么能像被钉子钉住一样坐在靠背椅上？再说肚子也饿了。

"真的要我们坐在这里等着饿死吗？"她抱怨说。

这时候佩勒想起了什么事，让他来了点儿精神。他不是有钱吗，对吧！他裤兜里有3克朗！

"我想我们每个人可以买一个冰激凌。"他说。

他真的去买了。他跑到冷饮亭，买了冰激凌。买完以后他的裤兜里剩了2克朗。

但是冰激凌很快就被吃完了。时间一点儿一点儿过去，还是没有人回来。佩勒又觉得身上有蚂蚁似的。

"我觉得我应该再给每个人买一个冰激凌。"他说。

他真的去买了，他又跑到冷饮亭。这时候他的裤兜里只剩下1克朗。

时间一点儿一点儿过去，还是没有人回来，冰激凌早就吃完了。

"那你就再给每个人买一个冰激凌吧。"这时候秋尔雯建议。

佩勒摇摇头：

"不行，可不能把钱全花了。要留下一点儿备用。"

这句话是他听马琳经常对爸爸说的。"备用"究竟是什么

意思他从来没搞清楚过,他只知道不能一下子把钱全花光。

秋尔雯叹了口气。随着时间一分钟一分钟地过去,她越来越不耐烦。而佩勒越来越紧张。想想看,如果爸爸找不到那位可恶的马特松怎么办!可能一切都发生了变化,马特松正坐在卡尔贝里经理家里,正在不遗余力地卖木匠庄园,而不是到露天市场买了大黄,匆忙赶回办公室,把木匠庄园卖给爸爸。他们坐在这里,什么都不知道!只是等呀等呀,他感到肚子都饿痛了。啊,他是多么不喜欢那个卡尔贝里,还有那个马特松!舍布鲁姆夫人怎么找这样一个人代理自己的买卖而不管呢?

舍布鲁姆夫人?她住在北台里叶,真的住在这里。想想看,她怎么要卖掉木匠庄园呢,她大概没那么愚蠢吧——真想去问一问她……啊,一切都是可能的!确实一切都是可能的!

"你认识舍布鲁姆夫人?"他问秋尔雯。

"我当然认识,我认识所有的人。"

"那你知道她住在什么地方吗?"

"知道。"秋尔雯说,"她住在一栋黄色的房子里,离那儿不远有一家糖果店和一家玩具店,两家店紧挨着。"

佩勒不声不响地坐着想事情,肚子越来越痛。最后他猛然站起来:

"走,秋尔雯,我们去问一下舍布鲁姆夫人。我有点儿事想

跟她谈一谈。"

秋尔雯喜出望外地跳了起来：

"不过我们走了，梅尔克叔叔会说什么呢？"

佩勒也想过这个事，不过此时他不愿意再想了。他想找到舍布鲁姆夫人。上了年纪的阿姨们都喜欢他，如果他向她问一些事情不会成问题……不过，他不确定应该问她什么！他只知道不能再白白待在这里，无所事事。

秋尔雯随同爸爸妈妈多次去看望过舍布鲁姆夫人，但此时她还是找不到那栋黄色的房子。她找到一位警察，问他：

"那家紧靠着玩具店的糖果店在什么地方？"

"你一定要在同一个地点把这两家商店都找到吗？"这位警察一边说一边笑起来。不过他想了一下就知道了她的意思，他告诉他们俩应该怎么走。

他们匆忙往前走，穿过又小又窄的街道，经过很多可爱的小房子，最后找到了那家紧靠着玩具店的糖果店。秋尔雯朝周围看了看，她指着说：

"在那里！舍布鲁姆夫人就住在那栋黄色的房子里！"

那是一栋很矮的两层楼房，四周是一个小花园，门对着大街。

"你去按门铃。"佩勒说。他自己不敢。

秋尔雯用手指按门铃，按了很长时间。他们等呀，等呀，

就是没有人来开门。

"她不在家。"佩勒说。他不知道自己是不是很失望。实际上他心里想赶紧离开那里,因为他不敢跟陌生人讲话。但还是得……

"她不在家为什么收音机开着?"秋尔雯一边说一边把耳朵贴在门上听。

"你难道没听见他们在播放'啊,上周末的晚会多快乐'吗?"

她再一次去按门铃,并使劲用手敲门。仍然没有人出来开门。

"她一定在家。"秋尔雯说,"走,我们从房子后边看一看!"

他们绕到房子后边。那里有一架梯子通向二层的窗子。窗子是开着的,屋里的收音机开得很响,此时"上周末的晚会多快乐"听得非常清楚。

"舍布鲁姆阿姨!"秋尔雯大声喊着。但是没有反应。

"我们爬上去看一看。"秋尔雯说。

佩勒害怕了。大概不能这么做吧?明目张胆地爬上去,这不是疯了吗!但秋尔雯坚持。她把他硬拉到梯子跟前,开始爬的时候他的腿直打战。

刚爬到半路他就后悔了,他想转身下来。但是他的身后是

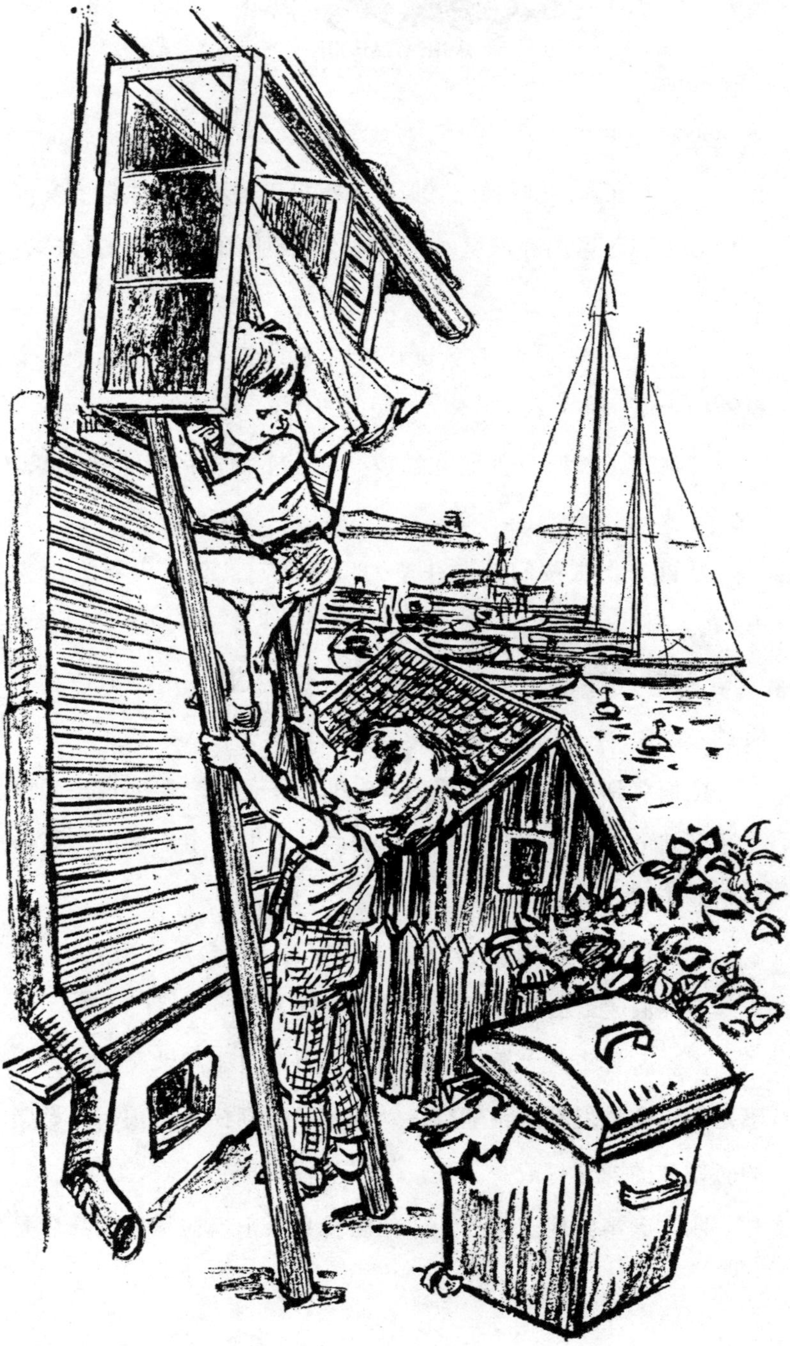

秋尔雯,她不放他下去。

"你快一点儿。"她一边说一边毫不留情地往上推他。他心惊胆战地继续往上爬——天啊,如果屋子里有人他该怎么说呢?

屋子里当然有人。她坐在一把椅子上,背对着他。当他惊恐地看着她的脖子,过了很长一段时间以后,他咳了起来。开始声音很低,后来越来越大。她坐在椅子上惊叫一声,随后转过身来。她是舍布鲁姆夫人,啊,跟他事先想象的完全一样。她已经很老了,满脸皱纹,头发花白,目光慈祥,长着一个有趣的小鼻子。她瞪着眼睛看着他时,就像看到了一个幽灵。

"我不像看起来那么可怕。"佩勒用颤抖的声音说。

舍布鲁姆夫人笑了:

"是吗,真的?难道真的不像你看起来那么危险、可怕?"

"不,不!"秋尔雯一边说一边把头伸到窗台上面,"您好,舍布鲁姆阿姨!"

舍布鲁姆夫人合掌说:

"我的天啊,这不是秋尔雯吗?"

"对,您的眼神儿真好。"秋尔雯说,"这位是佩勒。他想买木匠庄园,大概可以买吧?"

舍布鲁姆夫人笑了,这件事她不难理解,所以她说:

"我一般不跟趴在窗子上的人做生意,你们最好进来。"

和舍布鲁姆夫人谈话完全不像佩勒原来想象得那么困难。

"你们饿了吧?"这是她首先说的,啊,这个开头太好了!

她把他们带到厨房,给他们吃三明治和牛奶,火腿三明治、奶酪三明治、黄油三明治夹牛肉和黄瓜。他们吃了一顿真正的大餐。在吃大餐的时候,他们把事情的原委统统讲给她听。关于马特松、卡尔贝里和他的女儿洛塔、维斯特曼、约克、摩西、托迪森、丘姆丘姆、水手长以及在海滨乌鸦岛上发生的一切。

秋尔雯特别讲了关于洛塔说的话。

"建'班加鲁',"她说,"难道您不觉得荒谬吗,舍布鲁姆阿姨?"

当然,舍布鲁姆夫人至少觉得在海滨乌鸦岛上建这类豪华别墅是荒谬的,关于拆掉木匠庄园这件蠢事,她一直还没有听说过!

"脚后跟也磨破了。"梅尔克想,"把脚后跟磨破了和获得国家奖励基金,我不知道一天里怎么会发生这么多的事!"但他还是坚决地往前跑,身后紧跟着约汉和尼克拉斯。可不能让马特松从视线中消失。马特松那身丑陋的格子西装像北斗星一样引导他们穿过大街小巷,最后到达坐落在金莲花和紫丁香花丛中的一栋黄色小楼。

就在马特松按门铃的时候,梅尔克赶到了,没人能阻止他。卡尔贝里经理生气了:

"不行,梅尔克松先生,你必须马上离开!天啊,你们到这儿来做什么?"

"我大概有权利跟舍布鲁姆夫人讲话,如果我愿意的话。"梅尔克刻薄地说。

马特松冷冷地看了他一眼:

"我相信梅尔克松先生很清楚我是舍布鲁姆夫人的代表吧?你们真的认为跟她讲话会有什么帮助吗?"

没有,梅尔克心里非常清楚大概没什么帮助,但是他一定要做最后的努力,他要亲眼看一看谁能阻止他!

这时候门开了,舍布鲁姆夫人站在那里。马特松介绍:

"这是要买木匠庄园的卡尔贝里经理。"

他装作梅尔克松家的人没有在场。舍布鲁姆夫人向卡尔贝里经理问候,把他从头到脚打量了一番。梅尔克有意咳了一声,为了吸引她的目光让她也能看见自己,也想让她知道这可事关重大。

不过舍布鲁姆夫人没有看梅尔克,她只看着卡尔贝里,然后平静地说:

"木匠庄园我已经卖掉了。"

这简直像扔了一颗炸弹。马特松直愣愣地看着她:

"卖掉了？"

"卖掉了？"卡尔贝里说，"您这话是什么意思？"

梅尔克感到脸上发凉，好啦，这回希望破灭了，完完全全地破灭了。谁买了木匠庄园已经不重要，对他和他的孩子来说这件事彻底失败了！其实这个结果他一开始就知道，但是很奇怪，当他最终得到证实时，他的内心还是很痛。

约汉和尼克拉斯开始哭了，一种他们无法控制住的苦涩的哭泣。紧张的时刻过去了，他们感到是那么疲劳，这个时候哭一哭谁会有什么意见呢？

"舍布鲁姆夫人是什么意思？"当马特松恢复了讲话能力以后问道，"您卖给谁了？"

"请你们过来看。"舍布鲁姆夫人一边说一边把门大大地敞开，"你们也来。"她对梅尔克和他的两个哭泣的男孩子说。

梅尔克摇了摇头，他没有任何兴趣要看已经买了木匠庄园的人，不知道被谁买走了更好。但是他突然听到屋里传来熟悉的声音：

"梅尔克叔叔，他有那股巧劲儿，舍布鲁姆阿姨，你要相信这一点！"

随后这栋黄色小楼里的气氛有些紧张。卡尔贝里经理很生气，他大喊大叫，与马特松吵得脸红脖子粗。

"我不想再掺和了，只好由马特松先生擦屁股。你们爱怎么办就怎么办吧！"

可怜的马特松，他缩在自己那身丑陋的格子西装里，突然变得渺小、谦卑起来。

"没什么办法了。"他低声说，"她像一只老山羊一样固执。"

舍布鲁姆夫人背对着他们站着，这时候她转过身来说：
"她是这样，没错！她的听力也很好。"

"不过开着收音机的时候，听力不太好。"秋尔雯说。

佩勒依偎在爸爸梅尔克的怀抱里，紧紧贴在他的身上。

"佩勒……我的小宝贝，你做了什么，你做了什么大事？"

"我给舍布鲁姆阿姨交了一点儿定金。"佩勒说，"所以肯定买成了。我还有收据呢。"

"对，一点儿不假，我得到了定金。"舍布鲁姆夫人说，"看呀，在这里！"

她举着一个锃亮的 1 克朗硬币。

"卡尔贝里经理，你知道吗？"秋尔雯说，"整整 1 克朗，对于一个卷结来说实际上太多了，不过还是要谢谢你！"

卡尔贝里经理走了。他跨出大门，径直地走了，马特松跟在他后边。

"好极了！"秋尔雯说。他们大家都有同感。

约汉走过来,拍了拍佩勒说:

"爸爸说这跟小孩子没多大关系!可你真是一个好小伙子,佩勒!"

"在我们离开之前,有一件事我一定要问舍布鲁姆夫人。"梅尔克说。

他们坐在她的厨房里,她请他们吃三明治。不管是约汉、尼克拉斯还是梅尔克都认为,这是他们有生以来吃到过的最香的三明治。这可能是因为他们从早晨到现在什么东西都没吃,或者是因为一切突然变得很顺利,连三明治也获得了天赐美味了!

"你想问的是什么事?"舍布鲁姆夫人说。

梅尔克新奇地看着她问:

"木匠庄园,为什么叫这个名字?"

"我丈夫是木匠,你们不知道吗?"

"知道,对不起。"梅尔克说,"请讲一些我不知道的事吧!"

"木匠庄园……不错!1908年你们搬进去的吧?"他高声说。

"1907年。"舍布鲁姆夫人说。

梅尔克露出惊奇的神色:

"您肯定不是1908年?"

舍布鲁姆夫人笑了:

"天啊，我肯定知道我什么时候结的婚。"

"好啦，早一年还是晚一年都不重要。"梅尔克想，随后他说：

"我能再问一件事吗？您的丈夫，他是怎么样一个人，他是一个乐观的人还是……"

"关于他是一个什么样的人，"舍布鲁姆夫人说，"他是我遇到过的最乐观的人。当然在他不生气的时候，因为有的时候他也生气，跟我们一样。"

那个晚上马琳在日记中写道：

有的时候生活好像有意挑选出这么一天并且说："我给予你一切！当其他的日子都被遗忘时，只有你在人们的记忆中是光彩夺目的一天。"今天就是这样的一天。当然不是对所有人而言。有很多很多人现在正在哭泣，他们带着失望记住这一天，细想起来真是有点儿奇怪。但是对我们而言，对于海滨乌鸦岛木匠庄园而言，这一天充满舒畅、愉悦、光荣和欢乐，我简直不知道我们应该怎么办。

梅尔克也不知道。他坐在斯卡特岬角的峭壁上，双脚放进水里，让磨破的脚后跟凉一凉。他正在钓鱼。佩勒和秋尔雯坐在旁边看。佩勒膝盖上放着丘姆丘姆，秋尔雯带着水手长。

"你没有那股巧劲儿，梅尔克叔叔。"秋尔雯说，"照你这

样永远钓不到鱼。"

"我不想钓到什么鱼。"梅尔克迷惘地说。

"那你为什么要坐在这儿?"秋尔雯问。

梅尔克用同样迷惘的声音给她朗诵:

因为太阳正巧要下山,

他想观看太阳的余晖……

对,他真的想看!他想看一切,海平面燃烧的太阳,白色的海鸥,灰色的峭壁,海峡对面倒映在水里的船具屋,他想看一切显得亲切的东西。他多么想伸出手,去抚摩大自然里的一切。

"我希望整夜都能坐在这里。"梅尔克说,"直到太阳出来,接着看黎明的风景。"

"马琳不会同意你这样做。"秋尔雯肯定地说。

"黎明,"佩勒想,"我也想看黎明!""我想乘黎明的翅膀,在远方的海岛上建一栋房子……"想想看,他们现在已经有了一栋属于自己的房子!对……对……对!他们已经有了!远方海岛上的一栋房子。

关于《海滨乌鸦岛》

我们中国人用"上有天堂，下有苏杭"来形容苏州、杭州的美景和人居环境，瑞典人则用"上有天堂，下有斯德哥尔摩群岛"来夸赞斯德哥尔摩群岛的美景和人居环境。我在那里度假和游览之后，也有了同样的天堂之美的感受。蔚蓝的天空、清澈的海水、茂密的森林、清香的草地、肥沃的田野、带有木制围栏的古老庄园和小镇上具有北欧特色的红色别墅，真像置身于童话的世界。每到夏天，很多斯德哥摩人就到那里度假，在那里航海、钓鱼、游泳、采集标本等，那里更是孩子们接触大自然的好地方。《海滨乌鸦岛》是林格伦女士最成功的作品之一，描写作家梅尔克带着四个孩子——一个女儿和三个儿子来到海滨乌鸦岛度假，租住在一栋名为木匠庄园的古老房子里，与当地居民和他们的孩子友好相处，其乐融融，彼此结下深厚的友谊。林格伦女士向我们生动地再现了人与人、人与大自然和谐共生的美好景象。

林格伦女士生动地塑造了几个主要人物形象：

梅尔克：他是一位优秀作家，最后获得了政府奖励基金。

他是一个理想主义者，动手能力差，作品有多处表现他笨拙的场面，如生炉子不开烟道门，建水槽弄得满厨房都是水，钓鱼的水平很低等。但是他心地善良，时刻关心他的孩子们，正如他的女儿马琳所说，他们从父亲那里得到了最美好的东西。

马琳：梅尔克的女儿。由于这家的女主人早逝，她虽然只有十几岁，但却扮演了"小妈妈"的角色。她承担起全部家务，无微不至地关心、爱护三个弟弟，特别是小弟弟佩勒。她既聪明又漂亮，用弟弟们的话说，"如果她坐在一个海岛上，每五分钟就会游来一个求爱者。"但是为了把最小的弟弟照看大，她拒绝了几个求爱者，陪喜欢她的小弟弟们一起长大。

佩勒：梅尔克最小的儿子，他只有七岁。作家说他是最伟大的动物保护主义者，他不准梅尔克打黄蜂；不准比约恩猎杀咬死兔子的狐狸，就连千辛万苦得到的小海豹摩西，最后也让它重回大海。

秋尔雯：她是海岛居民的女儿，长得大手大脚，强壮有力，熟悉岛上的各种人和事。她聪明、热情、助人为乐，在佩勒陷入困境的时候，她总是挺身而出。她是梅尔克松一家人最大的帮助者，在她身上体现了海岛居民很多的优秀品德——勤劳、勇敢、善良。

作品对格朗克维斯特一家也有生动的刻画。

为了突出人物的个性，林格伦女士用了不少方言和俚语，

有的是自己造的，比如岛的名字"海滨乌鸦"，世界上没有这种动物，但群岛上有各种乌鸦。

在翻译过程中，我得到了罗多弼教授和夫人的很多帮助和指点，在此表示衷心感谢。

李之义

2011 年 9 月 20 日

~译者后记~

我完成了瑞典著名儿童文学作家林格伦作品系列的第八卷《我们都是吵闹村的孩子》的翻译工作后,心里特别高兴,回想起翻译林格伦的作品完全出于偶然。1981年我去瑞典斯德哥尔摩大学留学,主要是研究斯特林堡。斯氏作品的格调阴郁、沉闷,男女人物生死搏斗、爱憎交织,读完以后心情总是很郁闷,再加上远离祖国、想念亲人,情绪非常低落。我吃不好饭,睡不好觉,每天不知道想干什么,想要什么,有时候故意在大雨中走几个小时。几位瑞典朋友发现我经常有意无意地重复斯特林堡作品中的一些话。斯特林堡产生过精神危机,他们对我也有些担心,因为一个人整天埋在斯特林堡的有着多种矛盾和神秘主义色彩的作品中很容易受影响。他们建议我读一些儿童文学作品,换一换心情。我跑到书店,买了一本林格伦的《长袜子皮皮》,我一下子被崭新的艺术风格和极富人物个性的描写所吸引。我一边读一边笑,觉得自己浑身充满了力量。我好像跟皮皮一样,能战胜马戏团的大力士,比世界上最强壮的警察还有力量,愤怒的公牛和咬人的鲨鱼肯定不在话下。由于

职业的关系，我读完一遍以后开始翻译这本书，一个暑假就完成了。从此，翻译林格伦的书几乎成了我的主业。

我第一次见到林格伦是在1981年秋天，是由给我奖学金的瑞典学会安排的。她的家在达拉大街46号，对面是运动场，旁边有森林和草地。当时女作家还算年轻（74岁），亲自给我煮咖啡。我们谈了儿童文学和儿童教育问题。1984年我从瑞典回国，她表示希望到中国看看。这个消息传出以后，瑞典—中国友好协会和瑞典驻中国大使馆立即表示，什么时候都可以安排。不过医生认为，路途太遥远，不宜来华访问，因此未能成行。但是她对我说，由于她的作品被译成中文，她开始关注中国的事情。1997年她已经90岁高龄，并且双目失明，在一般情况下她已经不再接待来访者，但当她听说我到了斯德哥尔摩以后，一定要见一见。当时我和我的夫人都很感动，在友人的帮助下，我们一起合影留念。2000年秋我去斯德哥尔摩的时候，朋友告诉我，她的身体已经很不好，大部分记忆消失，已经认不出人了。但是圣诞节的时候，我仍然收到了以她的名义寄来的贺卡。

不知什么原因，我和林格伦女士一见如故。她曾开玩笑说，可能是我们都出生在农民家庭。1984年我回国以后一直与她保持联系，有时候她还把我写给她的信寄到报社去发表。1994年，当她得知我翻译时还用手写的时候，立即给我寄来

10000克朗，让我买一台电脑。我和她虽然相隔几千公里，但我和我的家人时刻惦记着她，希望她健康长寿。

我已经把林格伦的主要作品和一部分由她的作品改编成的电影译成中文，断断续续用了20年的时间。作品中的故事大都发生在20世纪上半叶，作家笔下的风俗、习惯、传统、民谣、器物等，现代人都比较陌生了。我在翻译中遇到的问题，除了作家本人亲自给我讲解以外，还得到很多瑞典朋友的帮助，如罗多弼和列娜夫妇、林西莉女士、韩安娜小姐、史安佳女士和隆德贝父女等，在此对他们表示深深的感谢。希望我的拙译能给小读者们和他们的父母带来愉悦，并增加对这个北欧国家儿童生活的了解。

永远的皮皮
永远的林格伦

中国少年儿童新闻出版总社隆重推出——
国际安徒生奖获得者
瑞典童话大师林格伦儿童文学全集

| 长袜子皮皮 | 淘气包埃米尔 | 小飞人卡尔松 | 大侦探小卡莱 | 米欧,我的米欧 |

| 狮心兄弟 | 吵闹村的孩子 | 疯丫头马迪根 | 绿林女儿罗妮娅 | 海滨乌鸦岛 |

| 叮当响的大街 | 铁哥们儿擒贼记 | 小小流浪汉 | 姐妹花 |

中国最著名的瑞典文学翻译家李之义先生,曾荣获瑞典国王颁发的"北极星勋章"。他用近30年的时间完成了林格伦儿童文学全集的翻译,其译作准确生动、风趣幽默,深受中国孩子喜欢。